主　　编／曹启文
副 主 编／苏沧桑
执行主编／周维强

执行主编／周谁题

副主编／范俗桑

主　编／曹启文

浙江文坛

2017卷

ZHEJIANG WENTAN (2017 JUAN)

浙江省作家协会 编

浙江文艺出版社·杭州

目录

001 雷天大壮　万物生长
　　——2017年浙江长篇小说概述
　　周保欣

019 百花齐放春满园
　　——2017年浙江中篇小说述评
　　郭　梅

033 对现实发声　从现实起跳
　　——2017年浙江短篇小说述评
　　周　静

049 八月秋涛供笔力　工夫深处却平夷
　　——2017年浙江诗歌创作述评
　　柯　平

065 连山
　　——2017年浙江散文阅读札记
　　周维强

088 不要人夸颜色好
　　——2017年浙江杂文述评
　　朱国良

100 汇聚社会能量　捕捉时代脉搏
　　——2017年浙江报告文学述评
　　朱首献　张执中

117　写活人物　用妙细节　讲好故事
　　　——2017年浙江小小说（故事）述评
　　谢志强

137　迟日江山丽　春风花草香
　　　——2017年浙江戏剧文学综述
　　严　迟

151　似曾相识燕归来
　　　——2017年浙江影视文学一瞥
　　张子帆

161　儿童文学的浙江书写和实践
　　　——2017年浙江儿童文学述评
　　孙建江

193　多语种翻译与研究传统的承袭与发扬
　　　——2017年浙江外国文学译介与研究述评
　　杨海英　天　竹

213　变动不居的文学　人言人殊的评论
　　　——2017年浙江文学评论述评
　　刘　忠

229　新军突起与主流转化
　　　——2017年浙江网络类型文学综述
　　陆正韵　夏　烈

247　2017年浙江文坛大事记

雷天大壮　万物生长
——2017年浙江长篇小说概述

| 周保欣 |

　　据不完全统计,2017年浙江省内作家共出版发表长篇小说17部,其中,14部经出版社出版,3部由期刊刊出。长篇小说质量的高低优劣姑且不论,单就数量而言,确实有些偏少。我国每年出版的长篇小说数量当以千部计。据中国社会科学院文学研究所白烨研究员的统计数据,截至2017年12月28日,全国范围内当年出版的长篇小说达8200多部,加上各家期刊发表的120余部长篇,2017年中国的长篇小说体量事实上已经近万部。这近万部长篇小说,如果按平均量计算,浙江应有300部左右的份额。这其中当然包括网络小说,但不在本文关注范围,故未予统计。那么问题在于:浙江长篇小说有否达到全国的平均数量?如果没有达到,即说明浙江的长篇小说至少在数量上是滞后于全国的;如果已经达到,那么说明我省传统的长篇小说创作和小说传播方式,在网络小说面前同样是被严重挤压的。

　　倘若不以数字论成败,今年我省长篇小说可论之处还是很多的。首要的特点,就是兼具刚健勇猛与坚稳沉实的气质。既有不循常规,一意追求开境创新的作品,也有持守小说惯常例法,于细微、枝蔓、踌躇处用力,以破茧为蝶的苦心觅得的佳构。再有就是多样性。作家队伍中,有成名已久的作家,也有刚出道的青年才俊;有深具学养的学者型作家,也有民工出身的写作者。作品的类型，写实的、纪实的、虚构的、象征的，应有尽有。题材和风格上同样是五花八门，难以一言以蔽之。多样的背后是充沛的个性。浙江的文学，向来很难以某种具体的总体性加以概括，与"中原""西部""湖湘"，乃至所谓文学上的"陕军""鲁军""豫军""晋军""冀军"等截然不同。原因在于，浙江是"小文明体"最为繁复的地方。海洋、山地、平原、湖泊、丘陵等，应有尽有。地形地貌有别，历史与人文相远，文化性格迥然有别，作家的创作势必会个性繁杂而难求统一，一如浙江的语言。

一

论及2017年度省内长篇小说的推陈出新，当首推张翎的《劳燕》。这是国内第一部写二战中美国海军秘密援华的作品。小说以抗日战争为背景，写浙南山村女子阿燕的苦难与创伤，以及她和三个男人——青梅竹马的刘兆虎、美籍牧师比利、美国训练官伊恩之间的情感纠葛。这是部极具挑战性的小说。我们知道，"二战"作为20世纪甚至是人类历史上迄今最重要的事件之一，早就成为文学、影视领域最具吸引力的题材资源，产生了众多伟大的经典性作品。张翎既然要以"二战"为题，必得面对这一问题。从《劳燕》所呈现出的美学效果看，很显然是成功的。其成功之处主要有三：首先，是这部小说宽阔的文化视野。得益于作者的移民背景，张翎的《劳燕》涉及多重文化视野。牧师兼医生比利的基督徒身份与基督教文化背景，训练官伊恩的美式英雄主义与美国价值观，刘兆虎大难来临时的自利性，阿燕源自古朴民间野草式的勃然生命力与柔韧精神等，都是作家文化观照的产物。特别是阿燕，她面对苦难所呈现出的坚忍与韧劲，对待羞辱、抛弃和背叛所回馈的宽容与宽恕，既有中国民间生存智慧的折射，也有基督式的牺牲与悲悯精神。其次，是超越性的价值关怀。虽说是战争题材小说，但张翎的着眼点并不在战争和战场本身。她无意于以中国作家惯用的民族立场处理此类题材，也无意于像二战以后的西方作家那样，以现成的人类道德准则去反思战争对人类文明、理性和人的价值尺度的冒犯。她的发力之处，是跳出战争给人带来的精神伤口和疼痛，在更为宽广和恒久的层次上，去发掘阿燕在苦难中成长起来的救赎与和解精神。这种和解，当然不是对战争的和解，不是对侵略的和解，而是对人的原罪的和解，对人在精神疼痛、苦难、死亡面前的恐惧、软弱、自私的和解。这是《劳燕》散发出的价值光辉。再次，是叙事艺术层面。小说通过多年后三个死去的男人的"鬼魂"的追忆，讲述了阿燕坎坷的一生。这种追忆以拉远时间的方式，从三种不同的口吻、不同视角还原阿燕的三个侧面。在多视角叙事外，张翎还吸收书信、日记、新闻报道、地方志、戏文，甚至是两只狗之间的日记书信和对话等形式，构造出各式各样的副文本，使得小说脉络繁复，内蕴丰赡。

浦子的"王庄三部曲"（《龙窑》《独山》《大中》），虽然并非完成于本年度内，但以"三部曲"的形式于今年再版整体推出，还是别具意味的。小说甫一出版，就在批评界引起很大的反响。复旦大学中国当代文学创作研究中心、浙江省作家协会、中共宁海县委宣传部等单位联袂召开专题学术研讨会，研讨浦子的"民间写作"和他的"王庄三部曲"。与会学者认为，浦子的小说"把民间与想象结合在一起，想象与文化历史结合在一起"，是一部独特的"具有野心和雄心的大作品"。"他的小说异常丰饶，包含了历史、社会、人性上的诸多元素；在别的作家作品中十分清晰的概念化的东西，在他的作品里却是一片混沌；它无所不在没有拘束的想象力，挑战文学的正常秩序；它塑造了许多具有浙东地域特点的独特的人物。"《文艺报》《文学报》《文汇读书周报》等刊发了"王庄三部曲"的相关评论文章。

"王庄三部曲"对浙江当代文学的重要意义在于，它是为数不多的以村落、家族为叙写对象的小说。尽管当代中国并不缺少家族小说或者"乡村志"一类的小说，甚至这类小说还有过多、过滥之嫌，但从浙江的情况来看，家族、乡村小说却是凤毛麟角，更谈不上有什么宏大、坚实、厚重之作。这里面的原因，可能与历史上浙江并没有经历过西周时期的分封制有关。因此，建立在分封制基础上的封建宗法价值体系、伦理思想、生活形态等，在浙江并无扎实的根基。且浙江地形地貌复杂，不似北方平原地区容易形成大的村落，乡村社会的发育本就不如北方，浙江作家确实不如北方作家愿意写乡村、写家族，也缺少北方作家那种胸纳百年的历史气度和宏观把握能力。这一点，实际上也是近些年浙江作家很难成为当代文学主流，难与陕西、河南、山东，甚至是河北、山西这些传统中原地区的作家相比肩的重要原因。正是在这种意义上，我说浦子的"王庄三部曲"是浙江当代长篇小说的一个很重要的突破。小说以虚拟的浙东山海县王庄为叙事场域，以百年历史、百位人物、百万文字，尽览浙东人的生存状态与风土民情。作品试图从塑造的近百个人物的脸谱中，寻找"生存或毁灭"——中华民族在逆境中发展的秘诀，被称为"浙东人的精神图像和中国历史的生死场"。

浦子的"王庄三部曲"，有着马尔克斯式的恢宏气势和魔幻色彩。不过，我感兴趣的并非这部小说的魔幻色彩，也不是众多批评家提到的浦子对历史的把握，对命运的凝视，以及对人性的开掘——所有这些，事实上很多作家做得同样出色。浦子"王庄三部曲"的不可取代之处在于，它呈现的是与我们固有的阅读经验中不一样的乡村，不一样的历史。至少到目前为止，我们所看到的文学乡村描述，多是建构在北方文化图景与历史想象上的，何曾见到过山海相连、充满鸿蒙大荒之气的"浙东"的文学乡村？因此，在"乡村"的原型上，"王庄三部曲"是对当代乡村文学的丰富。况且，在价值基础上，北方的乡村叙写往往很难摆脱儒学意识形态的检讨与批判等问题，而浦子所虚构的"王庄"，这片土地上却诞生过王阳明、黄宗羲，氤氲着南宋以来新儒学的精神气脉。这种精神气脉，有着与传统儒学不一样的文化命理，当它构成了浙东乡村生活的精神元素，成为作家浦子审视历史、把握人物与人类命运的一种潜在的尺度之时，实际上，浦子笔下的"王庄"，已然与北方作家所叙写的乡村具有不一样的禀性、气质和神韵。因此，浦子的"王庄三部曲"其实也是具有中国当代文学的突破意义的。特别是浦子把小说的时间设置在清末到1949年中华人民共和国建立这个特殊的历史拐点，无形当中，就以"小说年代学"的方法，为自己的写作建立起一种现代性的思想视野。而这种视野，与我们习见的启蒙叙事在义理和方法上都有很大的不同。一方面，浦子把要思考的历史、文化和生命问题放到更大的历史当中，以大历史的智慧烛照小历史（如历史圆形论），而不是像许多作家那样以现成的观念套解历史与生活；另一方面，浦子更愿意返回到粗犷、野性、原始、暗昧的民间生活中，"礼失求诸野"，在那里找到生命的力量与价值。清明理性与原始含混，在浦子的小说中呈现出胶着、辩难与张力，给浦子的小说带来不可多得的复杂性与多面性。从"王庄三部曲"所达到的思想水准来看，浦子确实是当代中国的优秀作家。

如果说浦子的"王庄三部曲"是在"神"与"质"的层次上扩大了我们对中国当代乡村小说的认知，那么，陈锟的《暴跌》，则完全是一次"形"的大胆突破和冒险。小说名为"暴跌",按照我的理解,其实有一表一里两层意思在里面。从表象上看,它是小说中的一个情节,是牛所遭遇到的股市暴跌。这样的暴跌,带来的是个人命运的峰回路转与人生的跌宕起伏。在另外的层次上,"暴跌"很显然是一个时代的隐喻。

小说对这种社会溃败和历史记忆溃败显然是有批判精神的。这种批判精神,融入小说的语言、人物刻画、细节描写等当中,使得小说弥漫着一种持久的荒诞气息和强烈的反讽的味道。小说中,陈锟很善于运用鲁迅式的"身体修辞",常常从人的面相、形体、语言、动作入手,以"相由心生"的辩证手法,揭示人的精神世界。比如《新锐》执行主编虎钻出女学员被窝时候的"半秃"的脑袋;年届六旬,集教授、批评家、讲习坊业务领导等多重身份于一身,在异性面前时常"唰啦一下,流出两串口水"的羊;外貌娇美,腋下却总是散发出令人作呕的狐臭味道的蛇……陈锟以不断加码的方式,持续强化着他的小说的时代批判精神。通过《暴跌》这部小说,陈锟让我们看到,人的所有存在都是由欲望所塑造的,而决定着人的存在品质的心性,则在欲望面前显得苍白无力;即便是有可能帮助我们恢复心性,帮助我们恢复心灵的温润而有弹性的文学,亦成为欲望的工具。"暴跌"的隐喻,由此获得了某种精准的批判性力量。

陈锟是个很在意小说形式感的作家。这部《暴跌》,就是陈锟实验小说的试验田。中国小说和外国小说有很多差异,其中重要的一点,就是"名物学"。在外国小说中,人们不是太在意一个人是叫大卫还是叫昆丁,然在中国作家笔下,一个人是叫"二狗子"还是"李伯重",却有天渊之别。是故,中国作家为小说人物命名,常常会细细推敲。而在陈锟的《暴跌》中,作家却以传统十二生肖中的鼠、牛、虎、兔、龙、蛇、马、羊等为人物命名。我不知道陈锟此举意在何为。推测一下,陈锟是否想借此表达这样一种心志，即当人被剥离了人之为人的基本品性、道义、操守与清明的理性之后，人就不复为人，而与动物无异？这是否是对中国传统伦理价值体系中的"人禽之辨"的一种回应？从结构上来看，陈锟具有更前卫的实验精神。小说共分五个部分，分别为"小说部分""纪实部分""构想部分""有待完善部分""书评（邀读者互动）部分"。每个部分，作家采用不同的叙述角度、叙述语调、叙述方式，各部分既独立成篇，又有深层的互补、互动、互证，使得小说呈现出一种敞开的、动态的、多维的样态，提示我们小说所具有的多种可能。

和浦子小说的大开大合、陈锟《暴跌》的精致的形式追求不同，胡小远的《玻璃塔》则呈现出一种粗粝、狂野、原始、坚硬的艺术质地。这是作家挑战读者、挑战批评家、挑战小说传统，同时也是挑战自己的一部小说，历经17年打磨而成。小说以涉世未深的律师苏贞妮为具有黑社会性质的马龙案辩护为逻辑线索，讲述神秘大案的来龙去脉，牵扯出马氏、段氏、唐氏三个家族的恩怨纠葛。

这是一部多声部的，杂糅、混搭的小说，作家把一座城、一个渔村、若干人的命运，在历史与现实双重层面勾连起来。首先是叙事视角的杂糅。小说以苏贞妮的叙述为阳，以此来呈现当下社会复杂的人际纠葛和利益纠缠；马龙的叙述为阴，勾连的是历史与过往的恩怨情仇，以及时代的滔滔大势中，城市、渔村、人际交往的繁复变迁。其次是叙事场域和写作手法的杂糅。这里有"庙堂"与"江湖"的纠缠，有权力与欲望的交织，有"白脚杆"与"黑脚杆"的交集，有鸥鸟悲号、狂风肆虐的大海，有东方威尼斯、东方莱茵河；有魔幻，有现实，有虚拟，有想象……作家以顿挫分明的艺术手法，构造出一部融合了戏剧性与抒情性、叙事性与描写性、风俗性与史诗性、悲剧性与英雄性相交融,具有多元审美意味的复杂的小说。再次是叙述语式与语调的杂糅。虽然说总体叙事风格上,《玻璃塔》是跳脱而狂放的,但作家却能根据小说的情节、人物与故事的延展,不断调整叙述语调和句式。如第三、四节写马江福的"人鱼大战",第六、七节写马江贵灭媒鸭、杀霍宗林,就势如奔马。而有些章节,作家却一改峻急的叙事风格,叙事舒缓、平和,甚而是风轻云淡。最后是语言的杂糅。胡小远的语言本就有硬度、有质地,有很强大的艺术表现力,再加上作家糅合了书面语、古语、方言、俚语、网络语言、音乐语言、戏曲语言等,这使得整部小说变成多声交响的"语言博物馆",充满着内部的角力与回声。

事实上,胡小远的《玻璃塔》是具有欺骗性的。人们很容易为这部小说中那些个玻璃瓶子的"象征"所吸引,也更容易为小说的狂放、不羁、粗粝、野性所"一叶障目",而忽视了胡小远的另外一种精神气度,那就是这部小说不羁的外表下所潜隐的悲悯与无助。小说中,作家不止一次地引入神圣的价值与力量,如"补天""亚当""摩西""窄门""梵音"等。这些蕴藏着牺牲、正义、引领、担当、救赎等伟大精神的词语和符号,一边内化为小说的情节和故事,另一边,我想在胡小远的写作意识里,它们应该是源自人类苦难的历史,源自人类的痛悼和反思,源自人类对光明的冀盼,因而是作为一种伟大的审判力量而存在的吧?这种据于人类崇高智慧的正义的审判,是胡小远的精神高度,也是《玻璃塔》这部外表不羁而内里却充满反省与批判精神的小说所达到的高度。特别是小说的结尾,当象征着原始意志和自然野性力量的大鱼被海浪冲上岸,人们鄙夷、诅咒着却争先恐后去割它的胸鳍和尾鳍,大鱼满身窟窿侧卧于烂泥中,霓虹灯照进坑中,血皮凹现四个大字——"珍妮大厦"时,我所感受到的,是作家隔着深渊的凝视,他凝视着现代人类的疯狂,他们陷入极致的绝境却不自知。一种苍茫无助的悲怆感，在小说中弥漫、升腾。

二

　　文学史上，创新的作品在其行世之初多为旁枝逸出，世易时移，有的归为大道或创化出新的大道，有的则零落为泥。文学的主体，还是由持守常道、"有限度地创新"的作家作品构成。作为学者型作家，晓风是近年来为数不多的把目光盯在高校知识群体身上的作家，写出一系列以高校知识分子生活为蓝本的小说，引起批评界的注意。长篇小说《回归》仍然延续着高校主题，只不过，故事的主人公不再是普通的大学教授，而是刚刚离任的大学校长。小说写薛鹏举卸任校长，回归到"常人生活"，回归到普通的哲学教授过程中，所遭受到的心理错位与情感煎熬。小说标题所谓的"回归"，应该是向常态、正常、如常，向自我的本原回归，用小说开头薛鹏举的话说，就是"结束非人的生活"，回归到正常人的生活当中。然而，何为"常"？何为"非常"？薛鹏举自以为告别了忙忙碌碌，"每天像老牛一样不堪重负，像兔子一样提心吊胆"的校长生活，就是告别了"非常"回到了"常"，他哪里晓得，在一个非常态的高校生态系统中，早就是以非常为常，以常为非常。薛鹏举离任校长不久，很快就感受到失去权力的痛苦，继任者对他缺乏起码的尊重，平日唯唯诺诺的部下也投奔新的权力而去，那些往昔视之如神的虔敬者甚至对他的学术成果产生质疑，校内的项目和学科点评审等工作中，他更不是像原先那样一言九鼎。凡此种种，让薛鹏举深感拥有权力的自由和失去权力的窒息。

　　小说的"归来"是有双重所指的，一是薛鹏举被去除附加在他身上的"校长"这一权力符号，回归"薛鹏举"这一自我的本原;二是寄寓着作家对真正的大学、大学的本原、大学的使命、大学的精神的迫切召唤。当大学失去它的独立、自由、创造的精神,失去它的责任和使命,而沦为权力纵横捭阖、为所欲为,人们对权力趋之若鹜的"荒凉屋"时,大学已然不是大学了。是故,晓风的《归来》,实是为大学招魂之作。在小说的笔法上,晓风不像当代中国大多数作家那样,以西式小说的精神分析、心理分析方式塑写人物,写所谓人之为人的人性,而是根系中国古典小说的伟大传统,于世道与人心的互证中,辩证地揭示人心和时世的关系。这使得晓风的经验主义写作,并非是漫无节制地揪住某些现象不放,一味地表达对大学生态恶化的厌恶情绪,而是能够世事洞明,上升到理性的社会批评层次展开叙述,冷静中不失幽默,客观中不失温情的激进,展现出晓风游刃有余的叙事控制力。

海飞的《惊蛰》写20世纪40年代的上海,小混混陈山被日本人荒木惟以失明的妹妹陈夏相要挟,让他潜入重庆军统伺机为荒木惟卖命。在军统局隐伏的共产党员张离的影响下,陈山成功拿到"秋刀鱼计划",并用"诱杀"等计谋杀死了荒木惟等人。《惊蛰》被贴上"谍战小说"的标签。这种类型化我不知道对小说是不是有害的,因为依我看,小说就是小说。当一种小说被贴上诸如"谍战""侦探""盗墓""玄幻"之类的标签时,很大程度上会遮蔽我们对它的小说属性的认知,而屈从于它的非小说属性。这些年来,很多小说乃至作家都有这种被格义附会的情况。

就海飞的《惊蛰》而论,它首先是一部"好看的"小说。这种"好看",就在于小说的多变、不确定性和出乎意料。小说标题为"惊蛰",按照古人对节气的解释,惊蛰乃春雷发动,万物复苏之意,"万物出乎震,震为雷,故曰惊蛰"。震,在《易经》中即主"动"。小说从结构安排、情节推进、人物关系设置、故事编排来看，暗合着一个充满玄学意味的数字美学，就是以"三"来连贯整体。故事的地点，主要围绕上海、重庆、延安三地展开；生死缠斗的政治力量，则有日本特务、共产党的地下工作者、国民党军统；代表性人物，则有陈氏三兄妹，大哥陈江乃中共地下党，陈山为准军统，陈夏则为日本人所驱使。再加上惊蛰本就是一年的第三个节气，整部小说可谓玄机迭起，悬念迭出。在中国人的哲学思维中，"三"是一个重要的数字，所谓"道生一，一生二，二生三，三生万物"。三，就是变化的起点，就是一个极致，就是一种不确定的边界。民间有"事不过三"之说，过三则必有变，则不可把握；中国古典小说里也有"三顾茅庐""三打白骨精""三打祝家庄"等经典情节，都是这种古老哲学思维的美学再现。

海飞这代作家，从年龄上讲算是"后先锋作家"。经过先锋文学的洗礼，这代作家当中的大多数人，他们的叙事、修辞、结构、语言能力都达到很高的水准。海飞如此，哲贵亦如是。哲贵的《猛虎图》就是一部高水准的小说。作品以温州信河街为背景，叙写陈震东等早期温州商人与时进退、与世俯仰的起起落落和悲喜忧惧。小说如何着笔于陈震东们的精神裂变与内心冲突，如何展示出道德力量与金钱和社会力量的抗衡，"猛虎"的象征寓意何在，等等，都不是我关注的重点。我更愿意讨论的是，哲贵这样的写作，于中国当代文学而言有何独特的意义。前面谈到浦子的时候我曾说过，这些年来中国文学的主流是写乡土、写乡村，这是因为，在中国社会的现代化过程中，它的最核心、最显著、最痛苦的冲突，就是在乡土社会的现代化，所以，乡土文学或乡土作家很容易成为主流或一线作家。但问题在于，乡土不是中国的全部，乡土文学亦非中国未来文学的主流。中国社会现代化的过程，就是城市化、工业化、商业化的过程。在经历乡土社会的现代化之后，城市和工商业文明必然会成为中国文学必须要处理的话题，这是中国文学的未来。西方文学早在19世纪和20世纪的上半叶，就以批判现实主义、现代主义的方法处理过诸如此类的问题，中国文学当如何面对这一话题？正是在这个层面上，我以为哲贵是当代作家中另一重意义上的先锋。他很早就涉及这个领域，且写出一批高质量的小说，如《金属心》《信河街传奇》等。哲贵的小说，触碰到一个重要的审美命题，即如何构建一种"正确的"资本审美伦理，如何重构"商人"这一文学形象的审美合理性与正当性。迄今，中国文学因为以农耕社会为母体，传统伦理文化中素有重义轻利的取向，所以文学也向来对商业社会和商人没有好脸色，商人不是"重利轻别离"，就是"见利忘义""为富不仁"，先验地被处理成"不道德"的形象。哲贵的努力在于，他想重建关乎商业社会、商人、金钱的审美伦理。《猛虎图》中，哲贵一方面让我们看到商业王国中人们所具有的智慧、恒心、创造力；另一方面，他突出刻画商人们的道德能力，包括同情心、爱的能力、友谊、尊严和宽容等。人物塑造上，哲贵试图返回到人的基本问题上。在他看来，贪婪、欲望、迷恋与罪恶等，皆非金钱、商业、交易之过，而是潜伏在人性深处，是人与生俱来的东西，所以在小说中，哲贵永远是把他要写的人物放在"人"的尺度而不是"商人"的尺度上去写的。对于哲贵而言，他所面对的是一个巨大的传统。他的任务不是要去推翻这个巨大的传统，而是在这个传统之外，另辟一条美学的道路，让我们看到一种充满着新的价值观和伦理辩证的美学景象。这种景象，折射出的是哲贵的现代理性，以及他作为一个写作者所必须具备的普遍文明的眼光。这样的理性和眼光，使得哲贵具备了大作家的潜质。

帕蒂古丽的小说具有天然的独特性，原因在于作者的维吾尔族身份。她的《最后的王》以新疆库车县第12代"库车王"达吾提的故事为蓝本,在纪实和虚构相结合的基础上创作而成。小说在恢宏的史诗构架中,再现"库车王"这个家族的历史、宗教信仰、民族文化与汉文化相互融合的过程。与国内其他以边地少数民族的历史和生活为创作对象的作家相比,帕蒂古丽的特殊性在于,她不是以小说描写中的异域风情取胜,更不是以某种文明中心论的视角去观照边地民族的生活、叙述文明的冲突与对抗,而是在一个更为宽广的文明大视野,以人类的团结、和谐、协作为价值根基,烛照出不同文明体之间共有的美德、善意、温情和坚忍。帕蒂古丽小说的最大意义在于,她想借助对边地民族历史和生活的富有洞察力的叙述,让我们明白,在人类这个命运共同体当中,爱、包容、妥协、承认、对话,是最宽广的力量;边地的价值观,是中国梦的一部分。就像她在《百年血脉》后记里所说:"我相信人类是同一个相互连接的肢体。每一个器官的疼痛,都是人类共同的疼痛。每一个生命个体,都是人类这个巨大身躯上的一个分子,彼此相连,牵动一个便会影响到另一个。"

三

2017年度长篇小说的重要收获,还有赵力平、赵奕的《祖母绿》。小说根据真实故事改编而成,写神偷王永和刚出生不久,家里祖传的祖母绿被偷,母亲因此身亡,王永和的内心种下对小偷的刻骨之恨。然而造化弄人,后来王永和竟无意走上偷盗之路,且因为天赋高,开锁技术精湛,成为江洋大盗。因为同伙的出卖,他落入法网,在狱中著书立说,出版《防盗手册》。出狱后运用智谋和技术,拆穿昔日同伙官商勾结的阴谋。该小说的特点主要有三:第一,作家善于捕捉人心的善,特别是在塑造王永和这个人物时,虽说是时乖命蹇,人世蹉跎,但是命运的起承转合背后都不脱一个"善"字;第二,小说有很强的戏剧性,作家特别擅长编排出人意料的故事情节,令整部小说斗转星移,九曲回环;第三,小说的叙事方式极具亲切感,既有古典小说式"说话"的痕迹,又有赵树理式的平实叙事风格,从头到尾都是娓娓道来,波澜乍现。

钱国丹的《劫与缘》写人的不屈意志,这个意志就是爱、守望、信任与寻觅。地下革命工作者池清明,抛妻别子30多年,做着极度艰险的潜伏工作。妻子凌冰芳为寻觅丈夫前往敌占岛,却被误认为叛国投敌而历尽坎坷;儿子池望舒受株连才华荒废,且遭受了牢狱之灾;池望舒青梅竹马的女友施展眉对其不离不弃,守得云开见日出……小说最大的价值,我以为就是作家的审美价值取向,"哀而不怨,怒而不伤"。"劫"是时代留给人的伤口,他们却用"爱"来弥合伤口。小说的高下,很大程度上取决于作家的价值观。几年前我曾批评过当代作家,他们善于写仇恨、写恶,却没有与生活和解的能力,不会写爱,不会写宽恕。于此而言,钱国丹的《劫与缘》可谓是用"爱"托起的一部优秀的作品。

黄梅宝的《戏梦人生——元曲大家臧懋循》,写明代湖州长兴籍戏曲家、戏剧理论家臧懋循的传奇人生,是一部纪事与写人、纪实与想象相结合的书。就其属性而言,当归为历史小说类型。这部小说有很大的驾驭难度,因为臧懋循这个人物交游广泛,写臧懋循必然会涉及大量的史料、典籍和当世的名士,涉及臧懋循所处时代的文脉与文统,所以,需要作家有高屋建瓴的把控能力。黄梅宝的处理方式很是聪明,她将臧懋循这个人物放在特定的文化生态系统中,围绕"痴""情""趣""风骨"几点,写出一代大家的旷世奇遇与精神气象。这当中,有臧懋循对书、戏、曲的痴迷,有他搜集秘本的各种曲折和因缘,有他对朋友、家人的情愫与道义,有他寄情山水、与诗友唱和的人生趣味,有他不屑官场倾轧的高古风骨。黄梅宝尊重史料而不拘泥于史料,既能入乎其内,又能出乎其外。故而,小说就有了泼墨写意的轻灵,而少了些拘束与滞重,刻画出一个性情、趣味、气度、精神兼具的生动的历史人物。

孙红旗的《风生水起》和杨建强的《美丽地平线》是两部与官场有关的长篇小说,但又不是严格意义上的官场小说。前者于时代的风云变幻之中,写三个女人与两个男人之间柔肠百结的爱情,塑造了一系列极具个性、极富张力的人物形象。孙红旗非常善于把人物放在特定的时代和具体的事件当中去刻画人物、雕琢人物形象,形成一套自己的"写人学"方法。后者则在一般官场小说的权力斗争之外,引入生态问题。《美丽地平线》这篇小说是很有现实意义的,它提出一个当代中国重要的发展伦理学问题,就是我们需要怎样的发展,发展究竟是目的还是服务于人类幸福的手段。小说借"海归"市长陈知凡的"山水为本,人次之,GDP再次之"的理论,做了很好的阐述。总体上说,杨建强摆脱了一般官场小说的政治伦理,引入生态伦理,对人和自然的关系做出思考,还是有一定的思想深刻性的。

张为礼的《渔乡曲》和曹琦的《七天七夜》有一个共同的特征,就是善于从地方志中吸取创作的资源。《渔乡曲》展现了20世纪30年代爵溪渔村的历史风貌。这部小说最突出的特点就是不追求故事的曲折多变,而是在一种波澜不惊的人文氛围中,塑造性格鲜明的人物。小说对渔村风土、器物、礼俗、人情的描述用力很深。作为一位年逾八旬的业余作家,张为礼的小说写作有些"无为而治"的味道。他不在意小说的技巧,不在意修辞、语言的精致和叙事的别具匠心。他所致力的是写出他的经验世界和生命记忆中熟悉的人物。唯其是以人物为核心，张为礼的小说创作实际上是真正贴近小说的本质的，因为文学的核心其实就是写人，无论是言情还是言志，所有的情志终究是人之情志。作家写出出色的人物，自然就有精彩的故事，这就是所谓的"因人生事"。张为礼的《渔乡曲》就是这种没有匠气的朴质的作品。曹琦的《七天七夜》直接取材于地方志，小说根据1937年11月8日到14日发生在嘉兴的嘉善阻击战史实创作而成。曹琦是有很强的叙事控制力和平衡能力的作家，"七天七夜"，本是一个惊心动魄、生死攸关、胜负悬于一线的时间意象，但在小说中，曹琦却能保持一种不疾不徐的节奏，写人叙事的分寸拿捏得非常到位。

李全的《民工夫妻》，是近年来难得一见的"底层文学"。小说以城郊四合院中四对民工夫妻的日常生活为轴，写出四代人的苦乐忧戚，写出他们的苦难、盼望、卑微与尊严。这里有时代变革、城乡对峙中的价值观的冲突，也有爱情、友情、乡情、亲情与金钱、地位相纠缠的选择与考验。李全以写实的手法，细致呈现了变革时代中生存在城乡夹缝与历史旋涡中的民工群体的独特的生存风貌与价值观。我之所以说李全的小说"难得一见"，是因为相比其他作家，李全对底层的把握显得真切许多，不像许多作家从观念和臆想出发去揣测、描摹底层。在价值观层面上，李全也不像大多数作家那样，以左翼美学的斗争思维和诗学正义去写底层的"贫穷即美德"，写底层激进平等主义的暴力反抗，而是更加关注草根阶层在生活重压下所激发出的忍耐、坚韧、毅力和意志，写他们微弱的梦想与不屈的奋斗。

陈锦丞还是一位在校大学生，已在《中国作家》发表长篇小说《好像立夏》。小说写初中生韩清野懵懂的情窦，主题并无多少新意，但每一时代皆有每一时代的青春文学，世情时序有别，青春俱各不同。且作者的写法，亦有别具一格之处，就是能细腻地把握人物的心理、意识乃至无意识。其间虽有虐恋、青春亚文化的描述，但正如《礼记》所云，男女之情乃"所以达天道、顺人情之大窦也"。

十指尚有长短，作家创制长篇，心得、技术、视野、格局、境界、积累、慧根不同，风格和取向各有路数，当在情理之中。作家写小说，一如参禅悟道，需要体谅文心、人心、道心，通天性、知人性、观物性。写作者，与武家殊无分别，臻化境者，又有几人？不过各有各的命门，各有各的死穴而已。就本年度长篇小说创作来看，我想提两个问题：第一，小说把握世界的方式。小说不是哲学，但小说有自己的把握世界的方式，这是小说的"纲"和命理。任何小说，都应该建立在一定的文化哲学基础上，没有这个文化哲学，小说就失去了它的价值判断与审美判断的根基。很显然，这个"我观"在有些作家那里是缺席的。第二，是小说命名的问题。今年很多作家的小说题目取得不够好，小说质量如何搁在一边，好的小说没有好的题目，显然会败坏人们的胃口。

2017年浙江长篇小说要目

一、书

浦　子　"土庄三部曲"（《龙窑》《独山》《大中》）　浙江文艺出版社2017年6月版

陈　锟　《暴跌》　江苏凤凰文艺出版社2017年12月版

胡小远 《玻璃塔》 北京十月文艺出版社 2017 年 12 月版
海　飞 《惊蛰》 花城出版社 2017 年 5 月版
哲　贵 《猛虎图》 北京十月文艺出版社 2017 年 2 月版
赵力平　赵　奕 《祖母绿》 浙江文艺出版社 2017 年 2 月版
钱国丹 《劫与缘》 九州出版社 2016 年 9 月版
黄梅宝 《戏梦人生：元曲大家臧懋循》 浙江文艺出版社 2016 年 12 月版
张为礼 《渔乡曲》 团结出版社 2017 年 12 月版
孙红旗 《风生水起》 中国言实出版社 2018 年 1 月版
杨建强 《美丽地平线》 上海文艺出版社 2017 年 8 月版
曹　琦 《七天七夜》 浙江文艺出版社 2017 年 2 月版
李　全 《民工夫妻》 现代出版社 2016 年 11 月版
张　翎 《劳燕》 人民文学出版社 2017 年 7 月版

二、文

晓　风 《回归》 《中国作家》2017 年第 11 期
帕蒂古丽 《最后的王》 《江南》2017 年第 2 期
陈锦丞 《好像立夏》 《中国作家》2017 年下半年增刊

百花齐放春满园
——2017年浙江中篇小说述评

|郭　梅|

阳春布德泽，万物生光辉。放眼2017年我省文坛，中篇小说的创作可谓百花争艳、生机盎然。2017年我省作家笔耕不辍，在过去一年里就有100余部中篇小说相继发表，还有多部中篇小说集问世，可谓成绩喜人。

一、光怪陆离的城市图景

城市的发展与人在城市的生存状况仍是2017年中篇小说的关注焦点之一。在城镇化的持续推进中，中国社会原有的"城-乡"二元体制呈现出更为复杂的多元趋向，表现在小说创作中则大致是三个维度的城市图景：边缘小城的悲欢人生、大中城市的底层叙事以及中产阶级的众生百态。

首先，是边缘小城的悲欢人生。钱国丹的《金石榴》和《人在天涯》便是这方面的代表作，作品分别塑造了两位坚韧、顽强的女性——秋瑟瑟和宋紫英。"反革命分子"的后代秋瑟瑟从小在卑微中长大，后嫁给海阳小城恶霸臧来宝。丈夫蒙冤入狱，因行为乖张而被判死刑。秋瑟瑟独力撑起家业，并将有性格缺陷的儿子培养成著名商人。宋紫英违拗父命嫁给穷小子陶三河，在丈夫外出期间，她经历了孩子患病等一系列痛苦。两个女主人公在男人"缺席"的情形下展现出战胜苦难的巨大勇气，女性的悲欢在作家从容舒缓的笔调中透出温暖厚重的悲悯色彩。而钱国丹《不在现场》中的谋杀命案则涌动着奇诡的暗流——乐城富商郑凌云在出轨被妻子史顺玲发现后，不堪其扰而精心策划谋杀，最终事发而被枪毙。整个故事以命案起，以命案终，情节扑朔迷离。相比之下，徐衍的《肉林执》和《煮山记》则更为冷峻。两个故事都发生在婺城，《肉林执》着重刻画女作家鲁贝贝在小城中用写作伪装和保护自我，但却在肉体和精神的折磨中死去的一生。而与之同城的阿达、兰兰和德明三个家庭则在"螺蛳壳里做道场"，寻找各自灵与肉的欢乐。小说充满戏谑和调侃，在隐秘的人性欲望描写和夸张的故事走向中尽显人生的荒诞。《煮山记》"半升铛内煮山川"，将纷纭世态浓缩在婺城的一条短街上，展现了几个家庭的婚姻与情感纠葛，爱与恨、善与恶的交织被叙述得细密而真实，而世事的变幻也无非是"新开了一家小吃店"的沧海与桑田。

然后，是大中城市的底层叙事。萧耳的《朵小姐》塑造了一个有着包法利夫人般"不甘心"的性格特点的女主角，她从乡下来到杭州，既不愿再回到农村，也不甘心只当个本分的幼教，在过上漂亮生活的缥缈企盼中相继邂逅伟国、阿奎和陈光明三个男人，但因自身缺乏实现愿望的能力，最终只换来肥皂泡的破灭。这部小说在当下极具意义，既证明了"才华撑不起野心"时达到目标的艰难，也间接反映了当下社会阶层的固化。朵小姐无疑是众多渴望成为城里人的农村青年的缩影，经历了一系列失败后的她何去何从显然是道难题。但及的《白棉铺》从一个小协警"侥幸"抓获逃犯开篇，到逃犯逃脱、协警被辞退，再到逃犯和前协警从精神到角力的交锋，故事一波三折，叙述流畅纯熟，婚姻不幸、工作不顺的主人公自认是"城市的弃儿"，但在最后与逃犯的殊死搏斗中却放射出小人物的光辉。而最令人注意的则是作品里的两个女性——逃犯的妻子和协警的妻子，她俩身上折射着世道人心和家庭伦理，着墨不多，但点厾得细致入微。与之异曲同工的是孙红旗的《花瓣凋零亦有声》，故事讲述了刑侦支队长方忠华受朋友所托调查女子方米美的身世，却不料卷进了一起重大聚赌案件，在突破重重迷雾后才发现一切只是方米美精心设计的局。故事引人入胜，方米美的爱恨情仇及曲折命运亦令人唏嘘。

张玲玲的《平安里》是典型的"钉子户"的故事。陈菊英、陆爱华、朱太太和秦志娟为了争得更多的拆迁赔偿款，死守在腐坏肮脏的平安里，彼此间既明争暗斗也共同作战。陆爱华和秦志娟一个在外购置新房，一个把饭店经营得风生水起；而陈菊英独自拉扯儿子长大，虽苦心经营但最后仍穷困潦倒、孤独死去。朱太太不惜出卖女儿芳娣的肉体给第二任丈夫以换得后半生的安稳，作家对她与丈夫及女儿之间猥琐的利欲交换刻画得淋漓尽致，芳娣从自身遭遇得出的"命运是个娼妓"的领悟更让整篇小说透出一种深入骨髓的荒凉。

许仙的《陈观鱼的关停生活》细致描绘了小市民夫妇陈观鱼和赵美仙的生活。为了省钱，他们用高压锅煮粥时未全熟就关煤气，晚上关灯、打着手电洗碗……日子就在他们不断的"关"与"停"中无声流逝，最后连陈观鱼的单位也被关停，一地鸡毛的琐碎日常下是底层小市民的无奈和挣扎。许仙的另一篇《畏途》则以主人公的怨妇式自叙凸显城市外来女性在原生家庭、不幸婚姻及物质匮乏的三重压榨下的身心重负，抑郁愤懑，充满无力感。而傅建国的《打工往事》则将镜头对准了城市中常见的打工一族。叶根生在妻离子逝后到鹿城一个食堂打工，和共事的少妇舒婕产生暧昧情愫，最终无果。二人的选择里有命运交错的无奈、现实谋生的残酷和情欲的冲突，平淡而不失细腻。瞿炜的

《1988：一个温州推销员》是一部少年流浪记——19岁的"我"跟着郝叔辗转青岛、洛阳、南宁等地行骗，尽管赚到了不少钱，"我"却始终感到自责和忏悔，最终决定放弃金钱坚守良知。小说通过一个少年的视角展现了20世纪80年代末风云变幻的社会图景，走南闯北的温州商人更成为那个时代的典型印记。钱国丹的《苦竹飘摇》描写乡下青年沈岭东被董事长千金吴娜娜相中而成婚，但在妻子面前没有丝毫尊严。足浴女苗凤竹误会未婚夫高二晃寻花问柳，与沈岭东互相吸引并进行交易。两对青年的命运在阴差阳错中狼狈交叠，最终悲剧收场，包含其间的现实苦痛与情感纠葛令人深思。

张忌的《杀死一条哈瓦那》是一部少见的校园题材作品。故事围绕青年教师刘枫、高中生马义和葛青青三个主要人物和一个恶搞短视频展开——刘枫气急之下去找上传视频者葛青青讨公道，直接导致她险被开除；视频拍摄者马义因受欺辱而存心报复同学后被开除，刘枫好心为其辩护，却遭周围人的白眼，面对现实和理想的巨大冲突，他精神崩溃，最终结束了自己的生命。三人虽身份不同，却有着同样不幸的家庭，是不为主流所接纳的"边缘人"，从中折射出的教育黑暗、家庭缺失和社会偏见着实发人深省。而沐小风的《八珍》则以一只名为"八珍"的狗的视角注视芸芸众生。相比重情重义的八珍，其唯利是图的第一任主人李秉福显得丑恶和猥琐；而它与阿刚的生死之交则体现出人狗之间的奇妙情缘，同时也见证了阿刚的奋斗历程；还有精神病人、年轻女孩等，都在八珍这面灵魂的镜子前留下本真的身影，体现了作家对现代人性的反思。

再次，是中产阶级的众生百态。钟求是的《愿望清单》写都市女白领苏颐在火车上邂逅诗人树井，互生暧昧情愫，共同完成树井写下的"愿望清单"。树井孤独的身世、漂泊的经历增强了诗人的忧郁色彩，而他寻求故土而不得的缺憾则为其自杀埋下伏笔。小说充满对生死的哲理化思考，树井为城市所不容而又无处寻觅乡土之根的悲剧实则是当下都市人精神孤独的极端化展现。同样面对破碎家庭的苏颐和树井虽萍水相逢，却心有灵犀。结尾处树井终于回到村庄，却已半身不遂苟延残喘，又似是魂归故里般无奈而凄凉的慰藉。

在《第三把手》中，王手别出心裁地塑造了一个"积极向上"的"小三"形象——周节如，她作为福禄寿鞋厂的店员与老板张国梁私通，逐步掌控鞋厂总部，并与老板娘李四珍保持着表合暗恨的关系。小说从鞋料店老板娘的外部视角出发，通过第三者的观感描述她们之间的明争暗斗，既借厂内风云折射出中国社会改革开放的变化浪潮，又写出了两个可怜女人各自的无奈，呈现出命运弄人的悲凉。

杨邪的《逃生》用一个异想天开的逃生办法勾连起两个家庭的悲欢——"竟然真的离婚了的"裴任和西贝是高中同学，西贝在经历股市的大起大落后终成富翁，但这期间和家人间产生的裂缝却无法修补。后来他俩阴差阳错地成为邻居，并在一个深夜因西贝异想天开地打通墙壁后相遇，颇有"同是天涯沦落人"的相惜之感。作家以半谐谑的笔法分别叙说了两个家庭的不幸，两个毫不相干的人，两段失败的婚姻，由于某种机缘被巧妙地拼接起来，这是焦灼的现实，亦是虚幻的梦境。婚姻就像一座围城般将他们困住，想飞的人已出逃，留下的人似乎只能通过推倒墙壁来获得精神上的"逃生"，喜悦与落寞、满足与悔恨终化作一杯茶的苦涩，折射出万千城市家庭的缩影。

林漱砚的《日光之下》也精心构造了一个戏剧性的故事：美术教师木子萌在丈夫意外病逝后偶遇李厚燊，成为其情人。她的学生侯家明趋于叛逆，她心急如焚却无计可施。李厚燊对木子萌无微不至，但木子萌始终怀疑李厚燊前妻的下落，最终却在侯家明口中得知全部真相——原来侯家明失踪已久的母亲就是李厚燊的前妻，他为寻找母亲多次潜入继父家中搜寻证据，却意外发现木子萌已与李厚燊坠入爱河。故事沿着家庭和学校两条线索展开，巧妙设伏并在最终揭示谜底，令人在惊讶之余不禁感叹人性的复杂。林漱砚的《另一面》则以化妆师阿朗的视角旁观城市女性，她们有的外表光鲜内心焦虑，有的看似自在而实则孤独虚空，"另一面"见证了她们的真实与虚假、卑怯与坚守，折射出的女性心理和生存处境发人深省。

杨怡芬的《鱼尾纹》设计竞争上岗的陷阱，逼迫朱颜出卖美色以求得职位，却因东窗事发而败给竞争对手郑月玮。"鱼尾纹"的显与隐是朱颜真假两面的隐喻，虚实之间尽是交易和对自尊的践踏，从黑暗中渗出苍白。草白的《山丘》是莫莉、裴姐和晓雯三个女人的一台戏，她们扮演着各自的角色，平庸的生活就在如山丘般一起一落中度过，种种烦恼绵延不尽。朱平兆的《她讲腰子他说肾》设计了一个贿赂案件的旋涡，杨百里、方向东和赵若祺等都被卷入其中，出卖朋友而满心愧疚的杨百里到头来才发现他们不过都是一场钱权交易中的棋子。

二、旧中显新的乡村叙事

"城-乡"体制的多元化实际源自中国农村在现代化进程中的窘境。传统农村一方面仍固守其原有模式，另一方面却在城镇化浪潮中逐渐发生变化，于是中篇小说的乡村叙事也呈现二分格局：相对封闭的乡村故事和开放的新变演绎，呈现出旧中显新的杂糅景观。

首先是相对封闭的乡村故事。许仙的《尘灯》写"母亲"和邻居梅娟娘从姐妹到反目成仇再到和解的一生。二人同年嫁进村里,前者因没有儿子而受指责,梅娟娘则常遭家暴,于是互相诉苦。二人因小事结仇,最终和解。小说以温情的笔调叙述了两个苦命女人的恩怨,在平实的叙述中显现出她们对待生活起伏的坚韧,以及相知相依的情谊。而《谵语》则讲述了爷爷和新娘子的一段"孽缘"。新娘子因娃娃亲嫁到董家,丈夫董冰却已在五年前亡故。年幼的爷爷因代死去的董冰和新娘子拜堂,从此成为姐弟。伯父不忍媳妇守寡,本想让二人成婚,却遭爷爷的父亲拒绝。后来新娘子因意外怀孕投河,被爷爷救起,之后爷爷也成了家。几十年后,爷爷在病床上的谵语无人能解,家里人请来新娘子倾听其遗愿,后两人相继离世。作品叙述朴实,对人物情态的刻画和事件的铺展耐心而有温度,"谵语"就像两位老人彼此心照不宣的情感密码,锁住了可贵的情谊。

张嘉丽的《出逃》描写 19 岁女孩凌霄不满继母安排的婚事,制造死亡假象逃出村庄,和从小的玩伴青槐私奔。然而婚后生活不如意,丈夫溺水后凌霄回到老家,为了谋生改嫁李壮。对曾经的未婚夫苏英赫的愧疚折磨着凌霄,整个故事由现实和回忆穿插而成,感伤的氛围格外浓厚。但及的《蟒皮胡》以一起看似寻常而又突兀的医疗事故为核心,素描了一个江南小集镇生动鲜活的剪影。光荣和大郎情同手足,一次,光荣来到大郎诊所打点滴却意外身亡。光荣的儿子小洋与大郎就赔偿款问题无法达成共识,小洋坚持不火化父亲的遗体,最终在民警方协调下暂时将尸体冷冻。小说中大郎错杀好友的痛苦、悔恨和小洋的嚣张勒索形成强烈对比,由命案所折射出的恶与善以及乡村生存景象增加了故事的深度。徐汉平《父亲的帽子》从弥留的父亲想要一顶帽子写起,勾连出父亲的青春及他与姚仁伯的恩怨,最终父亲骂出一句话而如愿离去。不难看出,这一类小说都体现了作家对故土的眷恋和感恩,是近似张炜"融入野地"的回归式写作。

其次是开放的新变演绎。钱国丹的《惶恐》展现了资本入侵下郑家湾的变故——主人公郑守田得到了27万元土地补偿款,失去土地的他先后尝试了蹬三轮车、卖杨梅、公司打杂等,却均以惨痛的失败告终,而他所怀念的农耕生活也一去不复返。而新一代农民同样面临困境:郑守田的儿子郑丰年偷取10万元补偿款投资,却因无知而闯祸出逃;女儿秀葵被夫家勒索6万元离婚费;青年墩子被骗12万元后喝农药自杀……失去土地的孤独和对资本社会的不适让整部小说弥漫着惶恐的气息,新时代下失地农民的精神和生存出路引人深思。傅建国的《牌坊村人家》则上演了资本冲击农村传统道德体系的悲剧。南溪湾乡长鲍跃进为迎合上级决定拆掉村里的孝子牌坊,结果遭到生身父亲陈天贵及一批乡民的强烈反对,后来陈天贵的意外死亡引发了一系列变故,鲍跃进最终家破人亡。作家通过牌坊村的变故展现了一段乡村变迁史,以及改革开放后所遭遇的阵痛。《命根儿》讲述了叶根生外出打工前的故事。妻子红霞因难忍婆婆恶语及经济窘境,愤然去东莞打工并有了婚外情。习惯了城市生活的红霞因此与驻守农村的丈夫产生隔膜,在儿子瑞儿因医疗事故早夭后,夫妻彻底分离。小说以叶根生第一人称展开叙述,对其不甘埋没却又无法通过写作解决经济困难的矛盾心境刻画得细致入微,展现了现实与理想的强烈冲突,以及城市文明冲击下的乡村婚姻的悲哀。陈集益的《制造好人》用近乎荒诞的手法展现了一个致富梦的破灭。吴村村主任稀里糊涂地接受了上级的实验任务,将一台声称能制造好人的机器运到村中,并与傻子连桥和几个流氓相继进入机器体验。流氓借此变本加厉地勒索村主任,村主任则因妻子受辱而砍杀流氓。"制造好人"的机器不仅是这场闹剧的起因,更构成对小说里众多人物的反讽——村主任的无知怯懦、流氓的无赖、艺术家们的弄虚作假、领导的闭门造车……犹如安徒生笔下"皇帝的新装",在众人编织的骗局中照出了人性的丑陋与复杂。

农村人急切地盼望一夜致富,可暴富的背后多存在"利益至上"的极端倾向,韦陇的《晴川的村》就展现了市场经济下农村致富的"义-利"冲突困局。老村主任的儿子晴川为带领村民脱贫,假借村中杨五郎和鸳鸯石的传说行销兔毛而大肆获利,以致有人用味精和石膏粉制造假兔毛以牟取暴利,但很快就被曝光。就在两三年的光景里,黄洋村人富起来了,始终反对不义之举的老村主任却无人问津。晴川与老村主任的矛盾不仅是父子的冲突,更是义与利、旧与新的斗争。而晴川与李露、子良的恩怨纠葛,在"我"与春树的纯真爱情前更显出情与利的复杂性,使小说走向更深处。

方格子的《在豆庄》多方位地展现了封闭的豆庄在城市文明裹挟下的变化。在杭州谋生的记者豆安回到老家豆庄,竭力希望从同村人韩进手里救下破败的母校豆安小学,韩进却坚持要买下豆家院落开办韩家私学。豆安的未婚妻罗衫也被卷进这场风波。小说让我们看到在致富浪潮中农村里保守与开放力量的搏斗,而罗衫与豆安的爱情悲剧更是城乡鸿沟难以逾越的象征。豆安作为城市的新居民,对故乡既羞愧又无法割舍,最终在捍卫故土中走向灭亡。张忌的《大树》以魔幻现实主义的手法描绘了遭工业侵袭后的未来村庄。康的父亲身为村主任,对镇上领导许诺的"度假村梦"破灭转而建工厂一事耿耿于怀,后发现村里竟长出一株奇怪的大树,从此一病不起,最终弃世。康在一个守灵的夜晚惊奇地发现父亲在爬树,于是追寻而去到另一个世界。在那里,有吃垃圾的透明人,有贩卖新鲜空气和水的店铺。康险些成为一个胖子煮灵魂的实验品,最终成功脱逃并找到返老还童的父亲,与父分别后再次返回人世。小说情节奇诡,但处处都是对工业污染和人性扭曲的影射和讽刺，彰显出作家对工业文明入侵农村现状的深刻反思。

此外，杨方的三篇新疆地域色彩浓郁的小说也颇引人注目。《不会是世界尽头》讲述伊宁城内一个家庭的悲欢。董怀珠自小就与母亲及姐姐董怀玉不和，毕业后留居南方，接到父亲病危通知后她立即返乡。董怀珠坚持要以手术延续父亲的生命，但术后父亲的疼痛和高昂的医疗费让她力不从心。父亲逝世了，董怀珠怀疑是母亲和姐姐的过失，最终董母说出真相，多年寒冰由此化解。董怀珠在一个破碎的家庭中长大，父亲是她的唯一精神支柱。她对垂死父亲的挽留，更像是对这个家温存记忆的无力抓捕。而她与母亲等对待临终病人的不同选择，也反映了生死面前亲情和道德两难全的窘境。《天鹅来到英塔木》里的"我"和董怀珠相似，也是家庭中的"局外人"。小说从母亲的求救电话开始，在"我"和民警苏力坦前往母亲所在地的路途中追溯这个家庭的过往：双胞胎姐妹麦维青和麦维紫的爱情争夺、父亲的病逝……故事最终在淡淡的温情中结尾，告诉读者尽管争执不断，但仍磕磕绊绊地彼此相伴相携，这便是家人的定义。值得一提的是作者在2016年发表的《风吹木扎尔特》则更具异域风情。双胞胎麦维蓝和麦维红在麦妈的区分教育下逐渐成长为性格迥异的一对姐妹，却都先后爱上了邻居哥哥希林。后麦维蓝被送出国留学，漂泊海外。麦维红与希林感情升温谈婚论嫁，不料就在婚礼前夕，麦维红不幸被沙尘暴卷走。故事被置于苏联解体的国际大背景中，在世界局势的动荡中羊毛胡同却宁静如水，平静的叙述仿佛冲淡了所有的悲欢，却更凸显了世事的沧桑况味。

三、过往岁月的沧桑记忆

俄国诗人普希金曾在《假如生活欺骗了你》中深情地写道:"一切过去了的都会变成亲切的怀念。"经过岁月的变迁,有些事早已随风而去,但有些事却永难忘怀。杨怡芬的《过啊过啊,过奈何桥》围绕父亲当年的冤案打开了记忆的大门。"我"和母亲在医院里偶遇当年下判决的吴书记,母亲急于与其相认却遭冷落。后为了给父亲平反冤案,一家人几经折腾,终于在"我"丈夫的帮忙下与老干部们见了面,以换来几句客套话的结局收场。若将小说所述的冤案置于当时的大背景下,的确不值一提。但真实的历史本就由众多小人物的悲欢组成,对于一个小家庭来说,父亲的冤案所带来的苦痛成为无法磨灭的创伤,如此执着地联系吴书记不过是想要一个清白的认可,而家人和干部对真相的不同态度则凸显出世态炎凉。对那个年代留下的往事耿耿于怀的还有陈河笔下的"A"——《那灯塔的光芒》由 A 回国参加与当年打球伙伴的聚会写起,逐渐把记忆引向 1974 年少年男女篮球队赴杭州参赛的时光,在那时 A 第一次认识苏娅。后来当 A 成为一名篮球兵,偶遇已是海军队员的苏娅时,A 对其产生情愫。生性腼腆的 A 在队员小梅的帮助下成功与苏娅再建联系,却没想到小梅也开始主动追求苏娅。一次,A 因怯懦放弃赴约,苏娅从此对其彻底失望,二人就此错过。与此相似的还有队里的罗青和柳小芸,二人为家庭所阻隔而被迫分离。他们的青春大多身不由己,苏娅的死和罗青的病更让人感叹世事无常,遗憾的爱情却就此成为心头的一颗朱砂痣,像那座记忆中的灯塔一般闪烁着永恒的光芒。

在那个特殊年代的青春记忆中,"知青"作为时代的特殊产物所留下的故事更是写不尽、道不完。傅建国的《奶奶的村庄》就讲述了奶奶徐蓓蕾的传奇一生。1968年冬，19岁的徐蓓蕾从上海下放到石门村，与同村的小伙鲍解放结合并育有二子，从此扎根石门村。她相继经历了公婆和丈夫的离去，独自一人开办茶叶厂、照料智障的大儿子、坚决捍卫陈氏祖屋……最终在一个夜晚悄然离开这个世界。奶奶的一生充满无奈，但却始终默默承受着所有的苦难，活出了生命的坚韧和高尚。她是众多知青中的一员，既是时代的受难者，却又以独特的方式成为时代的创造者。

界愚的《氰化钾》也是谍战题材，故事以杀人毒剂氰化钾为线索，叙述了朝鲜医生姜泳男和女主角唐雅相继被招为军统特务并执行命令的故事。战争的残酷、爱情的卑微和命令高于一切的身不由己让小说充满悲情色彩，题材本身的惊心动魄以及生死关头的人性演绎同样淋漓尽致。

东君的《空山》是2017年我省中篇小说创作中唯一一部武侠小说。作家借用金庸《射雕英雄传》的部分人物和情节，同时加入自己的想象和创新，用第一人称叙述了"南""西""东""北"四个既独立又暗中勾连的故事。"南"写大理国皇帝智兴为娶瑛姑而砍其夫君之臂，后看破红尘出家为僧；"西"写叔嫂通奸、兄弟残杀；"东"写桃花岛岛主与妻子收徒后的种种变故；"北"则收束全篇，写洪七下山时的一番感悟。作家吸收武侠小说技法，融入对人性的思考，抓住"事件的灵魂"，让小说别具一格。

还有，孙敏瑛的小说集《暗伤》和其他一些小说家的作品等则将焦点放在婚恋上。作品或讲述爱情经历的悲喜，或挖掘婚姻家庭的复杂，百花筒般为读者展现了世间百态。

综上所述，2017年我省中篇小说创作可谓蔚为大观。作家们将敏锐的触角伸向社会的各个方面，既有关于历史和传统的创作，又注重呈现新时代环境下社会的变迁，融入了对人性的思考，因此在虚构的世界里构筑起关于"人"的殿堂，这也是包括小说在内的所有文学作品的永恒使命。

2017年浙江中篇小说作品要目

一、书

傅建国　《奶奶的村庄》　长江文艺出版社2017年2月版
钱国丹　《金石榴》　知识出版社2017年2月版
孙敏瑛　《暗伤》　知识出版社2017年6月版

二、文

畀　愚　《氰化钾》　《人民文学》2017年第2期
陈集益　《制造好人》　《花城》2017年第4期
陈　河　《那灯塔的光芒》　《北京文学》2017年第2期
草　白　《山丘》　《山花》2017年第5期
东　君　《空山》　《江南》2017年第4期
但　及　《白棉铺》　《长城》2017年第4期
　　　　《蟒皮胡》　《时代文学》2017年第3期
方格子　《在豆庄》　《作家》2017年第8期
王　手　《第三把手》　《收获》2017年第3期
林漱砚　《日光之下》　《江南》2017年第2期
　　　　《另一面》　《青年文学》2017年第2期
沐小风　《八珍》　《江南》2017年第1期

瞿炜	《1988：一个温州推销员》	《当代》2017年第5期
孙红旗	《花瓣凋零亦有声》	《啄木鸟》2017年第7期
韦陇	《晴川的村》	《作家》2017年第9期
杨邪	《逃生》	《百花洲》2017年第2期
杨方	《天鹅来到英塔木》	《长江文艺》2017年第12期
	《不会是世界尽头》	《北京文学》2017年第2期
许仙	《尘灯》	《黄河文学》2017年第7期
	《陈观鱼的关停生活》	《长城》2017年第5期
	《畏途》	《延安文学》2017年第2期
	《谵语》	《野草》2017年第6期
徐汉平	《父亲的帽子》	《野草》2017年第2期
萧耳	《朵小姐》	《收获》2017年第4期
徐衎	《肉林执》	《收获》2017年第5期
	《煮山记》	《青年文学》2017年第8期
杨怡芬	《过啊过啊，过奈何桥》	《十月》2017年第2期
	《鱼尾纹》	《花城》2017年第1期
杨方	《不会是世界尽头》	《青年文学》2017年第1期
	《风吹木扎尔特》	《当代》2016年第6期
钟求是	《愿望清单》	《十月》2017年第5期
张玲玲	《平安里》	《西湖》2016年第9期
张嘉丽	《出逃》	《青年文学》2017年第2期
张忌	《大树》	《江南》2017年第2期
	《杀死一条哈瓦那》	《十月》2017年第1期
朱平兆	《她讲腰子他说肾》	《文学港》2017年第3期

对现实发声　从现实起跳
——2017年浙江短篇小说述评

| 周　静 |

2017年度，现实题材创作继续成为浙江短篇小说创作主流。短篇小说是青年文学之星的起跳之地，又是叙事技巧的试验之地。在这个最活跃的创作领域里，浙江作家扎扎实实地把现实题材和个性抒写结合起来，直面社会问题，探索人性真义。雷默、祁媛、钟求是、斯继东等人的作品入选各类年度短篇小说选本。当代文学浙军继续成长壮大，东君、祁媛获中华文化基金会第二届"茅盾文学新人奖"。近年来，浙江青年小说家们的创作重心以中短篇小说为主，有天赋，有韧劲，年年有佳作。

2016年发生了一件有趣的新鲜事，热爱文学的法国Short Edition（简短版本）公司研发了一种短篇小说售卖机，只要按下"1分钟""3分钟""5分钟"的按钮，它就会打印出相应阅读时长的小说文本。据说在戴高乐机场，这种印在类似购物小票上的文学作品很受欢迎。小说阅读飞速向日常生活回归的势头已不可阻挡。文学的阅读与日常时间的分配越来越相关，文学的意义与某种时空的偶然性越来越相关。阅读方式的更新正在不断突破文学创作的固有模式，不断激活作家的感受力和创造力。当代作家面临的挑战是召唤一种非凡的现实感，难题是驾驭两只迥异的翅膀飞行。

一

钟求是写熟悉的城镇人和生活，特别有浙江特色。浙江很多城镇百姓的日常生活在经济消费上已与都市相当接近，而文化转型和社会转型方面的整体风貌与都市相比，有鲜明的异质性。这种异质性能帮助我们认识这个时代，以及周围的世界和世界中的我们自己。因此无论是抓取丰富的现实题材，还是对社会变革作总体性的反映，钟求是的创作都有巨大的生长空间。《街上的耳朵》里有微妙的空间和心理关系，镇上的人，空间距离不远，一句闲话一转身就传到；但在心理距离上，又完全是陌路。这是小城镇既不同于传统乡村又不同于现代都市之处。钟求是写出了这种城镇化进程中当代人情交往的尴尬和失范，可能是长时间找不到定义和表达某种情绪的不适应感，或者是不知如何建立沟通、化解误会的挫败感。描述它们有时显得很困难，而这困难性恰恰对作家有巨大的吸引力。钟求是选取一系列针眼般的考察点，很精微地描写城镇生活里某种别扭的、不自知的人情困境。尽管钟求是在创作谈中说他熟悉的镇子像一个江湖，活动着许多好汉，发生着许多恩仇，但他不仅仅写了一个关于恩仇的故事。好作家能精准地揭示好人好事、坏人坏事、奇人奇事背后的具有普遍性的社会现实，如果这种普遍性是由这个作家首次揭示和命名的，那么他就具有描画时代人心的功力。

艾伟在《在科尔沁草原》的创作谈中说，一个作家之所以写作短篇，纯粹是出于对这一文体所蕴含的力量的热爱。短篇小说虽篇幅短小，却有能力置疑貌似正确的观念，有能力使坚固的世界坍塌。短篇小说是这个正常世界的一次意外事故。《在科尔沁草原》的"意外"在结尾时照亮全篇，真情假意、笑点痛点都在此揭晓,正是完美短篇需要的"秒闪"的结局。情节推进没半分含糊,排布的小状况都一一化解,却全部成了疙瘩,直到赵老板的那达慕冲喜之旅坦荡荡地圆满结束,人钱两清,倒过去再看,这些疙瘩才反转出讽刺现实的力量。通篇叙事丝丝入扣,看似不经意的人物描绘,个个见声色、见思量、见性情,信手点画,却连语气词都是活的。场面调度镜头感极佳,清晰、细致、凌厉,几乎可以当水墨画品味每处笔墨气韵。艾伟说,作家对世界是寄予希望的,心中没有希望的人不会从事写作。展现在我们周围的世界常常会给人一种混混沌沌、可怕无聊的感觉;我们写作的目的是为了赋予这样的世界一个较为连贯、较为简约的形式。我们写作,是因为我们相信意义是存在的,我们要使之适得其所。《在科尔沁草原》的结局里,王安全想起以前他给赵老板找的姑娘们,这些得了赵老板的便宜还使劲卖乖的姑娘们现在在哪里,在影视圈做什么。这一笔虽然惊险,但有温情。陆姑娘不卖乖是因为对王安全动了情,她那么不专业,恰是她可怜惜处。至此,人性善念各得其所,全篇的句号是暖色的。

祁媛小说的价值首先在语言。不是说她的语言多考究、多精美,而是她摆脱了20世纪八九十年代确立起来的当代小说叙事范式,她的语言显得"透明"。她几乎不受那些已经进入当代中国文学史的作家们的影响,她的小说中的现代性与这些作家的创作实践基本无关。她从她自己的生活和艺术土壤里生长,写她的离得还不远的青春期。王安忆写的青春期、格非写的青春期、苏童写的青春期等都进入了文学史,众多当代写作者背负着20世纪八九十年代形成的小说范式所引发的叙事的焦虑。祁媛的写作可能也有焦虑,但她的源头不同,没有混浊的年代气味。她的天赋体现在两个很难得的风格上。一是轻盈的力量,叙事从不滞涩,又不圆滑。从语言到情节有滑翔之势,随性所致,找不到费神费力的地方。越是主线以外的叙述,越是侃侃,越像自由巡航,真诚地唠着,不经营字句,不经意地传情达意。但读者会警觉着等待俯冲,不是坠落,是乘势刺入幽暗深谷,探看永久失落之处。巨大的阴郁的世界是目标地,叙事节奏上突然变得迅捷,不停留,不迟疑,不留恋,分明抵达了安心之所。无论是回忆祖父,还是回忆老同学,某种敏感的、娇气的、执拗的、夭折了的美好的东西,很细腻很清晰地再现。二是清晰的力量,对无问结局、游游荡荡的生活有种明朗的接纳态度,既然真理在幽暗处,那么就在黑暗和困顿的情境里心如明镜。祁媛的作品,从主题到表述都是清晰的,不追求不尽之意,没有纠结,没有进退不得之意。《黄眼珠》里,有小动物一样黄眼珠的解兆元,总是无意间残忍地挫伤爱他、理解他的人的自尊,他永不自知,且爱他、理解他的人,以不再被他所伤为憾。小说写了两种相通的爱,同性的和异性的,这种变态的宠溺之情那么美那么贱,被作家剥洋葱一样一层一层剥下来摆好。

二

王手的小说像一领腼腆的大簟席,柔韧坚实,细密有致。《谁说我没有腹肌》的平和里有岁月的力量,是和中年人谈美好生活。李敬泽说,王手小说的力量就是他从不离开最基本的生活事实。在这个小说里,王手从有条不紊、朴素扎实的生活细节上起跳,挑战幽默的高度。幽默的起因是误会。叙事者是个头脑活络又做事踏实的车间青年,他鬼使神差地用一只手摁住坐着的大个子的头,就阻止了一起闹事,还跟这个爱刀疤的大个子成了兄弟。从此他被姑娘们视为肌肉男崇拜起来。但他没有腹肌,而且误会了女性的眼光。他自信有点文学才华和挣外快的本事。王手对饮食男女着墨不多,却一派高光。他同时无比诚恳地写不足为外人道的生活的劳碌和困顿,比如对外声称"编教材",其实是到福建的地下印刷厂打包盗版小学教科书寄往西北地区,比如和睦家庭里的男主人是同性恋,这些是没有性别差异的。相比之下,有性别差异的目光就具有美感了。王手把人们投注到身姿和肌肉上的欣赏提升到具有超越性的审美高度,这种不待沟通、充满误会、令人愉悦的目光代表了人性中幽默的本质,就像王手的写作具有在平淡的、有缺陷的现实土壤之上一跃而起的能力。孟繁华说,王手的叙述将我们逐渐引向了生活的深水区,触摸到了我们曾经经历却不曾注意的人性的纵深处。谢有顺评价王手的小说中有一种仁慈和宽广的东西。显然,这种东西要表达出来,就要先克制对现实穷凶极恶的批判、生气、绝望。王手的智慧在于丰沛的生活细节和温暖的人性关怀,还有他从来没有沾沾自喜、顾盼自雄的写作姿态。

东君的小说一直自成风格。他的叙事里没有热气蒸腾的场景、挑眉龇牙的表情、珠玑嘈切的对话或者微言大义的警句,他过滤了烟火气,也从没想过教导读者。李敬泽说东君的《东瓯小史》极写文人之俗,把委琐写出了颓然风致,恰如在江南梅雨中玩味人性的发霉。近几年换一副手眼之后,写作方向是写孤独的人们、贫弱的人们、内心枯竭荒凉的人们,他们的"所信"——在中国,那份可疑的、风中之烛般脆弱的"信"。谢宗玉说东君写的都是一类人——时代的边缘人。生活的旁观者,身上总有一两处闪着异质的光芒。东君执意不看世事洞明人情练达,那看什么?《空椅子》里有三个人在酒吧闲喝闲说,一个是电子商务师,一个是公务员,一个是哲学老师。一个很想找爱和被爱却找不到,一个没力气爱没力气死万分沮丧,一个故作看透了生死无常。三个人絮叨整晚都没聊到一起,对着空气,自说自话,半醉半醒。结尾处,"公务员眼珠子一轮,放出一道浮光来,仿佛一栋漆黑的大楼里突然亮起了两盏灯"。他指着一张空椅子说那里有人,另外两人也仿佛看到了。看到什么?空,怎么写出来,怎么写得不纠结,东君也许得其要。最著名的如贝克特的《等待戈多》,写出意义的不在场。东君指出空椅子里仿佛有人,是给无意义的等待留个错觉。

作家的创作谈往往会说到某个小说怎样配合他的意志生长出来。有点像作家拽着细线让风筝迎风升起来,但到了高空,线松松的,风筝会有自由空间。斯继东说《逆位》从多年前写下的"湖面结冰后鱼儿去了哪里"开始,这句话指向小说整体意象:20多年前的校园生活像不知所踪的鱼儿,隐没在人到中年的冰面下。作家的回忆将变成潜水员,顶着小探照灯逆流出发,但并不愉快。在小说里,"湖面结冰后鱼儿去了哪里"是一大学女友跟"我"说的第一句话,它出现在小说临近结尾处,那时"我"从医院尸检室逃进卫生间大吐特吐。从这个叙事的节点往前看,炫女友、打架、发起群体事件等一连串行为,都由一股青春的"作"推动,确切地讲是目标不清的逞能。直到硬着头皮见证校友年轻的尸体被挖出心脏,"我"在落荒而逃时意识到自己在城市、在大学的青春是那么娇气又矫情。作家把这个小说根系上的一句话和呕吐物放在一起,再打开所有水龙头冲掉它。可感知到,回忆中的情绪像直视呕吐物一样折磨人。作家紧接着出示了小说集《都柏林人》的意象,让人想到乔伊斯写的那个匆匆赶到夜市却选不中礼物的少年,懊丧、无助在夜市熄灯的瞬间颠覆了青春的娇气。然而斯继东不想把怜惜年少无辜的情绪投射到正面叙述的大学里,他的温情投向了中学。东君说斯继东写的是典型南方文人小说,讲究气韵,小说里的人是有情的,控制情感像谨守礼节。这种气韵在小说结尾处出现,作家收回了风筝线:乡村高中女同学来父亲的葬礼上默默地陪"我"坐了一会儿,大学里逆位的青春突然不再折磨人,躁动的情绪突然安定下来,这个结局与作家的中年目光、中年嗅觉是一致的。其实小说无意通过回忆再现某个人生的转折点,可能仅仅表现了中年的认知和情绪里,大学的记忆比高中更清晰而已。

三

故事就是梦境,主角要引人注目。哲贵写信河街的奇人,女主角特别动人。《每条河流的方向与源头》很好看,有机智又悠远的人生况味。小说里的女主播吴旖旎姑娘就是一条河,说她是条河而不是个水塘、沼泽,可见作家要写她径流的各种曲折和风景。眼看着旖旎姑娘甘心做情人又被弃,一手好牌打了个稀烂,上山做私塾老师,差不多像出家尼姑庵了。可忽然奇迹出现,她无师自通成为画家。哲贵对这个小说的节奏把握得很完美,特别是让旖旎一路不甘寻常、往难走的河道走,从糊涂、发痴到自我放逐,步步惊心。尤其是闭门绘画的几个小段文字,像河流入险滩。写旖旎经历之奇,奇在绘画如何让旖旎发现并听从内心的召唤。这个奇迹时刻,哲贵写出心智自爆的剧烈景象,抽筋断骨、穷乏心智,正是旖旎欲念跌宕的堕落前生的涅槃。从此往前,这条河在地下流淌,待回环曲折够了,直奔向一马平川;从此往后,旖旎姑娘不知六便士,只看月亮。哲贵真是难得的幽默。

雷默的《祖先与小丑》饱含温情,平静细致地用万把字写大题目:"死亡是什么"。叙事者通过打棺材的木匠、打理丧事的堂兄、做法事的道士的言谈行止描写死亡,又很耐心地写母亲跟吊唁的人一遍一遍描述死者最后的样子,写妻子用手蘸着水给新移植的树苗浇水,写儿子猜想蚊子停在大象上就像人和生生不息的地球，像工笔人物一样描画亲人们轻声慢语的样子。从这些一天一天波澜不惊的日常情境里，由至亲的故去带来的无措、悲伤慢慢淡化，变成温暖的思念。这些柔和静谧的笔触里有生命的泰然。雷默在一次创作谈中说到叙事空白对短篇小说的意味，他理解为一种接近空间感的感受力。在叙事结构中，这种空间感有两个基本向度，一是对位，一是纵深。他的叙事目标是准确地展现复杂人性中独特的一面，但在叙事的精准和凌厉上还有提升空间。

《深蓝》是雷默喜爱的作品，寄托了很多感情，叙事技巧上的突破也可期待。小说的机巧在老水手王武床上放的一张遗像。按渔民出海的规矩，犯忌讳的东西绝不能带上船的。这是雷默在小说中设置的加速开关。从内容和叙事节奏看，小说的转折由此发生，且已近尾声，有结构上的反转之意。叙事者发现这张遗像是因为巨大的海风猛扑进船舱，他看见不祥的照片后逃到剧烈颠簸的甲板上，恍惚间坠海，王武跳海救人却被船舷的钢板撞碎了脑壳。被救的叙事者，把遗像捧到快咽气的王武面前，让他安心死去，而大家这才发现遗像是王武的青年版。《深蓝》的叙事结构是非常迷人的，但遗憾也由此生发。主要是小说并未明确交代遗像上就是王武的儿子，并留下王武和儿子生死离别、王武自我放逐的水手生涯等诸多叙事空白。但这些具有内心冲突力量且为人物深深自知的部分恰恰是小说要表现的内心纵深感，把几乎没有情节落脚点的纵深感完全交给读者去体认是很高的追求和挑战。雷默让王武复杂的内心世界隐没在前半部分关于叙事者年少叛逆的正面叙述背后，但那么多年对儿子的思念和自责，在小说前三分之二篇幅中，并未精准地、分量十足地埋伏好，这个空白成了情节推动上的一个解不开的结。因此，雷默在临近篇末用最快的速度把王武的命运和救赎揭晓时，叙事反转的重点基本只能落在王武跳海救人,用自己的生命换回一个像他儿子一样年轻叛逆的水手的生命上。雷默可能考虑用叙事者和王武儿子之间的隔空对位关系来替代王武父子的相关叙事,把想象空间留给读者,但人物之间隔空相关有不自洽的风险。陌生人之间的呼应关系当然非常有趣,但往往表面的叙事要显得越单纯、越静止越好,伏笔才会在反转时显出于无声处听惊雷之势。可惜《深蓝》的叙事并未在语言上营造出某种不动声色又非常明确的呼应,导致最后反转叙事不够完美,而这直接影响短篇小说结局出其不意的效果。当然,雷默认为短篇小说有时只是表达一个情绪或片段,小说被故事或者情感填满,都会失去内在的气韵。可见他对叙事效果非常自觉也非常重视。他反思近些年的小说太专注于写实的传统,担心早年的叙事气质会逐渐流失,他的警惕体现了他对叙事本身的执着。

四

一般认为,现实题材小说最怕家长里短的俗且细碎无味。社会伦理题材的小说,见作家功力的是表现人的复杂性,从技巧上讲,关键在于人物各种行为的自洽性及其真实性,这是小说具备社会批判功能的坚实基础,当然,也可以理解为在小说中,人性有时比社会深广,感叹人性有时比感叹社会困难一些。刘会然的《房冢》关注了两个农村社会热点,一是持续多年的宅基地建房热,二是年轻人口外流造成老龄化、空心化。作家以精练的篇幅,巧妙地聚焦农村社会中复杂的利益关系和日益隔膜的乡风乡情。最荒诞的是,汇聚财力、抢占地皮建起的楼房里空空荡荡,只放了刚刚去世的父亲的骨灰盒。作家的批判着力于此、体现于此。周如钢《我们的朋友》把两个社会层级差距甚远的人摆在一起聊天,时机也很奇异。一个是巡河的穷人,一个是掉河里的富人。穷人帮富人渡过心理难关,这是作家给自己出的挑战。刘文起的《晒秋》有山乡风景、民俗,是作家非常珍视的,与主题相呼应。但在针砭时弊方面,作家又多少有些心慈手软了。主要是对保有传统道德感的人物太存善意了,母女之间或有情谊的人之间,简单地用道德感作区分,可能会使小说显得单薄。

鲁引弓的《合伙人》是干净利落的社会讽刺小说,涉及感情和金钱关系的主题,用幽默荒诞的手法写"钱兴万家和"的风气。作家营造了打开天窗说亮话的气氛,在这个坦荡荡的新道德标准下,女大学生的心机、家庭成员之间的算计、随心所欲的诱惑、大大方方的抛弃,都被摆到新伦理坐标系里,没有"能不能这样做"的思量,只有"利益是不是最大化"的同谋。从性别视角看这部小说的新意,有点意味值得一说:在金钱笼罩一切的主题之下,富二代的性别换成女性,穷小子得了分手费也一样不会有始乱终弃的怨怼之情。作家构思上的这一性别反转,增加了小说的讽刺之力,也由此可见,性别问题远远不是终极问题。《陪夜》有老年兄妹之间日常冷暖的心思,在这些表面往来之外,几十年兄妹之间虽结了怨,但兄长来日无多的最后几天里,两个妹妹竭尽所能陪夜服侍。比较突兀的是算命婆子"黄家太太"活灵活现地表演老父附体,关照大妹妹不要让哥哥临终受苦太多,这是全篇沉郁调性之外的。比较贯穿一体的,是大妹妹不断回忆哥哥儿时的混账言行,但并不减少两个老妹妹对老哥行将就木的悲痛,亲情如是,无关是非。

徐汉平《男人的队宴》语言绵密、意象迭现,一句赶一句。小说写生产队摆猪肉宴,规矩是家里没养猪的分不到肉和猪血汤,孤老香梅老娘按规矩没肉吃、没汤喝,但很多人把自家的悄悄分给老人一份,结果把老人吃撑死了。小说里的队长有句话:

"太残酷了,搞什么队宴啊,不是诱出馋虫,就是把人撑死,罪孽。"小说的叙事者是一个晚上留意着乌鸦叫,白天不停打哈欠的孩子,作家让这个孩子影射旧时代的尾声。自然天气的气象描写具有超现实主义的风格指向,香梅老娘肚子里蠕动的馋虫和空气里飞浮的白蚁一样,营造出非人间的氛围,与情节、主旨浑然一体。杨渡《爆米花》写一个空巢孤老想念国外的儿子和逝去的老伴,死于高压锅爆炸。作家摹写老人的意识流,从用了50年的挂钟和用了八九年的高压锅,到老人想买个新高压锅煮玉米,又到当年初识爱吃玉米的老伴儿,再念及儿子回国探亲的不愉快。东君推荐这部小说,提到钟表与高压锅这两个意象在小说中的运用可以看出杨渡的诗歌写作对小说创作的影响。钟表是一生的时间推进,高压锅是最后的爆点。

王学海《数字:13,流水潺潺》里有一辆开错方向的120急救车,车上的病人斤斤本来要去杭州的医院,等司机醒悟时,急救车快到松江了,斤斤的丈夫大海索性让急救车开进嘉兴的医院算了,入院第四天,斤斤病亡。这个情节给斤斤有点波折的一生画上句号,具有滑稽的况味。斤斤成年以后常常有点命运意识,这使她总想寻找个人意志和生活转折点之间相互契合的感觉,类似现代人掌握命运或主体赋予生命价值的感觉。比如她执念于数字13,深信她的命里缺水,她就几十年如一日地朝着填补命缺的方向奔,可是这两个意念在她死后还继续印证她的命运,真是精巧的反讽。

朱兆平《疯狂的河豚》可以分两部分来评价。一部分多处隐晦难诉,多年前钓鱼老头买河豚吃,过失毒死了老婆,老婆的姐姐照顾他的生活,更让他越老越被悔意折磨;守船老头听了他的讲述,想到自己卖过河豚,也徒生歉疚。另一部分有点像《白象似的群山》,钓鱼老头和守船老头在海边一起搭伴吃午饭,两个人分享简单的饭菜，木讷的钓鱼老头讲他的故事；他俩客气，有分寸，但在辽远的大海的陪衬下又显出天涯若比邻的亲切感，每个细节都好。吴立南的《丫头》有些古意，把戏曲唱词糅进小说，写法上也像戏曲的折子，中心人物的戏份给足，关键情节的刻画极精妙，好比戏曲里的经典唱段，差不多可以超越整部戏独立存在。陶群力的《哈瓦那往事》与旧作《面具》很巧合地在开头都喷出"去死吧"这样歇斯底里的话，幸好作家对当代小说的叙事技巧相当纯熟，薄刀片一样暴力地切割情节。两个小说的语言跨越一南一北两个地域，构筑起奇异的意象群，又以不同的字体制造叙事切换的蒙太奇效果，可见作家对技巧的探索。谢根林的《弥补》有一句"这个城市里能够向他收钱的人很多，而发给他钱的人却很少"，实在出彩。小说模拟了没心没肺的腔调，用记账点钞的方式细数生活里的荒谬处。

最后想补记一件事情。《西湖》2017年第4期《在一起》栏目刊出三篇回忆"新小说论坛"的文章，发起人黄立宇和两位"斑竹"代表张楚、斯继东，三篇题目分别是《当年，他们灿若星辰》《永远的新小说论坛》和《关于"新小说论坛"的零碎记忆》。大概是2002—2003年，一批当时二三十岁的"70后"作家，在网络文学方兴未艾之时汇聚在即将被博客、微博淘汰的BBS论坛上，驻站作家有李修文、巴桥、叶开、夏季风、艾伟、海力洪，还有盛可以、曹寇、张楚、陈希我、斯继东、阿涌、杨怡芬、鬼金、柳营等。论坛是新人冒头的地方，举行过艾伟、叶开等人的个人作品研讨会，也有潜水的编辑在此相中了作家作品后发到杂志上。在纸质文字的回忆里，这段文学广场生活显得热闹而散漫，跟那时的互联网一个样子。斯继东惊讶于在"万能的百度"上搜索"新小说论坛"竟无一鳞，他感慨："为一个小说较真，实在已经是很久很久之前的事了。在这个你好我好大家好的时代，含情脉脉地回忆新小说论坛似乎也成了一件荒唐的事。但不管怎样，我们都曾是新小说论坛的受惠者。"在此复印半爪，为当年在浙江地界的服务器接口汇聚起来的作家们，也为近年崛起的网络文学新声。

2017年浙江短篇小说要目

一、书

陈家麦　《世界越来越传奇》　知识出版社2017年6月版

刘会然　《秧村往事》　中国财富出版社2017年1月版

王春荣　《桃花镇上桃花事》　团结出版社2017年6月版

沈志荣　《活出精彩——沈志荣叙事作品选》　北京燕山出版社2017年12月版

张水明　《湘湖情缘》　光明日报出版社2017年12月版

二、文

王　手　《谁说我没有腹肌》　《作家》2016年第11期
　　　　《区长》　《作家》2017年第9期

雷　默　《深蓝》　《人民文学》2017年第3期
　　　　《祖先与小丑》　《花城》2017年第3期

艾　伟　《在科尔沁草原》　《花城》2017年第5期

哲　贵　《柯巴芽上山放羊去了》　《人民文学》2016年第12期
　　　　《诸葛莉莉的隐秘和孤独》　《人民文学》2017年第9期
　　　　《活在尘世太寂寞》　《收获》2016年第6期

	《每条河流的方向与源头》	《作家》2017年第6期
	《在书之上》	《江南》2017年第1期
斯继东	《逆位》	《收获》2017年第1期
	《张楚是什么座》	《江南》2017年第3期
东　君	《空椅子》	《收获》2017年第2期
	《好快刀》	《作家》2017年第6期
	《面孔》	《北京文学》2017年第8期
	《小恶棍的春天》	《天涯》2017年第1期
钟求是	《街上的耳朵》	《收获》2017年第3期
	《练夜》	《长江文艺》2017年第2期
张　忌	《胖大海》	《作家》2017年第5期
池　上	《无影人》	《十月》2017年第2期
	《松木场》	《山花》2017年第7期
	《无麂岛之夜》	《青年文学》2017年第8期
祁　媛	《黄眼珠》	《上海文学》2016年第11期
俞　妍	《陪夜》	《十月》2017年第3期
方　淳	《续生》	《中国作家》2017年第6期
张林华	《杨乃武之死》	《作家》2016年第11期
徐奕琳	《再回首》	《作家》2017年第3期
朱　个	《口罩》	《作家》2017年第9期
	《熬》	《青年文学》2017年第12期
	《万有引力》	《山花》2017年第4期
	《群》	《山花》2017年第4期
姚　丽	《带刀刺猬》	《山花》2017年第4期
鲁引弓	《合伙人》	《山花》2017年第5期
草　白	《空中爆炸》	《天涯》2017年第1期
	《花语》	《上海文学》2017年第7期
	《炎夏》	《青年文学》2017年第8期

	《雪人》 《作家》2017 年第 11 期
杨 方	《俄罗斯纽扣式手风琴》 《北京文学》2017 年第 5 期
吴文君	《也如过眼云烟》 《作家》2016 年第 12 期
	《去圣伯多禄的路上》 《大家》2017 年第 6 期
	《昙花一现》 《山花》2017 年第 7 期
胡树彬	《小楼寒》 《民族文学》2017 年第 6 期
赵 挺	《孤独车手》 《青年文学》2017 年第 8 期
张玲玲	《自由落体》 《青年文学》2017 年第 8 期
	《洪水围困的城市》 《山花》2017 年第 11 期
余静如	《今日平安无事》 《青年文学》2017 年第 7 期
林晓哲	《是到装抽水马桶的时候了》 《青年文学》2017 年第 2 期
周建新	《瑞香狼毒》 《北京文学》2017 年第 6 期
周如钢	《我们的朋友》 《十月》2017 年第 6 期
巴 克	《善良的人是可耻的》 《上海文学》2017 年第 7 期
蒋军辉	《穿过开满鲜花的月亮》 《江南》2017 年第 3 期
王建潮	《帽子不见了》 《江南》2017 年第 2 期
赵 晖	《奶奶·重庆一九四五》 《青年文学》2016 年第 11 期
陈 言	《静瑜》 《上海文学》2017 年第 4 期
王学海	《诚实的手》 《北京文学》2016 年第 11 期
	《数字：13，流水潺潺》 《长城》2017 年第 4 期
杨 渡	《不要太伤心也不要太高兴，我还活着》 《青年作家》2017 年第 6 期
	《爆米花》 《创作与评论》2017 年第 21 期
马 拉	《孤独而漫长的旅行》 《广州文艺》2017 年第 11 期
朱兆平	《疯狂的河豚》 《当代小说》2017 年第 7 期
	《独钓寒江雪》 《安徽文学》2017 年第 9 期
王安林	《屈指可数》 《小说林》2017 年第 1 期
	《另有所系》 《都市》2017 年第 2 期

	《错觉》 《满族文学》2017年第5期
刘会然	《田园牧歌》 《当代小说》2017年第1期
	《房冢》 《厦门文学》2017年第5期
	《晚秋》 《当代小说》2017年第8期
	《阻击战》 《当代小说》2017年第11期
	《花工阿标》 《北方文学》2017年第12期
刘文起	《晒秋》 《天津文学》2017年第12期
吴立南	《丫头》 《当代小说》2017年第4期
瞿　炜	《胡依北的前世今生》 《天津文学》2017年第6期
王　奎	《王奎小小说三题》 《参花（下）》2017年第4期
陶群力	《哈瓦那往事》 《鸭绿江》2017年第10期
许　仙	《意外的风景》 《当代小说》2017年第3期
	《骂鸡》 《辽河》2017年第5期
	《阳光照》 《北方文学》2017年第5期
	《莲花落》 《厦门文学》2017年第12期
竹剑飞	《磨玻璃》 《当代小说》2017年第12期
	《屋顶》 《边疆文学》2017年第7期
	《李伟的填空》 《清明》2017年第6期
徐汉平	《男人的队宴》 《当代小说》2017年第1期
	《蝶庄的爱情》 《雪莲》2017年第10期
谢根林	《弥补》 《浙江作家》2017年第1期
	《破碎》 《浙江作家》2017年第5期

八月秋涛供笔力　工夫深处却平夷
——2017年浙江诗歌创作述评

| 柯　平 |

　　2017年度的浙江诗事由一场声势浩大的诗歌朗诵会拉开序幕，这就是2017年1月8日在杭州举办的第三届中国诗歌春晚浙江分会场诗会，中新社和新华社、浙江省内媒体等分别发了报道。会上由知名主持人刘忠虎朗诵的黄亚洲新作《杭州的风景与杭州的人》受到普遍好评。"杭州的心灵，绝对是由两个部分构成，一个是杭州美丽的山水，一个是杭州美丽的人。就像左心房与右心房……"他在诗里这样写道。在场的诗人潇潇认为："诗里面有一个特别美妙的比喻，即左心房、右心房。"在某种程度上，这或许也是对写作中个人与世界，或主观与客观关系的生动描述。因为任何一件优秀的文学作品，都只能是两者之间恰到好处地水乳交融的产物，出乎主观，合乎客观，既是精神的，又是现实的。相比之下，主旋律和多样化的说法，不过是功利意义上的权宜之计，或力量还不够强大的托词。在2017年，浙江诗人们在这方面可以说做得相当不错，即眼界更宽，身段更低，用现在的时髦话来说就是接地气，懂得怎样在自己胸腔的两个心室里一个装着现实，一个装着个人；或一个接通西方的技术，一个接通传统的题材。作品总体印象开阔，平稳而大气，显示出良好的发展态势。

近年来，这种以朗读新作进行交流的形式，实际上在每年的创作发表活动中都占据了相当的比例，这也是新时代所带来的新气象，套用经济学的术语就是一条诗歌产业链。如2017年2月在杭颁奖的浙江省首届新锐诗人诗歌大赛，旨在发现本省诗坛的后续力量，让我们结识了饶佳、银镯子、琉璃姬、羽雨语宇、断风、李亚、赵佳等一批年龄在30岁以下的年轻诗人；3月在奉化举办的"文学名家改稿点评会"，全国诗歌名刊的主编到场进行辅导并举行名师带徒结对仪式，林杰荣、南慕容、曾谙安等有实力的诗人因此脱颖而出；同月嘉兴的桃花诗会，古代的景观、现代的人，带来的成果是一本新古典主义风格的诗集问世；4月的百名诗人走进皋亭山活动，由微信平台"浙江诗人"和浙江省诗词协会发起，现场交流，现场写作，效果良好；同月在湖州获港举办的三月三诗会，一个延续了13年的诗歌品牌，杨健、庞培等一帮诗坛大咖与当地诗人尽情交流；6月的中国诗歌协会浦江诗歌小镇项目认证，就诗歌如何更好地融入国民生活在形式上做了有益的探索；7月的永康文学大奖赛，杨方、陈星光、七夜等人的新作都令人眼前一亮；9月，饶佳获得国内著名的柔刚诗歌奖，并打破了该奖的一个纪录，因为她的年龄只有23岁；10月，浙江在线和浙江省作协诗歌创作委员会合办的"茶与乡愁"全国诗歌大赛同样效果良好，收到了很多质量上乘的诗作；11月，宁波的国际读书节，其中一个项目是讨论地方诗人作品，像青波、刘孟靖、离默这样有相当实力的诗人，如果没有这样的机会，或许永远无法被我们所熟知；还有同月的莫干山国际诗歌节和浙江省作协仙居诗群研讨会，前者附设的大奖赛获奖名单上又出现了很多新人的名字，而后者让我们知道那里不仅仅有王钦木和张秀娟，还有应贤慧、徐静、应永强、应美芳等优秀诗人；12月底，杭州拱宸书院举行了每年一度的在杭诗人新年朗诵会，年年岁岁人相似,岁岁年年诗不同;同月,在遥远的苍南老鹰岛,参加"冬日暖阳·温润生活"旅游采风活动的本省中青年诗人梁晓明、池凌云、李郁葱、蒋立波、商略、王孝稽、高鹏程、寒寒、石人、守恪等人相聚海边,辞旧迎新,即兴创作,让诗情延伸到了海上和2018年的第一天。

尽管如此,传统纸媒上的发表和出版依然被视作主战场,尤其是作协内部认定的带有全国概念的那些刊物,如《人民文学》《诗刊》《星星》《中国作家》《十月》《作家》《山花》《青年文学》《北京文学》等(或许还得加上新创办的《草堂》诗刊,全国稿酬最高,愿意为每行诗支付50元),能够在上面发表作品,依然是多数诗人的普遍愿望。毕竟这是传统的认定文学水平的方式,何况又有稿费和奖励拿。好在这原本也是本省诗人的强项,跟往年一样,在这些刊物上几乎每期都能见到我们熟悉的那些代表浙江诗坛主要力量的名字。

一季度比较醒目的,如1月《诗刊》上商略的组诗《岁月爬上了蔓藤》、王自亮的组诗《不舍昼夜》、高鹏程的组诗《一座岛去看另一座》,《山花》上李郁葱的《拟蜉蝣,卑微之书》(8首);2月《诗刊》上叶丽隽的组诗《宣告其身》(10首),《星星》上东方浩的《生活的角落(组诗)》(3首);3月《作家》上荣荣的组诗《失败之谣(组诗)》(18首),《十月》上泉子的组诗《你有多深情,世界就有怎样的寂寞》(16首),《星星》上芦苇岸的《灵魂课(组诗)》(5首),《诗刊》上钱利娜的《小妹红》等。商略和王自亮都有自己的世袭领地,一个师法传统,一个师法西洋,经营多年,技术精湛,耕耘至深。高鹏程笔下的海鸟早已揭去了异乡的标签,甚至它们就居住在他的体内,"努力挺起了一朵渔火/它打开夜色的瞬间,仿佛一只白色的海鸟冲出水面/哦，这灵魂的纤夫，还在试图/把被暮色中淹没的事物向上拔高一寸"。李郁葱近年的兴趣转向自然和环保，具体地说是河西走廊一个叫潴野泽的牧场，"帽檐下有着一个世界的眺望和滂沱"，这或许是一种自嘲，更是一种抱负。泉子依然保持着调整方向关注传统后一往情深的良好势头，他的最新打算是写一部以西湖历史为主题的怀古诗集。

二季度比较醒目的，如4月《中国作家》上马叙的《还有一些不必说出，静默足可》（12首），《作家》上李郁葱的《有天清晨（组诗）》（25首）和《星星》上李郁葱的《沙漠的少数者（组诗）》（4首），《诗选刊》上王学海的《沧桑的疤痕》（6首）；5月《诗刊》上池凌云的《月亮里有一棵桂树》（10首）、蒋兴刚的《一只西河路的蚂蚁》（9首）、陈星光的《旅途》、杨方的《铜铃山之幻》、慕白的《在文成》、赖子的《旧日子（外二首）》；6月《诗刊》上流泉的《遥望》（8首），《作家》上高鹏程的《诗五首》、桑子的《诗四首》，还有桑子同期在《北京文学》上的《我供奉这清寂（组诗）》（5首）和《青年文学》上的《阳光只从左脚移到了右脚》（5首）等。池凌云近年的作品总体印象是诗风趋于简约和凝练，同时也更显开阔，此次发表的新作是这方面的一个标本，如其中的《鸟儿用喙》："鸟儿用喙，黑暗/用它不停止划动的沉船，/雨水用一颗桃仁的茫然，/音符用它泥泞的绳索，/黎明用受尽折磨后的轻盈——//这么多爱，伴着心脏起舞。那站在后面的一个，/没有名字，也没有肖像。/慈悲的创造者，愿你/保住记忆里的果园/双目护着泪水，让幼树生长。"这不是那种可以随便读懂的诗，需要用心灵去感受和体悟，因为"奔涌的大海正回到一滴安静的水"，而在这滴水里依然蕴藏着整个大海。

三季度比较醒目的，如7月《作家》上芦苇岸的《以载书》

（13首）和《山花》上芦苇岸的《那些顽固的阴影已不复存在》（7首），《诗刊》上屠国平的《看雪一种》（7首），《十月》上芦苇岸的《落雪如盐》（8首）；8月《诗刊》上慕白的《寂静》（5首），《青年文学》上张巧慧的《兼爱（组诗）》（5首），《星星》上风荷的《漫长的爱恨哽咽于冬天（组诗）》（5首），还有《新华文摘》诗辑里飞廉、桑子等人的作品；9月《人民文学》上张巧慧（署名张木木）的《家春秋》（9首），《作家》上泉子的《千里之外》（27首）等。芦苇岸堪称2017年浙江省的创作发表冠军，习诗多年，功夫扎实，内外兼修，他的成功可谓水到渠成，并不偶然。屠国平善于借助日常生活细节来揭示诗意，且又注重言外之意，是如契诃夫说的那种"多愁善感的旁观者"，这是他的高明之处。张巧慧的新作诗风略有变化，她写自己旅行在异乡遇见一个少年："车过赵山渡，我看到大坝/某种规则扼住溪的喉咙/平静戛然而止，剩下落差与泄洪/我没问少年姓什么，/一路上我遇到的成片油菜花/都像是他；他所描述的家，/如我失去多年的故土。"跟前两年的作品相比，一是趋于简洁，二是更加深沉。

四季度比较醒目的，如10月《诗刊》上冰水的《九月思兮》（5首）、芦苇岸的《乌镇网事》（4首），《民族文学》上芦苇岸的长诗《西兰卡普辞》，《草堂》上王孝稽的《在福德湾，唱诗（外一首）》；11月《诗刊》上张巧慧的《清迈的春天》、郁颜的《借火》、桑子的《轻霜》；12月《人民文学》上陈人杰的新作《护路工（外一首）》，《星星》上张典的《我们的巢隐没于温暖的大树（二首）》、南慕容的《入殓师（外一首）》，《山花》上桑子的《乌有乡的黎明（组诗）》。张典是本省最优秀的先锋诗人之一，似乎有过一段时间的沉寂，这次发表的作品依然出手不凡。以前，笔者对冰水不怎么了解，2016年集中看了一下她的作品，诗风介乎传统与先锋之间，托物言志，技术丰富，自有特色。王孝稽近年一直在积蓄能量，从《在横阳江观赛龙舟》一诗的结尾"放下闪电与不幸。白茫茫一片/我不再纠缠于路径的修辞"中，可依稀看出他的企图。《诗刊》12月上半月刊是每年的固定节目"青春诗会"专号，今年的幸运者是本籍河南、客居杭州已近20年的飞廉。有关他对传统的兴趣以及诗中浓郁的古典气质，在2016年的评论中已有重点分析。这块领地现在关注的人也不少，难的是要有自己真正的感觉，这方面，他做得相当不错。如《凤凰山秋居》中"这里，荒草终日冥想/预见了辛亥革命"，这样的句子不是一般人写得出来的。下半月是"中国新诗年选"专号，具体又分《诗歌专业刊物》《综合性刊物》《民刊》三个板块，有将当年度好诗一网打尽的野心，游离、臧海英（若溪）、江一郎、肖水、蒋立波、沈木槿、梁晓明、汪剑钊等人的短诗力作入选。

2017年的另一个可喜现象是那些或许不大投稿，或许投了但没被采用的诗人，开始在上述这些主要刊物上显山露水。以《诗刊》和《星星》为例，如《诗刊》第9期陈灿的《涨满热血的河流》，第11期原杰的《烈士雕像中的第八个人（外一首）》，第13期石人的《菱湖丝厂的一场超模秀》，第22期谷频的《流经我们身边的瓯江》；《星星》第1期伊夫的《稻草人的舞蹈（组诗）》，第2期林隐君的《张家界的味道（二首）》，第3期云冉冉（陈美霞）的《曾有一只蝶停在我耳畔（组诗）》，第6期郑亚洪的《残桥（外一首）》，第7期田地的《草木之心（外二首）》、詹黎平的《梦见一个梦（外二首）》、余燕双的《钟声之间（外二首）》，第11期林杰荣的《当我意识到（组诗）》，第12期王蕾的《像一枚嫩叶（外一首）》等。陈灿依然执着于他对军旅生活的回忆，去年是他的丰收年，除了《诗刊》上的长诗，他在《人民日报》《解放军报》《中国诗歌》《江南诗》等报刊上也发表了大量作品，还出版了诗集《士兵花名册》。或许战争留给他的阴影不仅在曾经受伤的腿上，也在他的心间，他感觉自己有责任要把它写出来，手法也日趋丰富。原杰虽是新时期奉化最早成名的诗人，诗艺上的探索多年来一直没有停止过。他的诗作语言简约，意蕴丰富，越写越好。张晚禾是丽水新秀，起点很高，她的作品如《父亲的假牙》等让人印象深刻。林杰荣写作时间也不长，2017年在很多全国诗歌大赛中都看到他的作品，才知道他也是奉化的，语调自然，气息顺畅，笔法相当老练。

其他值得提到的作品依然很多，由于目前每年出版的文学刊物和诗集实在是个天文数字，而诗人们又大多淡于功利，我行我素，不大愿意按作协规矩提供发表作品目录及文本，仅就个人有限的视野，2017年留下较深印象的，有杭州陈律在《江南诗》第2期上的《短诗十九首》，湖州沈秋伟在《中国公安报》上持续三年的四行诗专栏（300余首诗），温州郑阳在《绿风诗刊》第1期上的组诗（6首），宁波饶佳（署名星芽）在《江南诗》第4期上的《失踪的蜗牛》以及李世成对其的评论《于隐秘叙事中打捞情感回声》，嘉兴汉江在《星星》第11期上的《春日书（组诗）》，宁波阿门作为宁波市重点文学工程的创作《半生史》，温州缪力士在《诗探索》第6期上的《请允许我走得慢一点（组诗）》（16首），杭州詹黎平在《江南诗》第3期上的《邱卫东》（7首），台州詹明欧（詹小林）在《西湖》第11期上的《詹明欧的诗》（9首），戈丹的新作《野菊花的秋天》（组诗21首，尚未正式发表），宁波青波提交宁波读书节期间讨论的《青波交流诗歌作品》（17首），嘉兴沈晔冰参加"茶与乡愁"主题诗歌大赛的获奖作品《茶与乡愁》，蒋伟文在《江南诗》第 5 期上的《流水的诗篇》（5 首）、屠国平作为"首推诗人"在《江南诗》第 6 期上的《屠国平诗选》和寒寒在《江南诗》第 6 期上的组诗《那些骤暗骤明的事物》（4 首）等。

其中，陈律在两行体短诗这种特殊形式上已浸淫多年，给人总的感觉是挥洒自如，变化多端，至少国内已无对手，要比的话也只有日本俳句或《园丁集》了。郑阳《我的名字》写在百度上对自己的搜索感受，尽管挖掘深度有限，从题材上说却很有意义，至少古今中外或许只有他写过。汉江的《邮轮上》思考海面白鸥与家乡麻雀之间的精神联系，让我们懂得只要爱之深、勤至极，人可老，诗却可以不老。詹小林和青波都是 20 世纪 80 年代的诗歌青年，前者当年创办浙江首份先锋诗报《现代诗人报》，发行 13000 份，影响广泛，是那个时代的英雄人物，手里至今保存着好几封北岛的亲笔信。新作不仅依然保持当年的豪气，还多了思想的印痕，"我们并不希望的生活/恰恰容纳了我们所希望的生活"，他在《酒后》一诗里这样告诉我们。后者 30 余年潜心创作，质地纯正，诗风别致。这从他那些诗题如《早年的空间图案》《双色蝙蝠》《文化施行记》等就看得出来。"飞奔之速以鱼儿休闲漫游神态进行铺垫/光闪的飞行、大器神速的指向/一个思想的按摩器绝非单指/广袤平原上仅存的那一个"，他的《破题》以这样独特的方式开头，体现出与主流诗人不一样的旨趣。两位女诗人戈丹和沈晔冰也都已写了很多年。戈丹近年的诗越来越大气、自然，看不出技术痕迹，却又诗意细密；随意取材，又不乏言外之意。要做到这一点不容易，如《长江水流过》："午后，白云的翅膀在我母亲晾着的衣服上/鸟一般开合/我的母亲进出于阳台和房间/父亲仰卧于躺椅上/长江水在他们脚下仰望，驻足/炊烟之下/长江水缓慢流淌，有时/也会淌进我的睡梦/淌过穿行的人流/在无数股来自不同江域的细流中/我总是能准确辨认/哪一股,来自长江以北/哪一股来自长江以南。"而沈晔冰参赛那首诗的开头是这样的:"这是刚找到花丛的最初蝴蝶的一只/先于小提琴的弦,一个早熟的先驱者/山坡上的春天有那么多果实/农夫们、少女们都在轻轻悄悄地收摘",相当精彩,跟以前的作品相比进步很快,值得期待。

在 2017 年的年评里,我曾经开列过一个本省"90 后"甚至"00 后"诗人的名单,其中蒋静米(蒋立波的女儿)于 2016 年出版了她的第一本诗集《互文之雪》,诗里那种不无反叛精神的诗坛新人类形象,即真实的思想、娴熟的技术加略带调讽的语言,让北岛这样见多识广的人也感到了意外,在封四的推荐语里说:"这是我所见中具有巨大潜质的,诗行间传递着一种陌生的声音,让我对她满怀期待。"而蒋立波本人于 2017 年出版的新作《帝国茶楼》,总体印象是愈加谦卑或潜忍,接近传统的儒者形象,连书也是用宣纸印的,诗艺精密,余味悠远。出于愤怒,归于宁静。诗集方面,另如邹汉明的《沿石臼洋走了一圈》、张德强的《与时光拔河》、李浔的《擦琉璃的人》、蒋伟文的《流水的诗篇》、潘新安的《界线》、涂国文的《江南书》、任泽健的《诗歌里的平阳》、赵国瑛的《在低处徘徊》、张伟平的《爱,可以这样表达》、齐一的《如果春雨只有一粒》等,也都是具有鲜明个人特色的作品,无论是题材上还是风格上。限于篇幅无法一一展开讨论,特此致歉。

除了上述提到的各种各样的创作交流与出版发表的形式,组织有影响的作家诗人卜基层辅导,也是省作协近年努力打造的一块品牌,且效果相当明显。以海盐为例,当地写得好的诗人除白地、津渡(现调上海)、李平等人以外,其他还有不少。如朱蔚芳,她创作了《像光明重新被光明叫出》:"一棵树//要经过多少春天的唤醒/才能一步步接近自己梦想的天空/一颗石头在流水中/要遭遇怎样的/开口,才能把相互叫出//我还来不及说出生命的感动/一种光明就要被另一种光明错过……"又如周西西,他写《夏夜里蝉鸣》:"从乌黑的夜里抠出一小段/发亮的时光,落叶切断了蝉的睡眠//它收紧翅膀,却收不住莫名的惊惧/叫着,叫着,在此起彼伏的不安里//难道它冲破蛰伏,仅仅是为了死去/叠加的影子举起一片薄如蝉翼的月光/难道它跟我一样/日夜颠倒,绝望地爱着人世"。另如沈宏,他笔下《小镇钟表店》的开头部分写道:"每次路过钟表店时,我总让脚步停顿一下/我不知道我手表上的时间/是否也能停顿下来/如果真是这样/我愿意走进钟表店坐上一会儿/看看那些进进出出的顾客/如何在手腕上拽下时间"。吴伟剑用小说笔法写医院里一条不安的狗:"而此刻它的主人,/依旧没有露面。于是,/它的悲号便响彻了整幢大楼,/那是一幢午后的住院部大楼。"从这些诗作中都能看出他们的诗才和慧心。这样的作者在全省有很多,既有相当实力,又不十分冒尖,地方上相对也不够关心,如果他们如宁波诗人那样幸运,恐怕名字早就在刊物上为我们所熟悉。当然,潜心修炼,会写得更好,在现有基础上再上一层楼,争取早日练成顾长康说的"传神写照正在阿堵中"或朱熹所谓"顶门针"的功夫,真到了这一步,即使没有其他机缘,想不成名也难。

面对微信打江山分田地式的扩张以及对纸媒所形成的压力,刊物方面其实也在积极想办法应对。大约从2015年起,《诗刊》的一个新创栏目引起了全国诗人的关注,就是《E首诗·诗歌角》,它的特色是不论名气大小,官方民间,以省为区,由诗人推荐自己喜欢的其他诗人,并附上50字短评,只要诗好就能发表,而且速度也快,不到半年就能刊登出来。其中本省诗人的作品集中见于该刊2016年第4期和第11期。这种降低身段的尝试显然很得人心,也有利于写得好但于我们而言陌生的无名诗人脱颖而出。如白象小鱼的《中药铺》:"中药铺里,草药抱着内心的闪电和蛙鼓/在各自的世界假寐/'苏醒是一种艺术,也是另一种涅槃'/药罐紧抱体内的时针/仿佛琴弦上刚刚搬下天籁般的空谷回声……"余燕双的《逆光》:"站在竹楼窗口,用口琴吹《斯卡布罗集市》时候/对岸的野菊花开了/沾满露水的琴声也由黝黑变成橘黄/鳌江上游那条顺风的白帆船/仿佛满载鼠尾草的清香/逆着光,仿佛一只咬破黑暗的蛾向我飞来"。王蕾的《忽略》:"忽略他大热天蒸笼的身影/忽略他荒草般的头发/忽略他粗糙如同花岗岩的脸、汗水流淌的印痕/忽略他锥形的眼睛,乜斜的眼神/忽略他半伸半屈铁锈的胳膊/忽略他铁锈的胳膊上,铁质的手/继续忽略他铁质的右手上,那把木柄画刷左手上,那盘颜料//一阵风吹没了他,街道/或巷子两侧,仅留下/美丽的墙绘和称谓"。评论也写得像模像样,相当不错。如王蕾诗作的推荐人津生木槿说:"本诗以忽略为题目,恰是为了不忽略。作者陈述的忽略内容,正是我们应该加倍关注的在社会底层挣扎者的现状。作者通过反衬手法与排比句的力道,把最低的现实表象抬升到最高的艺术地位。"

在这个专栏里我甚至看到荣荣的一首短诗《见一个人得备下多少表情》,构思出色,技术熟练,尽显名家风范。出门前照一下镜子本是女性的传统习惯,在她笔下被形容为是表情练习,各种复杂的,正常或不正常的,富有深刻含义的,在诗的首节里有淋漓尽致的描述。"偶尔也练练悲伤:/让眼神茫然又欲说还休/或紧咬嘴唇难置一词/有时表现得更荤腥些/低泣 或捶胸大哭如雨泪奔//'来了。这就过来了。'/接听手机后　她悄悄出门/素淡的神情里看不见镜里的表情"。如何让平凡的日常生活变得不平凡，读了以后相信你会得到启发。这首诗由一个叫樊德林的人推荐，笔者因工作关系上网查了一下，原来不是浙江省的，而是一个1935年出生的江苏老人，现实身份为南师大音乐学院退休教授——从中可以看出荣荣的影响力。而且推荐语也写得很到位，樊先生的原话是这样的："是生活让我们伪装了自己，相似的经历和场景，相信许多人都有过。这首诗细腻而独特地切开了人性的横截面，让我们突然有了短暂的战栗和长久的叹息。"

2017年第12期《中国作家》上也有意外——一个富有创新意义的作品，既体现在主题也体现在形式上。长达千行的《新时代之歌》，由三位诗人合作完成，类似声乐中的男声小组唱，连结构方面也明显受音乐交响诗的影响，分序曲、尾声加中间主体部分三个乐章共五个部分组成。诗作回顾历史，展望未来，气势宏大，很容易让人联想起聂鲁达的《马楚比楚高峰》。尽管山有大小，诗有高低，作品的厚重及艺术感染力相比诺贝尔文学奖得主的作品肯定要弱一些，但也自有其价值和特色。"一片的汪洋大海汇聚了我们梦想中的一切/一切的诗歌，一切的音乐，一切的细语/一切的一切都是掠过我们面孔的浪花/是散落在岁月时间的一片片树叶，一朵朵花儿那里藏着梦想/今夜，闪烁着的神圣犹如互联网视频上的荧光/一个诗人，以他滔滔不绝的泪水/透过花丛，展望母乳般的天空"。有这样的立场和视角，诗中那些奔放的想象和修辞也就有了坚实的基础。作为主创者之一的程蔚东是20世纪80年代知名诗人，浙江省作家协会前任主席。使用欧式长句和复调式吟咏来推进情感原本是他的拿手好戏，不知这里引用的部分是不是他承担的，至少从句式上来看很像是他的风格。

从 2016 年年初到现在，最让人感到惋惜和伤痛的是张蕴昭、王金虎、江一郎三位诗人先后离开了我们。张蕴昭是湖州女诗人。王金虎是杭州诗人，诗坛豪士，贺敬之先生的忘年交。王金虎前半辈子为自己写诗，后半辈子实际上都献给了浙江省的诗歌事业。从 20 世纪 90 年代末创办"浙江诗人之家"，到后来相继创办浙江诗人作品陈列馆、浙江民工文学创作基地，他不知为诗坛做了多少好事，《杭州日报》在报道中用了《王金虎，我们大家都想念你爽朗的笑声》这样一个标题，可谓恰如其分。江一郎是 21 世纪以来浙江最优秀最有才华的诗人之一，同时也是作风最低调的。他是首届全国华文青年诗人奖和"新世纪十佳青年诗人"称号的获得者，作品每年都在《人民文学》和《诗刊》上发表，其代表作《老了》《秋风辞》《午夜的乡村公路》等广为人知，这个名字在年轻一代的诗人中已被视作是某种高度和写作参照物。从文本意义上说，他的去世是本省诗坛的重大损失。

2017 年又是学界认为的新诗百年诞辰，其标志是《新青年》刊出胡适的 8 首白话诗，尽管胡适在《尝试集》第 4 版自序里说自己直到 1919 年底还不会写新诗，写的只是白话诗（通俗化古诗），依然不影响他被誉为"中国新诗第一人"。此人有句名言："历史是任人打扮的小姑娘。"在某种意义上来说，诗歌也是这样一位任人打扮的小姑娘。比如以前写得好不好有标准：发在市刊上的就是市级标准，发在省刊上的就是省级标准，发在诗刊上的就是全国标准。先锋诗歌尤其网络时代以来，这种标准先是被淡化，然后是慢慢消失，加上诗人又大多自负，很少会承认自己写得不如人家，这样一来，评价一首诗的好坏就变得相当困难。

2016年12月，中央纪委监察部网站访谈谢冕，用了《新诗既是伟大的，又存在着很多问题，但这是不相冲突的》这样一个标题，也并不偶然。谢冕认为自己是以一种非常复杂的心情来看待的，新诗运动开展以来涌现出不少好的诗歌让人感到眼前一亮。前有《天狗》《凤凰涅槃》《再别康桥》《沙扬娜拉》等，后有《宣告》《这是四点零八分的北京》《面朝大海，春暖花开》等。但同时，他认为倡导白话的结果，是丧失了诗歌含蓄优美的一些成分，这种感觉在新时代很难再现。另外，由于过度张扬的口语化，很多诗不仅没有诗意，而且连语言的精练和逻辑性都没有了，"今天我去找你，你妈说你不在"这样的诗到处都是，让人很忧虑。论及根源，除了诗人自己有责任，缺乏境界，没有伟大的胸怀；批评家也有责任，不能把好诗挑出来分享给大家，甚至推出来的诗不是好诗。现在这个圈子互相吹捧的太多了，都是你好我好，其实不是很好。这番话总体上说得相当中肯。

这里或许又要涉及对诗歌本质的认识。所谓诗歌，不管古今中外有多少名家不厌其烦地对此进行过阐述，说到底它的主要功能还是为了解决理想与现实的关系。或如丽泽·穆勒曾经自嘲过的那样："只是在为不公正的生活编织梦想。"具体到一个人的创作，如何在内在心象与现实生活之间找到一个适度的空间，存放自己所发现所思索的一切，这是个问题。如果用驾驶飞机做比喻，那既不是启动时的贴地飞行，更不是高度在万米以上的飞行，而应该是不高不低，不离不弃，如同国庆典礼上做低空飞行的那种吧。想达到这样掌控自如的程度，即使是天才，也需要经过长时间的思想和技术的训练，最终获取适合自己表达的语言状态，从容而安静地写作，营构真正属于自己的文学王国或精神避难所。100年来，所有那些储存在我们记忆里的优秀诗篇，应该都是在这样的状态下写出来的。而相比郭沫若当年所称"我想我们的诗只要是我们心中的诗意诗境之纯真的表现，生命源泉中流出来的 Strain（乐曲），心琴上弹出来的 Melody（旋律），生之颤动，灵的喊叫，那便是真诗好诗"，当代诗歌无论在理论认识还是现实成果方面，都有让人值得骄傲的理由。

　　但谢冕的警告依然值得我们警惕。当下文学的娱乐化倾向有目共睹，而诗歌更是重灾区之一。一方面是情感的日益丧失；一方面是机器的无孔不入，几乎是我们还震惊于网络写诗机和围棋程序打败世界冠军的同时，清华机器诗人九歌的一首报春诗"早春江上雨初晴，杨柳丝丝夹岸莺。画舫烟波双桨急，小桥风浪一帆轻"，已让很多爱好古诗的老干部离开诗社，回家抱孙子去了。18 岁的微软人工智能"小冰"更在 2017 年就出版了她的第一本诗集《阳光失了玻璃窗》。尽管作品还显得比较稚嫩，如在《是你的声音啊》一诗里她是这样写的："微明的灯影里/我知道她的可爱的土壤/是我的心灵成为俘虏了/我不在我的世界里/街上没有一只灯儿舞了/是最可爱的/你睁开眼睛做起的梦/是你的声音啊/这孤立从悬崖深谷之青色/寂寞将无限虚空"（微软声明此诗原汁原味，一字不改，包括病句错字）。有些诗人对此不屑一顾，认为尚不足以对自己产生威胁，但我更相信那是因为软件工程师们不懂什么是好诗，同时顾及作者年龄的缘故。因此，如何将写作的基础更为牢固地建立在你的个体经历和情感沉淀上，真切地写出内心的喜怒哀乐与价值判断；同时，花更多时间来研究技术，让自己的感受力与想象力有更酣畅的表达，这已是摆在我们面前越来越迫切的课题。

2017年浙江诗歌要目

陈　律　《短诗十九首》　《江南诗》2016年第2期
叶丽隽　《宣告其身》（10首）　《诗刊》2017年第3期
荣　荣　《失败之谣（组诗）》（18首）　《作家》2017年第3期
李郁葱　《有天清晨（组诗）》（25首）　《作家》2017年第4期
池凌云　《月亮里有一棵桂树》（10首）　《诗刊》2017年第9期
张巧慧（署名张木木）　《家春秋》（9首）　《人民文学》2017年第9期
芦苇岸　《落雪如盐》（8首）　《十月》2017年第4期
饶　佳（署名星芽）　《失踪的蜗牛》　《江南诗》2017年第4期
蒋伟文　《流水的诗篇》（5首）　《江南诗》2017年第5期
张　典　《我们的巢隐没于温暖的大树（二首）》　《星星》2017年第12期

连山
——2017年浙江散文阅读札记

| 周维强 |

一、先从几部文化散文说起

2017年,各式各样的"砥砺五年"的"总结"铺满各类媒体,这其中也少不了文学方面的:中国作家协会主办的《作家通讯》,有一期发表了一组关于近五年文学创作的述评。其中一篇关于散文的述评在批评"大文化散文"时这样写道:"大文化散文往往纵论古今、谈笑风生、笔底裹挟风雷,甚至以高密度的知识轰炸影响读者;但往往也带来巨大的负面效果,那就是情感虚化做作,离普通读者太远,缺乏细节和不接地气,尤其失去了委婉之美和拨动读者心弦的力量。"

要在一篇不到3000字的文章里对近五年散文做出述评,也就只能写得高度浓缩了。高度浓缩的结果之一即直陈的对象不能具体展示,读者也就不容易领会作者所作批评的具体含义。以文化散文为例,2017年恐怕是浙江作家的文化散文的丰收年。这些文化散文说古道今,兼及人生经验、社会世态,却也没有"笔底裹挟风雷"或者"以高密度的知识轰炸影响读者"。

先说杨自强《世事如棋:"围棋十诀"中的智慧人生》。这部散文作品以相传为唐代国手王积薪所创的"围棋十诀"为写作纲目,以一诀为一章,每章开篇以中外围棋史上的一场著名棋局的叙说为引子,然后再分层延伸,拈来历史故事,印证十诀要义,微言社会人生的阅历和体会。全书结构工整,语言却平易随和,娓娓动人,深得散文三昧。比如书中第一章《不得贪胜》,引子《'无目'之妙手》叙述了日本文化九年(1812)本因坊元丈和安井知得的一局流传千古的围棋史名局,这一局执黑的知得在黑69突然"笨拙地"下出"无目之妙手",看起来没有占一目地,却补上了棋局中自己中腹比较薄弱的部分,此后风云急转直下,至黑155手,元丈推枰认输。这一局,知得正是以"不贪胜"的姿态赢得胜利。引子过后,分三节——《本手:聪明最是老实人》《自制:天上不会掉馅饼》《平常心:我的情绪我做主》,讲述历史故事,印证此诀大义。由棋局、棋诀及历史故事,针脚绵密,无缝链接,文气平和。关于围棋的文化散文能够写得这样行云流水,不黏滞、不牵强,缘于自强的文史修养和围棋造诣的浑然贯通——自强是古文献研究生毕业,工余热爱围棋,还做过杭州棋院"范西屏、施襄夏与'当湖十局'""围棋与中国古代谋略""围棋与中国历代士风"等课题的研究,有这样的学识造诣,兼以文笔好,写这样一部散文作品,自然也就得心应手、左右逢源了。文化散文的背后是作者的学养学识,这不是可以临时抱佛脚、抓几部书来改写一下就能够做得到的。

杨自强在2017年还出版了另一部文化散文作品《一生一个字:历史的闲言碎语》。正如曹启文在这部书的序里说的:"擅长挖掘隐藏在史料背后的东西,往往会从一个意想不到的地方来打量那些看似平淡无奇的人和事,得出一个粗看是不可思议、细想却又是在情理之中的结论,而且文字鲜活,叙述生动。"

陆春祥在中国古代笔记里获得了文化散文写作的源源不断的灵感。中国古代笔记是一座高含金量的富矿,千百年来它在那儿累积着生长着,如何去开采它呢?如何让它在我们的时代里古为今用呢?古典翻新,这在小说、戏剧领域,都有人做过,《赵氏孤儿》是著名的一例;在随笔写作领域,周作人也做过。周作人博览古今中外典籍,文字雅致,读书笔记在新文学作家里独树一帜。而能够专注于中国古代笔记,进行大规模的系统阅读,在我们的时代从古代笔记里读出新意、读出新见识,并用流利简明的现代汉语写出有趣味的新笔记——"笔记的笔记",也许陆春祥是著名的一个。《笔记的笔记》是一种写法:先用现代汉语把古代的某一则笔记作译写,然后作引申发挥。比如元人杨瑀的笔记《山居新语》,其中有一则:

> 剌剌拔都儿乃太平王将佐。后至元三年,杀唐其势大夫于宫中,外未之觉也。因其余党皆在上都东门之外,伯颜太师虑其生变,亲领三百余骑往除之。剌剌望见尘起,疑有不测,乃入帐房中,取手刀弓箭带之,上马,遇诸途,短兵相接,而以其手刀挥之,将近伯颜太师之马,而刀头忽自坠地,遂逃以北,乃追回杀之。且剌剌名将也,岂有折刀之说?后询其故,乃半月前此刀曾坠地而折,家人惧其怒,虚装于鞘中。事非偶然,岂人力可致。

原文没有题目,春祥给这则笔记加了标题"刀为什么会折断",改写后的译义是:

> 剌剌拔都儿,是有名的将领。后至元三年,他跑进宫中,杀掉了唐其势大夫,外面都不知道。他的部队,当时都驻扎在京城东门的外面。太师伯颜怕生变,亲自带了三百精兵去抓他。

拔都儿看见大道上灰尘扬起，立即警惕，跑进军帐中，将武器带上，骑上马撤退。在道上和伯太师的兵相遇，短兵相接。拔都儿挥着刀，快要接近伯太师马的时候，刀头忽然掉在地上，只有逃跑。没有武器的拔都儿，很难敌过伯太师的兵，被抓回，杀掉。
　　这是件奇怪的事，拔都儿是名将，刀怎么会临阵折断了呢？原来，半个月前，这把刀曾经掉在地上，折断了，家人怕他发怒，又偷偷地装进刀鞘中。

　　这一则译文，不是对原文一字不漏、一字不差地直译，而是行文有所变化，变化的主旨是为了读来更顺畅、更明白。改写的译文之后是春祥以古鉴今所阐发的"微言大义"。
　　《笔记的笔记》一书，选取汉晋至元明的50部笔记，阅读、选择、译写其中有心得的部分，然后发挥引申。春祥深入古代笔记的宝山，他以他身处时代的理念来写作文化散文，《笔记的笔记》以及《太平里的广记》对古代中国的笔记做了一次有意义的激活。
　　春祥的另一部散文作品《连山》则是又一种写法。正如作家武歆在一篇书评里所说的："《连山》体现了作者拓展内心思考的疆域，避免将个人某个时段、某种单薄的情绪用来覆盖阔远、复杂的生活的努力，用更加巧妙、更加艺术的方式，渗透进'我'的情感，最大限度地让散文呈现出陌生化的阅读效果。"
　　春祥在这部书的序言里对"连山易"作如下表述："连山易的基本意思就是：从艮卦开始，如山之连绵，故名连山。……大地就是一个整体，所有山的根，都是相连的，即便有江有河有海，底部也都是山。……连山，其实是世界的全部。"这是不是也可以看作春祥对散文写作的认识呢？

如果说杨自强、陆春祥的文化散文有一股书卷气，那么在张加强的文化散文里则更多了一分文人才士的飘逸。《近在远方：一个县的史诗》，这是一部以散文文体挥洒而就的"长兴风雅颂"。在这一篇篇短短的千字文里，一个个人物，一件件故事，一巷一景，山水风物，从历史深处走来。长兴的历史盘桓于加强胸中，他几乎可以脱口而出，所以文章就写得飘逸洒脱，也许个别的细部或可再打磨、斟酌，但他的文笔真是太好了，他的飘逸的文采领着我们一口气读下来，几乎也就忽略掉了这若干小细部。

张加强先是写了一座山——《顾渚山传》，后来又写了一个湖——《太湖传奇》，现在又写了这湖边上的小城——《近在远方：一个县的史诗》。环绕他生息于此的长兴这个主题，山写过了，湖写过了，城也写过了。在我们所生活的这个时代，在江南，写散文，这么用心于自己所生息的地方，用加强自己的话来说："为我生活的这方水土做点风怀、留点文字"，可不可以说加强是"江南第一人"呢？在山、湖、城之后，加强还会再写些什么呢？

如果说杨自强、陆春祥、张加强的文化散文，注目于历史，起笔于古文献，那么，今天的文化散文里还有一路作品，这些文化散文写的是作者同时代的乡土文化故事，或者正在消失中的物事和正在消失中的物事中的人的故事，寄托文化的乡愁。王向阳的散文集《手艺：渐行渐远的江南老行当》也许是其中的一部代表作品。王向阳采访故乡的一个个手艺人，石匠韦俊田父子，泥水匠王思楷、郑隆成、黄宗巧，箍桶匠翁志兴，解匠明元师，花匠于根枝、于根法、张鹏程，漆匠周建峰，还有篾匠、铁匠、白铁匠、镴匠、铜匠、银匠……王向阳都一个个采访过来，真切地记录他们的故事，复原正在消失的乡村生活场景，书写在这样的背景下的乡村匠人的生活，他们的命运，他们的光阴与苦乐，他们的到来与走失，他们在艰辛生活中的职业的尊严和人的尊严。这部书的风格正如给这部书写序的周华诚所说的："语言平实无华，甚至有些拙朴。"读他的文字，如与乡野山邻饮酒对谈。

沈健教授在书评《百年红妆：小江南大工匠的诗意绣像》里，说钱爱康是"一个以文字在线装书上为正在消逝的时代绣像的作家"。沈健的这个句子写得真是古色古香。爱康的这部作品委婉细腻，是一个个关于她所生活的年代的手艺人的故事，木匠、裁缝、裱匠、厨师、雕刻师、琴师、画师、秤匠、剃头匠……爱康自己就是手艺人，湖笔技艺传承人，"湖笔西施"，经营着笔庄，所以对于手艺人有贴切的了解，对手艺活儿能做出细微的描摹。香山怎样帮木匠师傅阿生做全套"百年红妆"，瘦瘦的雕刻师怎样以"刻骨仇恨"雕琢一帧《枯枝竹石图》，老街上的秤匠徐先生怎样每天给一杆秤抹磨准星，女鞋匠怎样谨记家教以"一鞋度生"……爱康知手艺，正如给这部散文集写序的费振钟说的："她在描述中，显示了对技艺的精思细虑，在不同的手艺人里，发现技艺与人生的微妙的契合，汇总为一个主题：物的永恒性，以及物如何将人度入永恒。"爱康自述写这一部散文集的初衷："从地理意义上的故乡抵达精神的故乡，以至心灵的安宁。"沈健评论爱康的散文："她既不像马丽华那样沉醉于独异地域风光的诗性抒怀，也迥异于马莉的诗思锐利与思想锋芒，与周晓枫词句缭绕、修辞汹涌的华丽抒情与空泛舞蹈则形同霄壤，她只是在接近世俗化闲情逸趣一路独辟一径，往阿城、李杭育、韩少功的市井和山野贴得更近一些……凡人俗事的叙述中，因朴实醇厚而余味绵长。"确是的评。

在浙江，最近20多年来，文化散文始终是一脉滔滔的散文主流，从来没有断流过。文化散文的作者，也基本不是走"笔底裹挟风雷"的一路,也不热衷于"密集的知识轰炸"——有知识有文化,但不"密集"也不是"轰炸"。他们的文化散文,是"江南的文化散文"。

约15年前,曾有学者以为,文化散文的写作已渐渐地呈现出某种模式化的倾向,已到了终结的时候。我那时在一篇文章里表达了不同的意见。将近15年过去了,文化散文的"模式化"在若干散文家那里确有存在,但文化散文作为散文的一个品种,本身并没有"模式化",而且在运演过程中还呈现出了新的可能性。比如上述几位散文家,我们看到了他们往多种方向、多种风格上的努力。所以我依然保留我以前的一个基本认识:在现代社会里,一种文体,只要有人愿意写,有人愿意读,有报刊愿意发表,有出版社愿意出版,也就无所谓"终结"与否。而在今日散文的园地里,文化散文已经沉淀为散文的一个常态品种。所以浙江的《江南》杂志开辟了文化散文专栏《中国往事》,赵柏田给这个专栏写文化散文也已有好多年。柯平在《文学港》杂志上开设的《甬城笔记》专栏,写的也是文化散文。2016年创刊的《浙江散文》杂志,也开出了文化散文专栏《新史记》,写稿者甚众。1957年创办的《杜湖》杂志上的《民风》专栏也是文化散文栏目。王立出版的《繁花满树》《人文濮院》两部散文集(其中一部与陈滢合著),裘国松的《百代苍茫:奉化历史人物略述》,也可归类为文化散文。

二、等一碗乡愁:艺术散文

2017年10月,浙江省作家协会和浙江省散文学会在湘湖举办了浙江中青年女性散文家研讨会。散文家韩小蕙在会上说,散文家苏沧桑的作品像中国文学史上那些好的经典的散文。我当时琢磨,这句话是什么意思呢?什么才算是中国文学史上那些好的经典的散文呢?后来我想,这也许是说的散文的"正宗",或者借用已故的刘锡庆先生提出的概念,是指散文的"本体"——艺术散文。

孙敏瑛写作的散文,应该就是这样的"艺术散文",散文中的"本体"。孙敏瑛每年发表的散文,数量不多,但都是精致的好散文。2017年我读到两篇:《小镇》《散落在天涯》。依然是轻声细语的委婉叙述,清澈灵性的笔致,淡淡的忧伤。故事的叙述,场景的描绘,情绪的表达,文字都干干净净、妥妥帖帖、自自然然。

苏沧桑所写的散文,自然也是这样的"艺术散文",散文中的"本体"。

2017年是苏沧桑散文的丰收年份:出版了两部散文集,在《人民文学》《光明日报》等报刊上发表了多篇有影响的单篇散文。发表在《人民文学》杂志上的散文《纸上》,是一篇"非虚构作品",也是一篇美好的"艺术散文"。这一期《人民文学》杂志重点推荐了这一篇,杂志卷首语写道:

> ……本期的《纸上》,则以手艺题材和美文特质,为"非虚构"文类增添了别样的温淳和少见的清新。
>
> 平民工匠,承载着生长于民间的中国精神。
>
> 安于古法造纸的朱中华,从祖宗和父辈那里接过这份辛苦却又不能割舍的手艺,又正在传给朱起航这样的下一辈年轻人,造出与古版《四库全书》用纸工艺质量一样的"纸中上品",是他们对这门手艺迷恋的心志所在,是他们普通但又格外可书可佩的"中国梦"所在。当祖宗经历千年将火烧纸变成文化纸的时候,以前所未有的承载量,将丰富的文化

记述传播于纸上并千年不朽的事实,就让这种不能暴富甚至还要忍住某种贫寒的艰辛劳作带上了不易觉察的神圣性。而造纸的工匠,我们已经难以轻率地用"执着坚守""持之以恒""熟能生巧""功到自然成"之类的表达来潦草地描绘他们。"做生活……总归要好好做",如此朴素的话,背后不仅仅是生活,更是态度、性格和风习,在许多人难以承受枯燥、寂寞、无可观收入而做出别的选择之时,总是有"好好做"的人,安详、恭敬、心神宁定。这一切足可诠释最可爱的劳作之美、最可亲的专注之美、最可敬的专注劳作之功德。

《纸上》是有来源、现场、去向的,是有声音、色彩、味道、纹理的,是密布质感和充满活力的。作品体贴着自然古朴绵厚耐久的人心,以及他们传导至手上活计的心爱喜欢,于是也便有了朗润透亮的语感,以及与文中人物冷暖共在的敏感和悄然不响的欢喜。

这一段推荐语本身也是很好的散文。苏沧桑的"非虚构散文",融会了她写作"艺术散文"的经验。这是好的"非虚构散文",也是好的"艺术散文"。

苏沧桑于2017年出版的散文集《水下六米的凝望》《等一碗乡愁》,可以借用莫言的评语:"高的立意,大的思想,都从小处自然得来,不出狂言,不升虚火……"阎晶明说:"当我们说某人是个散文家时,那一定也是依据了某种不必争论、没有定规的标准来确定的,尽管这里面人数不多,各呈特色,但他们总还是有一些共同点,让人觉得值得用'散文家'来对待。苏沧桑就是其中一个……"这是很高的评价了。

在浙江省散文学会等于2017年10月在湘湖召开的散文研讨

会上，苏沧桑是被研讨的散文家之一，另外四位是：帕蒂古丽、赖赛飞、干亚群、草白。这五位女散文家（以及其他未被研讨的散文家比如孙敏瑛等），是当代浙江艺术散文的中坚力量。

周晓枫说帕蒂古丽的散文，讲的是很特殊的文化碰撞，还有身份撕裂的问题，能够感到生活的粗颗粒感，还会把生硬的、顿挫的、混沌的带进去。这种过程是对自我的一种发现，对关系的发现，对他人的认识。帕蒂古丽以一颗不被文化束缚的内心去感知世界，这样的写作很有力量。邱华栋说帕蒂古丽的作品在这种跨文化、跨语言的写作层面上为当代散文写作提供了一种新鲜的经验。

邵丽说赖赛飞的散文"写得空灵，也空阔，非常的形而上"。邱华栋说赖赛飞的作品"首先是题材上一大贡献，写海岛、海洋，给中国当代文学提供了独特文本。作品有一种沉郁的调子，这种沉郁带着一种更深沉的忧伤，仿佛阴暗的乌云下海水不断地冲击着海岸，让人们的内心发出对神圣生命的深深感叹。叙述语调是沉郁的，带着深深忧伤的女性的博大，同时细碎，但同时还有光芒"。

裘山山说干亚群的散文"不是那种温婉的感觉，一读之下我就闻到了泥土的气息、草垛的气息、水塘的气息。这些乡村的气息并不都是那种芬芳甜美的，甚至有不好闻的腥气味，甚至还有不讲究的村民的口臭。我这样讲并不是嫌弃，就像干亚群这样写也不是一种嫌弃，她是一种不舍，乡村的景象在她的笔下是荒蛮的，但又是茂盛的，有一种肆意妄为的野性。在这种野性里面，我还是很清晰地感受到她的一种悲悯情怀……你能从这些细节上感受，她说背井离乡的不光是人，还有泥土。她用悲悯情怀来写形形色色的人，写父母、村民……这些人在她的笔下都被写得有血有肉。乡村因为她的笔成为一幅画，被更多人看到"。武歆说书写日常生活的作品很难,而干亚群"几乎都是在书写日常的生活,但是我能看到一种力量,一种隐藏很深的力量。我一边看一边在写,我说这种力量来自哪里,来自耐心的叙事,她的叙事非常新颖,还有丰饶的细节,由这两点支撑起思想的意蕴"。

邱华栋说草白散文最大的特点,"是一个典型的小说家散文,特别懂得叙事的节奏和控制读者的心理,看得出草白希望写跨越文体的东西。在未来的写作里面,文体越来越不重要。在写作内容上,草白特别善于把隐秘的人生通过某种东西释放出来。草白有一篇散文专门谈到了对疤痕的重视,疤痕不断地释放、扩大,成为她整个散文写作的一个象征。她在寻找生活中的疤痕,把它作为生命成长过程中突如其来的、无法拒绝的命运坎坷,探讨怎样去修复它、正视它、观察它,直到接受它"。邵丽说草白的散文作品"完全是小说的底子,这种边叙边议的写作方法,很新鲜,很有活力和冲击力。我想这是借助了西方作家的创作方法,有保罗·奥斯特的影子,也可能完全是巧合,使用得非常成功"。

2015年岁末成立的浙江省散文学会,成立不到两年,就给浙江的五位中青年女性散文家开了专题研讨会,邀请省外名家予以观照。2018年,或许我们也可以寄望于散文学会能够继续举办专题研讨会,邀请省外名家来把脉浙江散文和散文家。

三、源动力及其他:余论

在本文的最后一部分,笔者将对无以归类的、品类最杂的散文做一点儿也许是挂一漏万的阅读笔记。

方淳的《麦墅纪》是一部可爱的书,不只是装帧设计的可爱,也是写得可爱的一部散文作品。故乡的草木、时节、饮食、旧事、地理,都以一篇篇短小而灵动的文字表而出之。穿插其中的来自中国古典文学的意象、句子、意境，烘染出氤氲画意。著者向往明代白话小说里写的"灌园叟"的田园生活，"朝灌园兮暮灌园，灌成园上百花鲜"，"小小茅堂花万种，主人日日对花眠"，真令人神往。这位当代"灌园叟"，在修缮乡间老屋槿园期间，种种花草之余，写下这些散文，"将数十年的怀望与爱恋倾注其间，编订成集，名曰'麦墅纪'"。在闲情逸致里写出来的散文，自然也就有了好趣味好雅兴。笔者曾一而再地说："散文须业余为之；写散文要有闲，心情的闲。"《麦墅纪》庶几是这样的文化产品。这样的散文，殊不易得。

许成国《岱衢洋书》，也是一部写法有点儿特色的书，69篇短文，大多以诗或歌起头，再记下此诗、此歌的前后缘由，以及相关的事和思。诗或歌姑且不论，有话长无话短，倒也朴实可读。这样一种文体，有点儿像传统的纪事诗和对纪事诗的注，算是大时代里一个普通人的私人记忆。

王金洲发表的三篇记人的散文《流浪者的品德》《老革命为我背包》《心丽》，写的都是平凡小人物身上的美好人性。这人性中的美好，无论世道如何变迁，总会在一些人的身上体现和延续，让我们重拾对于人和人间的信心。这几篇作品叙事清晰，结构妥帖，笔致平实，平和委婉的叙述里有一份感人的力量。

靠山吃山，靠海吃海。守着大海洋，复达得到了源源无尽的散文写作的灵感和"原材料"。流贯的文气，劲健的笔力，敏捷的构思，复达的海洋散文，日臻佳境。《文学港》杂志《好看》栏目刊发了复达的一组长篇散文《北纬三十度的海味（组章）》，三万多字，并配发简评。这篇简评对复达的这组散文做了很好的评论，今择要转述：乡土文学是20世纪中国文学的传统，但是，相对于"陆地乡土"文学作品的数量和质量而言，"海洋乡土"书写无疑是一个弱项，二者根本不是一个等量级。《北纬三十度的海味（组章）》是典型的"海洋乡土"文本，作者自觉或不自觉地继承了现代乡土文学传统：描写地域风貌，叙述乡村风情，并在呈现乡土生活的基础上，进行具有现代性的考辨与思索。

吴顺荣的散文，所写的大多是杭嘉湖平原上那些老物事、旧日子，喜碗、寿碗、甘蔗、荸荠、吃湖蟹、换糖担、农家饭……短文章小随笔，言之有物，读来亲切。

陈富强散文集《源动力》收录的八篇散文，悉数以电力为背景，批评家涂国文评论这些作品"以人述史，将笔触指向电力背后的人，探入他们的精神世界……把握他们与水利、电力的血肉联系"，"将对中国百年电力发展史特别是当代中国水电建设伟大成就的展示，放置于中国水利发展史与世界水电发展概况这样一个纵横交织的坐标中，从而使得《源动力》获得了一种宏阔的视野、一种时空纵深感、一种恢宏的艺术气象与格局……"

潘丽萍于2017年出版了两部散文集《那一场繁花如锦的相遇》《许我一段光阴》。海飞说潘丽萍的散文："文字细腻、准确、生动，写尽家乡物事……哪怕是对当地一些特产和小吃的描述，让我们见到的是人间烟火里的烟火，岁月锦绣里的锦绣。"

《江南小镇的闲适时光》是李鸿的第二部散文集。"江南，是一种气质；小镇，是生活环境；闲适，是精神追求；时光，是人生过程。"陈大建对书名的这个注释简明扼要，也是对这部散文集的品质的一个简明扼要的品评。"年岁渐长，剥去浮华，世事也疏淡了……写一些清清淡淡的文字，记录生活，记录心情，给我安静的生活注入一抹微光……"这是李鸿自述的写散文的初衷。

《瑞安九人散文集》是瑞安李淳、俞海、张鹤鸣、陈思义、林新荣、王键、倪亮、叶晓燕、陈媛媛等九位作家的散文合集，既有耄耋老人，也有青年才俊，少长咸集。"宏大兼细碎，沧桑和现代，温暖与疼痛，飞云江两岸的人和事、风和物……"陆春祥题写在这部书的扉页上的这几句话，也是对这部散文合集的精当的概括。

在2017年，卢敦基、刘从进、杨新元、刘文起、子张、瞿炜、李乍虹、杨静龙、董利荣、邹园、赵健雄、孙昌建、邹亮、王珍、牧林铨、王寒、涂国文、邢增尧、徐惠林、朱敏、陈利生、杨菊三、吴顺荣、陈荣力、蔡圣昌、竺柏岳、王群、陈家麦、柴薪、南孔球、吕云祥、许懋汉、汪群、陈于晓、詹苗康、沈海清、李俏红、徐水法、复达、陆建立、吴芸、姚坚定、沈文泉、阎受鹏、袁敏、马叙、谢鲁渤、鲁晓敏、郑骁锋、周华诚、方格子、施立松、安峰、张国云、郭梅、范一直、谢志强、乐佳泉、荣荣、张巧慧、方向明、吴玄、张亦辉、稆绍国、刘克敌、徐海蛟、简儿、周吉敏、林漱砚、阙维杭、赵雨、朱和风、朱晓军、叶晔、龙彼德、陈友中、余华等作家，或在报刊发表散文作品，或出版散文集，或有作品被转载，或有作品入选各种散文选本，或有作品获奖。这些也是应该予以记录存档的。

2017年，浙江省散文学会分别与富阳、奉化、玉环、岱山、松阳、长兴、萧山、杭州大江东等地合作组织八次采风活动，举办名家散文写作分享会，组织浙江散文家研讨会，编辑出版六期《浙江散文》和两期别册。中国作家协会副主席张抗抗称誉《浙江散文》杂志"办得有声有色，在国内处于领先地位"。继《2016浙江散文精选》之后，选编出版了《2017浙江散文精选》。陆春祥会长主持的浙江省散文学会生机勃勃。

散文也许是一种边缘的文体。这个边缘，不是远离中心的边缘，而很可能是具有"跨界"或在"跨界"中生成多种可能的"边缘"，是一种生生不息的"边缘"。

但散文的阅读却不是"社会阅读"的边缘,千百年来散文的阅读应该是阅读的一个"中心",西风东渐以后也依然是。如今小说的阅读降温以后,移动数字媒体兴起之时,散文的阅读依然没有被"社会阅读"边缘化,这后面必然有散文写作、散文出版和散文阅读的"源动力"。如何解释这背后的"源动力",容当另文讨论。

2017年浙江散文要目

一、书

杨自强 《一生一个字:历史的闲言碎语》 上海书店出版社2017年1月版
《世事如棋:"围棋十诀"中的智慧人生》 上海书店出版社2017年7月版

刘从进 《风在兹土》 知识出版社2017年2月版

林新荣等 《瑞安九人散文集》 团结出版社2017年3月版

钱爱康 《百年红妆:小江南大工匠的诗意绣像》 上海文艺出版社2017年4月版

王　立 《繁花满树》 北岳文艺出版社2017年4月版
《人文濮院》(与陈滢合著) 浙江人民出版社2017年5月版

乐佳泉 《踏浪而来》 文汇出版社2017年4月版

陈富强 《源动力》 长江文艺出版社2017年5月版

董利荣 《宋朝有个范桐庐:范仲淹与潇洒桐庐》 中国文联出版社2017年6月版

苏沧桑 《水下六米的凝望》 山西人民出版社2017年6月版
《等一碗乡愁》 中国言实出版社2017年8月版

潘丽萍 《那一场繁华如锦的相遇》 现代出版社2017年7月版

	《许我一段光阴》 现代出版社2017年7月版
许成国	《岱衢洋书》 现代出版社2017年7月版
陆春祥	《笔记的笔记》 广西师范大学出版社2017年7月版
	《连山》 文汇出版社2017年8月版
	《太平里的广记》 中国民主法制出版社2017年8月版
子　张	《人在字里行间》 文汇出版社2017年8月版
王向阳	《手艺：渐行渐远的江南老行当》 广西师范大学出版社2017年8月版
李　鸿	《江南小镇的闲适时光》 当代世界出版社2017年7月版
张加强	《近在远方：一个县的史诗》 上海人民出版社2017年9月版
李乍虹	《小情调》 光明日报出版社2017年11月版
方　淳	《麦墅纪》 广西师范大学出版社2017年11月版
裘国松	《百代苍茫：奉化历史人物略述》 团结出版社2017年12月版
浦　子	《从莫斯科到斯德哥尔摩》 宁波出版社2016年7月版
阎受鹏	《山海情絮》 华文出版社2017年12月版

二、文

邹　亮	《邹氏家乘与"钱塘宿松"》 《书城》2017年第5期
陆春祥	《霓裳的种子》 《人民文学》2017年第3期
	《段成式书房的虫虫》 《南方文学》2017年第3期
	《笔记中的苏轼》 《四川文学》2017年第3期
	《关于天地，关于生死》 《黄河文学》2017年第4期
	《坚瓠里的思想》 《文学港》2017年第4期
	《学萨笔记》 《作家》2017年第7期
	《"一官骗得头全白"及其他》 《西湖》2017年第7期
	《花官和药谱》 《长江文艺》2017年第7期
	《"水浒叶子牌"及其他》 《西湖》2017年第8期
	《笔记的笔记》 《山西文学》2017年第9期

《"苏轼办公"及其他》 《西湖》2017年第9期
《一日而遇七毒 笔记中的医学散记》 《芳草》2017年第5期
《天地间愁种》 《解放日报·朝花》2017年1月4日
《永安山壹指》 《大公报·大公园》2017年1月18、19日
《半懂不懂孔乙己》 《新民晚报·夜光杯》2017年1月22日
《关于秦桧，怜悯一下都不行》 《文汇报·笔会》2017年3月12日
《年轻的城》 《杭州日报·西湖副刊》2017年3月17日
《沈宰相的一封家书》 《解放日报·朝花》2017年4月6日
《溪口的雨》 《大公报·大公园》2017年4月14、15日
《鹏的翅膀》 《大公报·文学副刊》2017年5月28日
《李赤之死》 《解放日报·朝花》2017年6月11日
《耐烦有恒》 《今晚报》2017年6月19日
《刘道原的人生检讨书》 《文汇报·笔会》2017年6月28日
《娘家小院》 《光明日报·文萃》2017年7月14日
《关于滴答的时间隧影》 《文学报》2017年7月18日
《云台广陵散》 《大公报·文学副刊》2017年7月30日
《玉茗花开》 《人民政协报·华夏周末》2017年7月15日、8月12日
《秀山二记》 《大公报·文学副刊》2017年8月28日
《千年笔记，永恒的光》 《光明日报·悦读》2017年9月7日
《新巴尔虎湖山歌》 《大公报·文学副刊》2017年10月8日、15日
《高尚的歌》 《光明日报》2017年10月13日
《和冼妮娜聊冼星海》 《解放日报·朝花》2017年11月2日
《杨时的湖》 《大公报·大公园》2017年11月15日
《春水行舟，如坐天上》 《解放日报·朝花》2017年12月22日

孙敏瑛 《小镇》 《青春》2017年第6期
《散落在天涯》 《青春》2017年第11期

杨新元 《真爱长住人间》 《钱江晚报》2017年4月30日
《在大江东邂逅青春》 《浙江日报》2017年4月30日

   《黄永玉的忠告》　《天津日报》2017年5月12日

   《小鲜肉与老戏骨》　《宁波日报》2017年4月21日

苏沧桑　《纸上》　《人民文学》2017年第5期

   《把心里那盏油灯点亮》　《人民日报》2017年2月15日

   《海上千春住玉环》　《人民日报》2017年5月20日

   《古村的心跳》　《光明日报》2017年11月3日

   《时光蝶影（新时代之光）》　《人民日报》2017年12月4日

陈富强　《北上五记》　《浙江作家》2017年第1期

   《清淡素雅杭州菜　每道佳肴背后都有典故和传说》　《环球人文地理》2017年第3期

   《春秋列国之大越》　《国家电网报》2017年1月6日

   《南麂守岛人》　《浙江日报》2017年8月20日

董利荣　《石泉绕舍有清音》　《散文百家》2017年第9期

   《春到戴家山》　《中国艺术报》2017年1月25日

南孔球　《担永嘉》　《联谊报》2017年10月17日

刘文起　《抱憾瓯剧》　《温州人》2017年第3期

   《巴尔干半岛笔记》　《温州文学》2017年第4期

   《文徵明的温州情缘》　《古今谈》2017年第1期

   《队友"周老爷"》　《温州晚报》2017年9月24日

王向阳　《木匠传奇》　《少年作家》2017年1—2月合刊

   《心灵的呼唤》　《光明日报》2017年11月23日

   《戏缘》　《浙江日报》2017年4月3日

   《剃头》　《联谊报》2017年2月21日

陈利生　《乡村的春天》　《劳动时报》2017年2月10日

   《散落于民间的乡野叙事》　《市场导报》2017年2月24日

   《春夜喜雨》　《浙江工人日报》2017年3月18日

   《深山里的供销社》　《联谊报》2017年4月18日

   《父亲的三宝》　《金融时报》2017年6月30日

杨菊三　《冰川修得石林梦》　《中国散文家》2017年第1期

　　　　《百丈漈观瀑》　《中国散文家》2017年第3期

　　　　《父亲的三担水》　《中国散文家》2017年第5期

徐惠林　《整个世界是一辆快车》（外一篇）《深圳晚报》2017年2月7日

　　　　《老木匠桑伯》　《山西日报》2017年2月8日

　　　　《深夜里的鸡叫声》　《山西日报》2017年8月16日

　　　　《桔子　道法自然》　《山西日报》2017年9月6日

　　　　《大小账》　《山西日报》2017年10月18日

　　　　《城市的感慨》　《山西日报》2017年12月20日

柴　薪　《纸上的远方》　《当代人》2017年第10期

　　　　《苍茫记》（6篇）　《山东文学》（上半月刊）2017年第10期

　　　　《中年记》　《岁月》2017年第5期

　　　　《喀什风情》　《西部散文》2017年第10期

　　　　《窗外》等4篇　《重庆散文》2017年第4期

　　　　《阿哈奇的鹰》　《衢州晚报》2017年2月9日

　　　　《民间乐器》　《浙江日报》2017年8月13日

　　　　《江山多娇，江水多姿》　《浙江日报》2017年10月13日

　　　　《椰枝上的海口》　《海口日报》2017年11月14日

王　群　《探访图腾古道》　《中国散文家》2017年第1期

　　　　《在庐山，遥想江州司马》　《中国散文家》2017年第4期

吕云祥　《春风梳柳》　《绍兴晚报》2017年3月6日

　　　　《秋色赋》　《联谊报》2017年11月25日

杨静龙　《寻找采茶姑娘》　《文学报》2017年1月17日

江　群　《落在浙儿的雪》　《散文选刊》（下半月刊）2017年第1期

　　　　《"幸福列车"通鲁家》　《人民日报》2017年10月2日

　　　　《又见紫云英》　《人民日报》2017年5月17日

陈于晓　《禅意袅袅万佛山》　《散文百家》2017年第7期

　　　　《梅语》　《洛阳晚报》2017年1月10日

　　　　《浮水》　《洛阳晚报》2017年2月7日

　　　　《北海，时光老在一条街上》　《北海晚报》2017年2月26日

	《住在一棵椰树里》	《海口日报》2017年11月8日
	《食性里显露的差异》	《杭州政协》2017年第9—10期
詹苗康	《过年搡柁糕》	《联谊报》2017年2月4日
	《生命返璞归真的参照物》	《联谊报》2017年3月16日
	《遵循大自然的基本规律》	《联谊报》2017年3月25日
王金洲	《流浪者的品德》	《交通旅游导报》2017年9月16日
	《脉脉盈盈山水武义》	《钱江晚报》2017年1月24日
	《霉干菜》	《中国煤炭报》2017年9月13日
	《老革命为我背包》	《中国煤炭报》2017年8月25日
	《心丽》	《中国煤炭报》2017年12月15日
乐佳泉	《秋韵金塘岛》	《海外文摘》2017年第12期
复　达	《弹胡噼噼跳》	《青岛文学》2017年第2期
	《紫菜何时做过主菜》	《东方散文》2017年第1期
	《沉浸在紫菜的鲜香里》	《福建文学》2017年第4期
	《向大海索要鱼群》	《安徽文学》2017年第5期
	《徐老大的小花蟹》	《散文百家》2017年第8期
	《一个王朝在海岛的灭顶之难》	《解放军文艺》2017年第10期
	《在渔船拆解现场》	《美文》2017年第9期
	《北纬三十度的海味（组章）》	《文学港》2017年第11期
	《一座寺院的落寞》	《天津文学》2017年第11期
	《当海峡横在面前》	《中国文化报》2017年2月16日
	《海不扬波》	《中国海洋报》2017年5月18日
	《夜海》	《文艺报》2017年6月7日
	《山水金鞭溪》	《中国旅游报》2017年12月11日
	《两个沙滩的夜晚》	《海南特区报》2017年12月14日
李俏红	《白马湖畔有春晖》	《散文选刊》（下半月刊）2017年第9期
	《秋的絮语》	《散文百家》2017年第1期
	《又是一年初始》	《中国文化报》2017年1月26日
	《从"观瀫采兰"到"绮霞兰"》	《文汇报》2017年4月14日

　　　　《老北京的味道》　《联谊报》2017年5月16日
　　　　《花宜插鬓红》　《中国文化报》2017年5月9日
　　　　《便觉人间迹可逃》　《江南晚报》2017年11月12日
徐水法　《父亲和南海观音》　《散文百家》2017年第2期
　　　　《王佳山：隐逸浦江东北的"桃花源"》　《文化月刊》2017年第10期
　　　　《舌尖上的麻糍》　《金华晚报》2017年2月17日
陆建立　《虚静湖记》　《散文选刊》（下半月刊）2017年第12期
　　　　《流动的石头》　《散文百家》2017年第8期
　　　　《仰望伏龙山》　《海燕》2017年第12期
吴顺荣　《长虹桥》　《嘉兴日报》2017年1月20日
　　　　《守岁》　《联谊报》2017年1月24日
　　　　《农家饭》　《嘉兴日报》2017年4月21日
　　　　《换糖担》　《南湖晚报》2017年11月12日
　　　　《吃蟹》　《南湖晚报》2017年11月19日
吴　芸　《农事芬芳》　《湖南散文》2017年第1期
　　　　《老物件的旧时光》　《散文家》2017年第1期
　　　　《钢铁年代的文艺范儿》　《散文选刊》（下半月刊）2017年第3期
　　　　《江南水韵》　《散文选刊》（下半月刊）2017年第8期
　　　　《夏衍在日留学小记》　《解放日报》2017年6月18日
　　　　《绿窗围坐从儿女》　《浙江日报》2017年5月29日
　　　　《虫虫的冬天》　《语文报》2017年4月1日
　　　　《母亲，点亮一盏爱的心灯》　《中国文化报》2017年4月6日
姚坚定　《人种鸡》　《新民晚报》2017年4月11日
　　　　《会出汗的羽绒服》　《武汉晚报》2017年5月6日
　　　　《村校》　《联谊报》2016年5月3日
　　　　《七堡渡口说兴衰》　《交通旅游导报》2016年5月5日
沈文泉　《吴兴遗珠》　《文学报》2017年10月19日
干亚群　《葬礼》　《上海文学》2017年第11期

　　　　　《草语》　《天涯》2017年第5期

　　　　　《屋檐下》　《作家》2017年第9期

　　　　　《过年蓝》　《上海文学》2017年第2期

　　　　　《空缺》　《青年文学》2017年第2期

　　　　　《老曹》　《散文》2017年第2期

　　　　　《他们给村庄打个结》　《散文》2017年第7期

　　　　　《不是所有的蛋都能孵出小鸡》　《散文选刊》（上半月刊）2017年第2期

　　　　　《去向不明》　《美文》2017年第21期

草　白　《阿胶国度》　《青年文学》2017年第12期

　　　　　《漫长的告别》　《散文选刊》（上半月刊）2017年第5期

　　　　　《草白散文特辑》　《散文选刊》（上半月刊）2017年第10期

　　　　　《暗处的光》　《大家》2017年第5期

赖赛飞　《荡漾（外二题）》　《散文选刊》（上半月刊）2017年第12期

　　　　　《海水荡漾》　《散文》2017年第3期

张巧慧　《拓碑记》　《散文选刊》（上半月刊）2017年第2期

马　叙　《没有收信人的城》　《大家》2017年第1期

吴　玄　《龙腾狮跃是太仓》　《人民文学》2017年第4期

张亦辉　《在叙述中漂移的时间》　《人民文学》2017年第1期

　　　　　《天空或者扣子》　《作家》2017年第3期

帕蒂古丽　《大梁坡上的生活》　《大家》2017年第2期

　　　　　《水乳交融的村庄秘境》　《美文》2017年第3期

程绍国　《东海珍馐记》　《十月》2017年第3期

　　　　　《雪压冬云白絮飞》　《美文》2017年第7期

方向明　《翁村纪事》　《十月》2017年第4期

荣　荣　《致敬文昌帝君》　《美文》2017年第5期

刘克敌　《同时代人眼里的陈寅恪》　《新华文摘》2017年第20期

周华诚　《村庄的黄昏》　《散文选刊》（上半月刊）2017年第6期

	《乡下的茶和紫云英》 《散文选刊》（上半月刊）2017年第8期	
简　儿	《光阴》 《散文选刊》（上半月刊）2017年第7期	
徐海蛟	《隐于低处》 《青年文学》2017年第8期	
周吉敏	《一张千年纸背后的水土》 《散文选刊》（上半月刊）2017年第4期	
林漱砚	《心》 《散文》2017年第8期	
施立松	《多少浪花碎》 《散文》2017年第6期	
	《何处是归程》 《散文》2017年第3期	
赵　雨	《对照三记》 《散文》2017年第4期	
阙维杭	《北海行吟录》 《美文》2017年第5期	
	《荒漠甘泉之间的奔跑——海外华人原创歌剧诞生记》 《美文》2017年第19期	
朱和风	《不能胡来》 《美文》2017年第2期	
朱　敏	《七平米阳光》 《北京文学》2017年第8期	
朱晓军	《台湾的"家"》 《北京文学》2017年第8期	
赵柏田	《午桥之死》 《江南》2017年第1期	
	《上海之殇》 《江南》2017年第2期	
	《大银行家》 《江南》2017年第3期	
	《抱恨莫干山》 《江南》2017年第4期	
	《急管繁弦　人间暗换》 《江南》2017年第5期	
叶　晔	《狂野志》 《钟山》2017年第2期	
陈友中	《老家的老床》 《美文》2017年第10期	
	《淡淡碧湖我故乡》 《温州日报》2017年8月16日	
余　华	《爸爸出羊时》 《十月》2017年第6期	
	《我的书游荡世界的经历》 《作家》2017年第1期	
周维强	《岁暮天寒忆烤鸭》 《光明日报》2017年1月6日	
	《时间在哪里》 《中国教育报》2017年1月13日	
	《著书老去为抒情》 《光明日报》2017年6月2日	
	《"浙庖""蜀庖"喻文章》 《光明日报》2017年7月28日	

不要人夸颜色好
——2017年浙江杂文述评

| 朱国良 |

每年这个时候,因着一年的过去,新岁的来临,又因为要盘点杂文的收成,作文的得失,我未免会逢着天晴天雨,牵挂花开花落,感叹韶华易逝,抱憾光阴无情!据知,无病少灾的人生不过30000天。一年四季:春夏秋冬。瞬间就是一年,转眼便是一生!人生如梦非是梦,因其真实;生活如水不是水,因为苦乐。在生命中,许多事情在于自己,偌多感受在于个人。做人需要下心,行文需要埋头,视野需要拓宽,境界需要放远。因为知道生命难得,生活不易,人生短暂,时间金贵,我很佩服以看破的态势,而积极的态度来从事行文的人。浙江省的不少杂文作家便是这样的聪明人、明白人、智慧人,他们以一种思想的绽放、文化的自觉,不停顿、不懈怠地写下富有光华的文字,传播启人醒世的文章,给人鼓舞,使人启迪,这无疑是他们生命高扬的旗帜,生活飞扬的响箭!

纵观这一年来的杂文,通过这几年写杂文述评,我感到杂文越来越不好写了,由此杂文述评也越来越难弄了。难怪不少杂文作者要不偃旗息鼓,要不改弦易张,转投散文、小说之类的行当了。在一些报刊,原先的一些杂文栏目都不复存在了。这如时下的买卖一样,网购一出现,门面实体店只得纷纷关门。阵地少了,队伍散了,融思想性、时效性、趣味性、艺术性的杂文也日渐其少，杂文新人也如凤毛麟角，难得一见。但与此形成对比的，在这里需要大写一笔的是，我省的杂文作家显示出"姜是老的辣，诗是古的好"的特性，中老年作家依然是浙军杂文的主力和骨干，是扬名全国的翘楚和中坚。俞剑明、姚振发、李烈钧、赵健雄、桑士达、赵畅、殷爱成，其文韵、其文品是我们的骄傲；赵青云、张林华、徐迅雷、陆春祥、范一直、吴杭民、董联军、赵宗彪，其激情、其诗情，让我们如数家珍。是这些杂坛精英，几十年如一日，默默耕耘，悄悄发枝，不求人夸颜色好，使命文章老更成。

显然，近年来的杂文创作似没有达到百花齐放、繁花似锦的境地，但是作为杂文的重要一枝，歌颂性杂文倒是花开姣好，颜色灿烂。特别值得一提的是，由浙江省杂文学会会长桑士达和杂文家董联军诸公出谋划策的"绿水青山杯"征文，十分热烈，吸引了全国众多的杂文家的参与，并在全国引起了广泛影响。几千篇文章的参赛，上百位作者的参与，各种风格，各类写法，蔚成大观，这也是当今中国杂坛当大写一笔的。

浙江杂坛的老兵老将、老汉老手们啊，我要由衷地向你们致以崇高的敬礼！因为杂文学会会长桑士达，副会长李烈钧、董联军的热心组织，悉心联谊，尽心付出，费心张罗，才有了浙江杂文的名声在外，才有了杂文征文的大活动、大动作，让浙江文人风骨和侠肝义胆在全国让人刮目相看。因着杂文不是规定动作，差不多全是一个人的走马仗剑、砥砺前行，全是一个人的林莽投枪、直抒胸臆。坚持是一辈子的事，放弃是一句话的事。于是我们得以看到了俞剑明、赵畅、张林华、赵青云、俞评、董联军、赵健雄、金新、姚振发、许春华、王国益、宁白、王国灿、丁斌诸公投笔的从容老辣，说理的深刻新意。让我们看到了更年轻的一些中坚——徐迅雷、吴杭民、赵宗彪、陈友中等人文风的泼辣，论证的刚毅，笔触的多样。

有文化、具文气、连天线、接地气的官儿我是十分敬重的。昂首竹有低眉叶，傲骨梅无轻飘枝，这样的风骨气度放在杂文高手俞剑明身上是合适的。剑明先生博览群书，见多识广。在他的杂文中，不仅有读万卷书、行万里路的体味，也有识万种人、品万份味的体验。他的文章往往集杂文、随笔、散文于一体，熔见识、感悟、知识于一炉，谈时事世事，说生活生命，抒情怀情愫，都让人感到有一股清新之气扑面而来。他以看透"人事三杯酒，岁月一局棋"的清醒，以积极的态度处世、读书、写作，内有激情，外化热情，步履轻盈洒脱，文字轻松灵动，落实到他的文章，虽不能说篇篇春风大雅，秋水无尘，但也足见铅华落尽，足见真淳。

剑明先生爱书读书，已成习惯；写字写作，已是自然。纵观他近年来写的杂文，我以为先生的实力不容小视，那就是文化的力量，艺术的分量。有了思想立意，有了文化支撑，有了艺术手法，他的文章厚重、扎实，在我看来这是正宗的杂文，如张同泰的招牌一样，可冠之"道地"二字的。

杂文是一种力量，杂文是一种抒发，杂文是一种情怀，杂文是一种寄托。这正是杂文家赵青云的文章之道。尽管都市的灯火明亮，谁也不会看清萤火虫的光亮，但在杂文界，我们却看到青云活跃的身影。他以一份纯真的操守，以一种不懈的坚守，不仅把做官与做文结合得甚好，还把勤于思考与精于写作结合得比较好。被杂文界喻为意在笔先、力透纸背的杂文《诸葛亮的事必躬亲》（作于2016年）独出机杼，鞭辟入里，立意深刻，文意绵长，是饱含他思想和智慧的力作。先生的杂文评事论理，富有理性，在嬉笑怒骂中运用自如，既能写刺贪刺虐的品文，又能做启人悟世的美文。而且文章中总闪烁着思想的光华,有着辩证的思考。他善于把握时政,精于针砭时弊,更巧于在人的道德、思维、修养和行为方面,提出真知灼见。种种点评,缕缕析分,如水流暗径,兰发幽谷,读之如香茗留齿,品味良久。而他的一本集杂文笔法、杂文点评、杂文风骨的漫画集,更值得大写一笔。浙江人民出版社于2017年出版了一本漫画书《廉镜漫笔》,作者就是我省著名杂文家、漫画家赵青云。这本书的最大特点是一文一画,亦文亦画,寓教于乐,妙趣横生。这是一本以画代言的好书,每一张都是一篇精当的杂文,每一句精辟的旁白都是独到的评述。通过这种立此存照的形式,人们可以读出更深层次的东西,领悟出更宽广的意思。其中很多漫画都让人忍俊不禁。《本性难移》一画,刻画的是一个官员已经进了监狱,还在用一把尺子丈量牢房的面积,嘴里还说:"怎么不是套间?"显然,待遇意识,在一些官员心中已经根深蒂固。再说《公鸡领奖》。一只母鸡下了很多蛋,孵出了很多小鸡。而一只公鸡,却上台去领"下蛋奖",并拿着麦克风,滔滔不绝地介绍"下蛋经验"。现实中有的人也喜这么弄虚作假报政绩。再说《官员脸柜》。"脸柜"这个词,还是第一次听说。画面上有六个表情完全不同的面具,分别是"对领导""对群众""对是非""对困难""对名利""对美色"。一个官员模样的人,手里夹一个皮包,正对着这些面具在选:"该戴哪张脸呢?"说一些官员家里藏着一个"脸柜",当然是艺术性的夸张。但在不同的人面前经常变脸的官员,确实大有人在。难怪这本杂文式的漫画集能受到从上到下的好评,因其思想性、启发性、群众性和艺术性的充分结合,被全国十多家大报报道,在全国各地进行了巡展,受到了大家的广泛欢迎!

在过去的一年创作中,杂文学会会长桑士达是身体力行、率先垂范的。他的评论味浓、正能量足的杂文,也是迎东风花开一枝，风景中自有亮丽。士达先生写诗、写联很有意境，已是自成一派。杂文本是诗与政论的结合。把握大局，驾驭文字，于他本是得心应手、水到渠成的事。大道理细细讲，大动作慢慢做，用自己的话说出来并且说得好，也是不容易的，可喜士达做到了，而且也是说得精彩，论得出彩的。他的一些付之于思想、付之于哲理、付之于文采的杂文，有震撼力、有号召力、有吸引力，非一些听风品月、吟花惜草的小摆设或小园景可比，其文章富于时代感和贴近性，显得比较大气，也更接近地气，记载了他对世事的思考、对人事的评点、对理想的寄托。这些杂文不像时下有的杂文弄一个典故，摘几句唐诗，来一点时髦又讨巧的话，看似热热闹闹，实无真知灼见。总之，士达先生的杂文是具大气的，是有正气、也有文气的。我要为之写下这几个字：有真知真味，扫霸气火气，有见地见识，具文韵文味！

杂文家姚振发先生，是我的前辈师长，至今他还是笔耕不辍。2017年，他的第三本杂文集《远去的回声：晚茶三杯》问世，让我捧读之余，内心颇为惭愧。先生已到了"松柏孤且直，不为桃李媚"的年岁，已是对上不仰视、对下不俯视的境界了。因此，他文集中的不少文章总以淡定的心态、坦荡的胸怀承受着生活，咀嚼着生活，笔下流淌的文字厚实而灵动，轻松而形象，如陈酿佳制，不似酸酸甜甜的饮料。有不少文章，如久泡的高山茶，香气四溢。文字述说，如坐西湖的茶室一隅，香茶在手，谈心而已。而文集中茶类颇多，有飘香的龙井，有味醇的普洱，有深沉的铁观音，有厚实的大红袍，这与茅盾先生所说的文人写文当有"多几副笔墨"的教诲是吻合的。读了他的新著，我感到这才"像"一本书，不像有些人拼拼凑凑，著作一本又一本，殊不知那是化作纸浆用的。这种"像"是人们内心的评价，极显作品内质之厚，内涵之深。品尝姚先生奉献的三杯新茗，香气扑鼻，清气徐来，令人心旷神怡！

杂文家董联军是三家杂志社的主编，在文坛口碑极佳，文名也远播。他善于采风荷之俏，牡丹之艳，桂子之香，月季之丽，把几本杂志捣鼓得全国闻名，好评如潮。他又以厚实、朴实、诚实、踏实的人品之美，联谊全国杂家，开展杂文征文。特别是举办"绿水青山杯"，整理、编辑了来自全国的5987篇文稿。业余空闲时，他更是不"误"正业，以示文字如虹，与众不同。他的文章犀利深沉，投笔如枪，文字精练，颇具风骨，总是让思想醒着，让文采舞着。我注意到，他的不少杂文都具有锐利的锋芒。他总是用事实说话，用材料佐证，用史典论理，用风骨启人。各种题材均可驾驭，皆能成文。联军先生的杂文浮躁渐灭，火气见小，文气大长，往往独出机杼，独有天地，在针砭假恶臭的本相、本质之中，善于从独特的视角层层破题，以积累的识见进行缕缕分析，使人感到作者思想的活跃，文风的活泼，行文的活泛！难怪他的杂文《色字头上一把刀》，能从数以千计的杂文中脱颖而出，入选中国最佳杂文选集。

有人常常说，笑而不语是一种豁达，痛而不言是一种修养，在有责任、有担当的杂文家看来未必是这样的。有时好人的沉默比坏人的嚣张更可怕！正因为如此，杂文高手、散文好手赵畅正气在胸，正义在手，遇事不作壁上观，总要为民鼓与呼！他写出了不少有广泛社会影响的好杂文。2017年，我们还是时时看到他挥戈跃马的矫健身影。他的散文有着淡淡远山淡淡水、幽幽洞箫幽幽吹的境界，他的杂文更是散见于《人民日报》《浙江日报》《大公报》《人民文学》《上海滩》等刊物。赵畅是有气度力度的，是具灵气文气的。赵先生一年能发100多篇文章便是证明。

人生两把"剑",主见和远见。观察张林华先生的杂文,我以为先生字里行间具备了这璧合的"双剑"。曾著有畅销书《世道人心入梦》的林华先生,正直正派,快人快语,闲来远离市井浮躁,总是闭门读书,在思考中锤炼哲理和文采。他的文章软硬相叠,虚实结合,既能昂昂然写金戈铁马,又能悠悠然写小桥流水。他的文章有着较深的文化积淀和独特的视角眼光,不少合时事而著的篇什,无论是发古人之幽思,还是抒今人之情怀,都体现出作家的良知,壮怀的激烈,文化的内涵。他的散文随笔,总让人在亲切亲知中,耳目一新。而他得过不少奖的杂文功能则十分广泛,既可刺敌揭虐,又能扬声抒情。显然,林华先生是勤奋的,但我感到若光是勤奋,没有才华也是一页空纸,一句空话。有才华、具才情、显才气的林华先生写下的妙句美文,让人感到作者思想思维有力量,文化文采有光华。因而他的杂文屡屡入选全国优秀杂文选集,也是实至名归。

报人群体在过去的一年中频频出人才,出评论员,出杂文家。如徐迅雷、许春华、俞评等。台州日报社的赵宗彪是记者,也是学人,也是一位出色的杂文家。他近年来及时评、及时发,写下了不少抨击社会百态的文字,受到了好评。而我更看重和欣赏的则是他的一些读书点史、结合时事的杂文随笔。这些文章往往涉猎广泛,题材多样,用事例说话,用材料佐证,用史典论理,用哲思辩证,用文采耀眼。文章的妙论纵横,达到了思想的深邃,理论的深刻。而他善于巧妙地为文,立次存照地写意,表明他已是一位老辣、老练、老到的高手哉!他又深知"言之无文,行之不远"的道理,十分注重博览群书,广闻博记,注重文采的活力和魅力,这使得他的文章哲理性更强,文学味更浓,受到了杂文名家鄢烈山、金新诸先生的推崇和好评。

杂文的生命力在于根植社会，贴近时代，杂文作家之所以为文，也许有不同的取向，但能让读者明辨是非，能为在社会上形成一种激浊扬清、爱憎分明的氛围推波助澜，这应该是一位有责任、有良知的杂文家的初衷和动力。另一位报人吴杭民就是这么尽力而为、身体力行的。杭民正值当富之年，文章也正趋成熟之时。显然，他是一位快枪手，准确快捷地扣下扳机，有的放矢。读他时不时从沃土中冒出来的新章，如睹旭日飞彩，如觉清风徐来。他的杂文是有内涵的，是有味道的，每每获得网上数以千计的阅读和评点，可见民心所爱，大众所喜。他的杂文鲜明的特点是立意深远，阐述深刻，而且总是平和平静，娓娓道来。读杭民的文章，读者能得到思想上的启迪，获得品德上的滋养。显然，他作为报社的台柱，杂文领域的中坚，杂文已是他拳打卧牛之地，足可嬉笑怒骂的兵器，针砭时弊，激浊扬清，字里行间还有文化的渗透和对现实的反思，总有一种现实感和历史感的融合。更可贵的是，厚重醇醇书卷气，行文常常接地气，增加了文章的厚实感和可信度。

杂文家任炽明（宁白）如今为人更静，作文更白。化繁奥为简明，拨深冗为平易，根植社会，贴近生活，浸润史书，敬重常识，是宁白先生的写作格局。这使得他的文章软软的、糯糯的，却内藏学问学养，饶有见地见识。先生的文章在大江南北、长城内外，如蒲公英的种子四处散见于报刊。我不敢评价宁先生，还是引他的一位挚友、当年的文学青年胡正先生的评述来得亲切、贴切："名字里面常常有学问。人们名字的改变，哪怕是笔名、网名，这里面都有他人生不同阶段的变化特征。'任炽明'这个名字，任，任性任意；炽是炽热；明是光明。这个意思是要有一种任意的努力，怀着一颗炽热的心去追求光明。这是少年青年时代任炽明的人生写照。中年后的任炽明，每天应付繁重的工作之外,开始有意识地在自己心中营造一块诗意的天地,那里有绿茵草地,星光月空。晚年,任兄有了更深的人生阅历,更是大彻大悟,渐渐从'任炽明'变成了'宁白'。宁,可用作形容词,那是安宁、宁静,也可以用作动词,宁愿、宁可。白,是最高境界之色!此刻五彩都已褪去,唯留白色。此白是月亮的皎白,是睡莲的洁白,是玉石的润白。宁白兄有了一处自己笔耕的园圃,这里平静、温馨、美好,人和人之间充满了真情,每一件小事都意味深长,平凡的细节里透着人生的哲理和悟性。"

2017年,作为杂文天地的一位勤勉作者,殷爱成可算是正气在胸笔在手,横刀跃马显身手的角色,不管世事浮尘,任凭是非曲直,不失书生本色,不弃指中之毫,空时乐于耕耘、与文为伴,笔耕不辍、表达心声,闲来欣然命笔、弄文绘章,一吐为快、抒发情感。他是一位行文讲究之人,以笑对人生的豁达态度行走,以趣寻人生的幽默感觉驰骋,文字集素养、涵养、学养和修养于一体,更显见其对生活看深、看透和看破的可贵态度,因此,文字不僵硬、不木讷、不闷骚、不死板,见思想、有风趣、能借鉴,唱出气势昂扬正气之歌。爱成先生虽说杂文产量不多,但不时一露峥嵘,文章扣紧时代脉搏,围绕政治主题,关注社会热点,善于运用杂文独特的变体样式,将散文、随笔等文体融为一体,且行文流畅,言语生动,注重逻辑,文采斐然,文风朴实,颇显文人气度,不仅具有思想性、批判性、建设性、时代性,且蕴含艺术性、独特性、通俗性、趣味性。他的文章耐人回味,思想深邃,嗅觉敏锐,其中佐证材料有根有据,引用经典恰到好处,虽非"气势磅礴"但见"春风化人",无意"高山仰止"却求"共鸣心声"。尤其是《"奴性何休"》等作品侃侃而谈、缕缕而评,文字诙谐、讽刺入目,评述暗喻、绵里藏针,老辣纯熟、日臻厚实。行文舒畅、耐看,彰显真知灼见,如睹旭日漏彩，容量之大不但大气立意，内涵之深更觉灵气运笔，有很强的穿透力、感染力和影响力，字里行间总有一份家国情怀，这足以说明爱成先生君自民间来，应知民间事的本色未改；深入基层之实际，了解百姓之甘苦的初心依然！

此时正是"雪消门前千山绿，花发江边二月晴"的季节，在文章的末尾，我只想对坚守初心、坚定信念，至今还在为开辟一条精神奔放、思想怒放的通途而努力的可敬的杂文作者们，道一声：赶路辛苦！请多保重！

2017年浙江杂文要目

一、书

赵青云 《廉镜漫笔》 人民出版社2017年8月版
姚振发 《远去的回声：晚茶三杯》 上海三联书店2017年2月版

二、文

赵　畅 《让同志关系清清爽爽》 《中国政协》2017年第3期
《为官就须慎交友》 《中国政协》2017年第8期
《"装廉"有术也有限》 《反腐败导刊》2017年第7期
《廖俊波何以心疼"吃机场80元面"》 《上海滩》2017年第9期
《过年管住那张"嘴"》 《解放日报》2017年1月27日
《私底下，更要有定力》 《解放日报》2017年2月17日
《张之洞的"自律"与"律他"》 《浙江日报》2017年2月20日
《清明祭扫当"清明"》 《解放日报》2017年4月3日
《官员霸气冲天的背后》 《上海观察》2017年5月14日

《靠什么培养"狮子型"干部》 《解放日报》2017年6月4日

《多"长点记性"》 《人民日报》2017年8月14日

《读书是一种"遇见"》 《人民日报》2017年10月9日

《为你开门,是因为你优秀》 《新民晚报》2017年10月20日

《一切成功,都止于"差不多就行"》 《解放日报》2017年11月26日

《为什么要"坚决杜绝炒作明星绯闻"》 《上海观察》2017年12月12日

赵青云 《别把"务虚会"开"虚"了》 《杂文百家代表作》(汪金友、雷长凤主编) 中国国际广播出版社2017年5月版

《以言代法休矣》 《乐清湾》2017年第1期

《遵守规则,方能在生活的柴米油盐里保持温暖平和》 《甬派》2017年2月9日

《官员忌"飘浮"》 《杭州日报》2017年2月20日

《清风徐来"廉"花静开》 《中国水运报》2017年9月23日

《中国强,交通强》人民网首发,搜狐网等各网站转载

董联军 《马屿山水贤风劲》 《散文百家》2017年第2期

《永无止境情亦深》 《温州政协》2017年第6期

《色字头上一把刀》 《杂文百家代表作》(汪金友、雷长凤主编) 中国国际广播出版社2017年5月版

《漫说"公鸡生蛋"》外一题 《2017中国杂文年选》花城出版社2018年1月版

《峥嵘岁月斗志扬——记画家与司令员的情缘》 《浙江杂文界》2017年第2期

《施光南的家乡金东,在希望的田野上》 《解放日报》2017年9月8日

吴杭民 《他们为什么不愿要二孩?》 《浙江工人日报》2017年3月7日

《用政府"痛"换企业"顺" 还需"痛下杀手"》 《浙江工人日报》2017年3月17日

《让人民在每个案件中 都感受到公平正义》 《浙江工人日报》2017年3月27日

《曾经的"邻避"项目为何被省委书记点赞》 《浙江工人日报》2017年3月29日

《"牛栏关猫" 小官所以巨腐》 《浙江工人日报》2017年4月5日

《严防新华社记者 为哪般?》 《浙江工人日报》2017年4月7日

《广场舞阿姨为何得了买房焦虑症?》 《浙江工人日报》2017年12月1日

《对欠薪案应倒查监管责任》 《浙江工人日报》2017年12月26日

殷爱成 《为党内称同志点赞》 《思想工作与企业文化》2017年第1期

《补"钙"提升精气神》 《浙江工商》2017年第3期

《润物无声扩大影响力 潜移默化厚植感召力》 《浙江工商》2017年第6期

《成风化人聚能量 润物无声凝人心》 《思想工作与企业文化》2017年第9期

《奴性何休》 《乐清湾》2017年第2期

《切实履行剿灭劣V类水责任担当》 《杭州日报》2017年4月17日

《让理想之火熊熊燃烧》 《杭州日报》2017年7月24日

《弘扬红船精神履行企业责任》 《浙江日报》2017年8月14日

《勇当拎着"乌纱帽" 为民干事的好官》 《杭州日报》2017年9月12日

汇聚社会能量　捕捉时代脉搏
——2017年浙江报告文学述评

|朱首献|张执中|

2017年，浙江省的报告文学从总体上看，作品的数量与质量较上一年度均有提高。短篇的创作更是呈现井喷的态势，成绩不俗。本年度中，我们共收到报告文学作品长篇12部，短篇20余篇。一方面，袁亚平、孙侃、陆原、李英、周文毅、顾志坤、朱吉荣、卢曙火、陈富强、杨达寿、江涌贵等我省报告文学队伍中间方阵的作家均有新作出炉；另一方面，一些新生力量如汪胜等这样的后起之秀也崭露头角。从整体观之，我省今年的报告文学紧扣时代脉搏，奏响时代号角，呈现如下鲜明的特色：第一，一部分作品持续跟踪社会热点，紧扣时代主题，以新题材、新视野、新气象开拓了我省报告文学写作的新领域；以大气魄、大意境、大格局撰写我省在中国特色社会主义建设中的大作为。第二，一部分作品继续讴歌英雄人物与社会脊梁，书写他们勇于担当、敢于拼搏、不畏牺牲的高尚情怀。这些作品为时代精神树立了新高峰，为道德楷模雕刻了新范本。第三，一部分作品放眼未来，以前瞻性的视野与洞见性的观察，为科技类报告文学注入了活力，为我省建设创新强省大书特书。第四，一部分作品回归文化与历史，扎根基层、立足乡土，于传统中推陈出新，这些作品以眷眷深情搭筑了沟通古今的坚固桥梁，以缜密哲思谱写了畅游乾坤的艺术精品。

一

在长篇作品的写作中，本年度涌现出不少紧扣时代脉搏、书写时代华章的力作。孙侃《"两山"之路——"美丽中国"的浙江样本》、陆原《万里长歌》、顾志坤《世纪之水——乌溪江绿色交响曲》等就是这样的作品。

"绿水青山就是金山银山"这一重要论断是习近平总书记在浙江任职时提出的。习总书记的这个重要论断指引着浙江加大生态立省的建设力度，收获了巨大的成就。孙侃的《"两山"之路——"美丽中国"的浙江样本》和顾志坤的《世纪之水——乌溪江绿色交响曲》就是对这场精彩的时代变革的出色记录。作为全国首部以习总书记"绿水青山就是金山银山"重要思想的浙江实践为主题的作品，《"两山"之路——"美丽中国"的浙江样本》不仅题材重大，而且立意高远。作品以阐释"两山"重要思想为主线，以浙江人民行走在"两山"之路上的卧薪尝胆、愚公移山、破釜沉舟、背水一战的感人故事为内容，以宁断财路也要清流、"一年接着一年抓，一任接着一任干"的顽强斗志为依托，全面、深入、生动地追溯和展现了"两山"重要思想在浙江的形成、发展和实践的辉煌历程，尽情讴歌了浙江人民对生态文明的自觉追求和为实现美丽中国梦的扎实行动，谱写了一曲关于"两山"重要思想的壮美诗篇。作品通过对"两山"重要思想在浙江的生根、发芽到成长为参天大树的历程的真实反映，既充分论证了"两山"重要思想的科学性、强大的理论生命力和实践推动力，也深刻诠释了它不仅是破解中国特色城乡二元共生、城乡均衡发展难题的全新指导，也是建设有中国特色的生态文明、构建人类命运共同体的方向指引。作品在对"两山"重要思想深刻性的艺术开掘上，思路纵横捭阖，分别从历史与现实、经济与文化、生存与发展、中国与世界、工业与农业、城市到乡村等角度，多层面地描摹"两山"重要理论的内在张力，极大地开掘了"两山"重要思想的引领力和实践性。在艺术性上，作品在"叙"上做足文章，整部作品紧扣"跳出生态写生态""跳出浙江写浙江"的创作思路，把作品的主题、内容、人物、事件置于中国当代社会变革、绿色发展、生态保护和环境治理、美丽乡村建设的大背景、大时代、大趋势下加以考量，把浙江践行"两山"重要思想的经验成果置于全国格局乃至全球意义上加以审视，并始终强调应从构建人类命运共同体的高度，深刻理解生态环境保护和生态文明建设的紧迫性、前瞻性和使命感，这使得作品在叙述层次上既能点面结合，肌理丰富，又可一线直入，中心突出。总之，《"两山"之路——"美丽中国"的浙江样本》对"两山"重要思想及实践进行了一次精彩的解读，且"三位一体"地融合了浙江现象、中国故事和人类精神，堪称一部记载"两山"实践的生动图谱。

顾志坤的《世纪之水——乌溪江绿色交响曲》是一部"介入式"写作的作品，此乃其优秀之神髓。第一，是对现实的"介入"。作者五个多月内五次进入乌溪江流域采访，扎实广阔的信息来源为其创作打下了深厚的基础。为文最忌刻意，艺术创作中任何一个环节的过度设计与安排，都会使作品失去淡然之美，遁入匠气。顾志坤深知此理。他与农民兄弟间是随意的畅谈，随意中却收获了许多意想不到的故事与细节。另外，报告文学的写作不应将对象视为外在于创作者自身的客体，而应该追求写作者与写作对象之间交互主体性的达成，否则写出来的作品只能是冰冷而没有温度的"报告"。报告可以只面对"事"，但报告文学终究是要面对"人"，有事而无人，报告文学的魅力便无法舒展；只有经验内容而无形式，艺术品和物质材料的区别也就不存在了。报告文学的特点在于，它所要写的是"事中人"，写的是人在事中的思考与抉择，凸显的是在命运关键节点中人类所展现出的本质力量。顾志坤深谙此机枢，作品中的人物清晰地显露出这样的特性：他们不是作者的传声筒，而是独立而包含生命力的个体。譬如，作品对潜水组组长姚新根的刻画几度令人动容，他在面对命运节点时的抉择与坚定，让"精神力"溢出了文本，使读者受到了感召。在作者笔下，姚新根不仅仅是作为客体的描写对象，更是与作者交互的主体，其精神得到了"复活"。第二，是对现实的"介入"。一部有深度、有力度的报告文学作品不仅是现实的反映，它还能够经由现实而"介入"现实。萨特曾提出，"介入"式的作家知道揭露就是变革。这句话当然不无夸张之嫌，但也充分体现出文学的社会功用。《世纪之水——乌溪江绿色交响曲》不仅书写了现实，还完成了对现实的"介入"。言语行为理论认为"言就是行"，即人们在说话时不仅仅只在说话，同时也在做事，即以言行事、言中有行。报告文学作为特殊的言语活动，自然也有同样的效力。然而，并非所有的言语活动都能够达到"以言行事"的目的，它需要：第一，合适的外在语境；第二，说话人自身诚恳的意图。就前者而言，该作无疑符合时代精神的主题——环保、绿色、文明，与时代的号召不谋而合；就后者而言，在字里行间，作者对乌溪江流域所投入的深情，就是他诚恳意图的最佳证明。因此，该作不仅是由文字构筑的佳作，更是一部能够引领风气、拨云见日的"重器"。在艺术结构上，该作亦有独到之处。宏观上，谋篇布局错落有致，章与章之间保持了良好的张力。作者以乐曲作喻，以"忧伤曲""奋进曲""低沉曲""昂扬曲""畅想曲"等作为章节标题娓娓展开，使人仿佛在聆听一首情感丰富的交响乐：时而情绪低落，时而情绪高涨；时而饱经磨难，时而满怀希望。布斯曾说："如果一个伟大的艺术家对他的重点在何处十分清楚，他当然能公正地对待世界的复杂性并仍然获得一种高度的情感介入。"《世纪之水——乌溪江绿色交响曲》的重点在于乌溪江水域的今日成就，但它惨痛的历史也要求作者必须公正以待，不能文过饰非。乌溪江流域的发展也有过水域污染的历史，这是难以回避的事实。作为乐曲的"低沉"阶段，它是不可或缺的。顾志坤合理地处理了章节间的起伏，让文本在经历了"正题""反题"之后，最终走向高潮，走向"合题"——困难被战胜，绿水青山的畅想变为现实。微观上，该作的叙述兼具民俗性与历史性，作品通过对衢州民谣与白居易《秦中吟》的插叙与引证，展示了古代衢州地区的严重旱情，从反面衬托出今日乌溪江地区发展成果的来之不易，这一手法使文本具备了历史纵深，同时也拥有了现实关切。

另外，顾志坤的《楼高人为峰》是一部反映"长时段"中"典型人物"的作品。它不仅是成功经验的传颂，亦是时代精神的缩影。上虞是全国有名的建筑之乡，在沪建筑业也得到了迅速发展。然而，在这一繁荣表象的背后，凝结的却是无数上虞人艰苦创业的奋斗史——书中的主人公李柏祥，就是这一群体中的佼佼者。在他身上，融汇了浙江人敢想敢拼，有远见、有闯劲的精神，也反映了中国企业家豪情逸致背后的社会担当与家国责任。在叙述手法上，作品以小见大，寓时代图景于个人生命之中，并通过生动的小细节（如李伯祥"汤司令""菜司令"的"雅号"）传神地刻画出传主的情貌。总之，该作文笔举重若轻，收放自如，是一部予人启迪、发人深思的充满正能量的作品。

陆原的《万里长歌》是浙江省第八批对口支援新疆阿克苏地区的纪实报告。作者以指挥长徐纪平为中心，勾勒出一幅为援疆倾尽心力的人物图卷。作者以温馨的笔调，翔实地记录了援疆干部们为阿克苏地区的工业建设、医疗事业、教育事业所做出的巨大贡献。全书洋溢着昂扬向上的理想主义精神和英雄主义氛围，讴歌了他们艰苦奋斗、顽强拼搏、不畏艰险、迎难而上的精神面貌。该作最打动人心的部分是援疆干部们真情流露的场面——当他们面对生离死别时展示出的痛惜与不舍、遗憾与无奈，引人哀叹，发人共鸣。如写到黄群去世时，林盛为其所写的《不要走》一诗，将逝者从前在日常生活中的点滴回忆，以诗歌的方式升华留存。同时，该作还展现了浙、疆两地人民的深厚情谊。作者通过重要事件的串联（如文化礼堂的建设、创业大赛的举办等），真切而细腻地传递出两地人民的手足之情。《万里长歌》不但是一首长情的颂歌，更是一个贮存回忆的藏宝阁，它既表现了援疆干部们的自我成长，也描绘了阿克苏地区的可喜变化，干净洗练的文风令人印象深刻，动人心弦的故事使读者流连忘返。

黄立轩的《筑梦大海》是一部关于"一带一路"倡议的作品，该作以海上丝路的桥头堡宁波为典型，以小带大，在历史和现实的交错中揭示出海上丝路的气象，写出了宁波人的精神，凸显了宁波作为海上丝路的桥头堡屹立东方的引领精神。在艺术性上，这部作品成功塑造了一系列饱满、鲜明、感人的人物形象。结构处理层次分明，从历史到现实，从中央到地方，从中国到世界，从理念到实践，从领导到普通建设者的逻辑，层层剥笋，步步推进，将作品的整体架构得肌理丰满。同时，文字简洁，叙述利落，雕绘满眼，大大增加了作品的审美韵味。

二

展示历史和现实领域中的伟大人格和优秀人性，也是 2017 年度浙江省报告文学领域中的重要特色。李英的《感动之城》、陈富强与潘玉毅合著的《点灯人》、杨达寿的《星星颂》、江涌贵的《布衣情怀》等，都是这样的作品。

李英的《感动之城》是一部情感丰沛、文学性强的报告文学佳作。该作展现了金华市一系列感人的事迹与人物，出色的叙述与情感的节制，使得文本宛若缓缓展开的精致扇面，每开一分，便多一分奥妙与传奇。该作擅长以物象凝结情感，如陈斌强照顾痴呆母亲的故事中，那根用东阳土布所做的布带，成了跨越时光、连接情感的纽带，它既象征了母子之间割不断的深情，又代表了一份不变的承诺。在艺术特色方面，作品使用了"档案式"与"剪影式"写作的混合：在叙述文本之前，配有人物卡片或事件回放等"剪影"交代背景；而在文本之后，还附有采访札记作为"小档案"，使得叙述更富有说服力。另外，诗歌化的导读作为"开胃前菜"，起到了"意在纸外"却"力透纸背"的功效。总之，该作文辞隽永，语言洗练洒脱，不枝不蔓，既有传统报告文学客观、真实的一面，又有诗性散文细腻、婉约的笔触，文学性、思想性兼备。

陈富强、潘玉毅所著的《点灯人》以感人的事例与鲜明的主题，形象地还原了慈溪电力人钱海军的光辉业绩。孟子有言："爱人者，人恒爱之。"钱海军就是这一传统的继承者。他以自己的"一根筋"式的服务精神，为当地老百姓排忧解难。这种精神力量也感动了围绕在他身边的诸多队员，好人好事蔚然成风。该作在艺术手法上层次分明，以"小善"为叙事线索，以"大爱"为叙述旨归，并通过重要人物为轴心进行串联，成功展现了钱海军内在的珠玉般品质，赞美了服务队队员无私奉献的精神图景。作品语言质朴却不失真情，严肃却不失活泼，时有幽默灵动之语，读之使人倍感亲切，深受陶冶，在潜移默化之中达到艺术功能的实现。

另外，陈富强的《地球之光》则表现出报告文学的前瞻性与洞见性。该作视野广阔，持续关注当前热点、把握时代脉搏，在对科技与能源问题的叙事背后隐藏着深刻的人文关怀。该作善引历史事实，以古鉴今，发人深省。数据翔实，富有精确的美感与不可辩驳的说服力，虽然只见节选而未见全文，但已然显示出大作气象。

孙侃的《别样精彩在拱墅》以独特的口述视角，选择不同行业的20余位新、老拱墅人的人生轨迹，成功地展现了拱墅区十年文化建设的辉煌成就。"最大的文化是人心"是这部作品的最大立意。作品通过一个个拱墅人的亲身感受和体验，展示了拱墅文化建设在对普通人的灵魂感召力、价值归属感、幸福指数提升上的巨大成就。口述视角是这部作品的叙述亮点，所涉的20多个人物，作品均让他们自己说话，自己塑造自己，通过他们的讲述，成功地还原了过去十年间拱墅区文化建设的辉煌历史。

朱吉荣的《张蔚萍心路历程》是一部厚重而有分量的著作。该作以中央党校教授张蔚萍为描写核心，通过一系列生动鲜活的事例，塑造了一位桃李芬芳、誉满天下的教育工作者形象。作品中，作者并不特意追求道德完人的呈现，而是在平凡中见不凡，由细节中见真实，从对话中见人格。有人认为，艺术创作有一条准则：要展示，而不要倾诉。倾诉式的写作只是作者情感的任性表达，往往会对所写对象造成扭曲；而展示（表现）式的写作则需要克制与冷静。朱吉荣遵循了这个准则，他舍弃了直接用洋洋洒洒的自白式言语直接倾诉张蔚萍不凡的做法，而将其不凡之处隐藏在日常的细节与对话中，这比直白的平铺直叙更有艺术张力。朱吉荣的作品不以"善"为中心，而以"真"为旨归，这在报告文学立意同质化的当下实属难得。比起善美同构的可转化性，以"真"求美则是一条更不易的道路。柏拉图说，真理就像太阳，虽然耀眼却容易灼伤他人。李贽也提倡作家要追求"童心"，童心者，童真也。求"真"需要勇气，更需要信仰。该作中，这种坚定的信仰与作者个人的情感融为一体，浇筑于上的心血与气力化为坚实的奠基，成了支撑作品行文的"氤氲之神"。在艺术手法上，该作也别具特色。章节开头对仗工整的诗句，体现了作者丰沛的才力，也为较为严肃的报告文学题材增添了诗性的外衣，且为画龙点睛之笔，有提纲挈领之效，传神地概括了每一章的核心内容，成功实现了"外"与"内"天衣无缝式的结合。此外，该作在人物性格塑造上，成功地融理性与感性于一体，取得了较高的艺术完整性。张蔚萍在面对美国学者的"挑战性问题"时，义正词严地予以反驳与批判，展现了人物理性而富有神思的一面。而在面对自己的家人时，则显现出他温柔和蔼的情感面向，他与夫人一波三折的恋爱长跑更是令人不禁莞尔。福斯特曾在他的《小说面面观》提出"圆形人物"与"扁平人物"的区分，认为前者使人过目不忘，更胜一筹。但朱吉荣却通过他的创作向我们证明："扁平人物"一样能够有强大的艺术魅力，这种魅力不是通过性格的复杂多变性完成的，而是通过性格的真实性达到的。

杨达寿的《星星颂》以大气包举、情文并茂的笔触，展现了浙江大学建校120年以来的校友画卷——这些著名人物宛如天边的星宿，其光辉为浙大的历史增添了耀眼的色彩。近年来，杨达寿所倾注心力的"新古体诗"创作也越发成熟：不拘泥于平仄的复杂规律，但依然葆有诗歌的音乐性与节奏感；语言平实而不呆滞，自然中富含变化之韵，诗歌的文献性与文学性兼备。在他的笔下，钱三强、王淦昌等老一辈科学家的精神风采具现眼前，丰子恺、姜亮夫等人文巨擘的情怀风骨历历在目。除直抒胸臆外，杨达寿还擅长以景写情，取本土意象与历史典故结合，将时间的深邃与空间的广袤融为一体,流露出朗西埃所说的"沉吟"色彩。如提到浙大前党委书记刘丹时,诗人写道,"钱江流春去欲远""西湖落月不返家",句间形成绝妙的双关,将人物的心态与自然的景观无缝衔接。诗歌原本就存在于自然的众多形式中,只待人去发现。善听之人能听到自然的"沉吟",把它写成文字,而诗人就此诞生。杨达寿的《星星颂》在自然的流韵中,情感的包裹下,获得了自己存在的独特性。

江涌贵的《布衣情怀》,是一部以原浙江省淳安县人大常委会主任翁立樟为主人公的作品。该作通过一系列亲切动人的事例,生动鲜活地展现了翁立樟"两袖清风、勤政爱民"的"布衣"风范。作品语言平实晓畅,不以主观意图刻意神化传主,而是以人民之声评价人民干部,为我们真实还原了深受群众爱戴的"草鞋书记"形象,作者用笔可谓公允,颇具史家风范。

孙侃的《以美铸魂2——衢州最美现象启示录》系统全面地展示了衢州地区近三年涌现出的好人好事。书中所写的姜云龙、祝香风等杰出代表,以他们的善行义举生动诠释了孔夫子所说的"油然若将越而终不可及"的人格境界。

三

在短篇作品方面,今年涌现出不少有影响力的优秀作品。其中以袁亚平的《古村问答》与李英的《第三种权力》尤为突出。

《古村问答》可谓短篇报告文学中的精品。思想性写作一向是袁亚平所长,但在《古村问答》中,袁亚平实现了自我突破,开创了"文化性"的报告文学写作。该作以上泗安村为叙述中心,以点带出线与面,将这一古村的风土人情、历史地理、文化传统都呈现于读者眼前,消除了以往报告文学重内容而轻文采的弊端，画面感极强的语流使人沉浸其中，余韵绕梁。

按照新唯美主义的观点，优秀的艺术作品并不仅仅向人倾诉，更向人们提问。文本是一场正在进行的辩论，它并非固定立场的代表，也不是社会保守观点的预制表达。袁亚平的作品则更出于其上。《古村问答》不仅实现了向读者发问的目的，更直接完成了在文本内部的问答，其丰富的变化性与对话性为报告文学写作增添了哲学深度。作者设置了四大发问物象：一问石牌坊、二问古石桥、三问古码头、四问古商道。就物象而言，它们是传统的象征，却又是现实中的存在物，并且，它们仍将面对处于当下时空中作者的"发问"。通过这些物象，袁亚平巧妙地将神话、传说、传统、历史与现实熔铸于一体，在极短的篇幅之中，涵盖了巨大的信息量，这种惊人的文本信息密度顺利地转化为文化哲思深度，正若古石桥倒映在水面上的身影，在诉说着村落奥秘的同时，也间接地反射出文本的深层结构——对存在的反思，对时间的叩问，对生命的慨叹。《古村问答》恰如文中所写的"古石桥"一般，架起了历史与当今的桥梁，构筑了想象与现实的通路，码头、石桥、商道的开放性与石牌坊的稳固性，"变"与"不变"的张力在文本间恣意游戏。

此外，文本中始终穿插的"对联"也构成了隐喻言说。对联不仅是传统的象征（即所谓的"两行诗"），也是对话、对称的代表。因为对联之"对"，一定是上下同行，只有上联而无下联，则不成"对"，上联下联可看作一问一答，与标题中的"问答"构成暗中的契合。这些对联是镶嵌在大对称（四章对称）结构之中的小对称，它显示出作者对谋篇布局的全然自信与成竹在胸。看似不起眼的小对联，宛如搭配在王冠上的宝石，使得全文在和谐中耀显星芒；又如四重奏中的突然变奏，为主题的更新与情感的变化注入了活水。在思想底色之上，斐然的文采也是袁亚平此文的特色之一,长短句之间的灵活交替使用,为文章增添了音乐性;用词妥帖适洽,既有白话的飞扬,亦有文言的典雅,在语言、结构、主题三大维度上,《古村问答》都形成了古今对话的强大张力,这种完美的统一性正是作家炉火纯青的艺术功力的体现。总而言之,这是一部在艺术手法上已臻化境的出众作品。

李英的《第三种权力》是一部以题材新颖取胜的作品。该作以中国第一个村务监督委员会成立始末为题材,塑造了胡文法、张舍南、骆瑞生等不畏艰难、意志坚定、敢于与腐败势力斗争的优秀干部形象。《第三种权力》的优秀之处在于,比起多数报告文学对正面事迹的歌颂,该作对现实情形中的问题面、黑暗面多有揭露,将村干部在治理腐败上的困难与村务监督委员会成立后欣欣向荣的景象进行并置,使得故事真实而富有说服力。同时,作者能够善用题材本身的张力,将村务监督委员会成立过程中的一波三折、扣人心弦的场景完整呈现。而在大场景的背后,作者也不忘关注具体人物的内心世界:胡文法在遭人毁谤后内心的痛苦、动摇与挣扎,以及战胜彷徨后更加坚定的意志,让我们看到了一位有血有肉、有情有义的后陈村委书记形象。李英擅长把握"文气"的转移。曹丕说:"文以气为主,气之清浊有体,不可力强而致。"但李英却能够兼容二气,运用自如。一篇优秀的报告文学作品,其"文气"一定是此起彼伏,而非一潭死水。清浊之气在文本内部变化、转移、盘旋,不拘泥于一端,不执于一念,遂能够体气高妙,自成一格。姚鼐言:"意与气相御而为辞,然后有声音节奏高下抗坠之度,反复进退之态,彩色之华。"此论用于李英之作甚为贴切。在语言艺术方面,李英保持了惯有的客观语气,叙述节制而有条理。在与对象的触碰中,尽量保持情感的"悬置",避免以意逆志。就文本整体而言,用词晓畅贴切,不事雕琢,质朴间流露出智性的光辉。德国批评家本雅明曾把文学叙事能力的衰退归结为现代人交流能力的丧失和经验的贬值。他认为，新闻报告成了更新、更重要的第三种叙事和交流方式。李英的《第三种权力》则突破了这一论断的局限，它以多视角的人物切换构筑了"立体叙事"的时空，唤醒了报告文学沉睡已久的叙事潜能。在此基础之上，又能够适当融入新闻报告对事实的客观探索——两者形成合力，为探索人性深处的幽暗与大千世界的复杂提供了一条新的进路。总之，这是一部主题新颖、用心经营的报告文学佳作。

周文毅的《俞平伯1954年以后的岁月》表现出较高的历史性与文献价值，同时又具备很好的文学性，展露出作者丰厚的文史素养。主题上，作者颇具新意地挑选了俞平伯生命中的关键年份——1954年。这一年，俞平伯经历了人生中的大起大落，也同时遭逢了荣耀与屈辱。由此可见作者之慧眼。艺术手法上，该作对插叙与倒叙熟练运用，自然无痕，将俞平伯的传奇家世和遭遇批判的事件始末娓娓道来。文本语言简约自然，颇有古风，但师古而不泥于古，现代性与古典性并容，文人气息与思想力度兼备。

邵诚民的《苏洪生的诗茶之路》以高级农艺师苏洪生为描写对象，通过丰富的事例，生动地再现了他的成长与工作经历，讴歌了他的茶叶事业所带来的社会贡献，为我们还原了一个精神丰满的茶叶工作者形象。不同于普通报告文学的单一向度，除了突出人物主要特点之外，邵诚民还细致地描述了苏洪生的诗歌雅好。这使得文本在诗的浪漫与茶的清香中穿梭来回，诗茶交相映照，艺术张力倍增。

卢曙火依然延续了他对科技题材的关注，2017年他创作的报告文学作品有《为了祖国洁净的蓝天》和《菌菇研究领域的达·芬奇》。前文是对浙江大学能源清洁团队获得国家科技进步奖的记述，将能源清洁团队的奋斗历程、目标定位等这些不为人知的细节一一揭示。后文是对菌菇种植奇才韩省华事迹的介绍，该文不但展现了韩省华作为"蘑菇大王"的一面，还颇有新意地描绘了韩省华对于艺术的喜爱。作者以"好奇心"作为串联点，使艺术与科学的两大向度在叙述中得到了统一，从而避免了布排的散乱，让文本成为富有活力的有机整体。

在青年作家之中，汪胜展现出旺盛的创作欲望。在本年度，他有多篇作品发表。《蒋风：保持一颗"童心"到生命最后一刻》《儿童文学重镇金华透视》《跨越大海、福泽儿童的文学情谊——记中日儿童文学理论家蒋风、鸟越信的君子之交》《填补学术空白的〈玩具论〉》等，体现出他对儿童文学的特别关注。在对前浙师大校长蒋风的描写中，汪胜展现出自己优秀的审美品位，将庞大的写作材料裁剪为适宜得当的美学形式。汪胜对蒋风"生命质量"而非"生命长度"着墨颇多，手法新颖而言辞恳切，透过个人视角展示了作家作为理性主体对人类生存命运的探索，使文章获得了超越个体局限的普遍性，令该作的思想境界达到了新的高度。

沈志荣的《活出精彩——沈志荣叙事作品选》是其短篇报告文学作品的精选集。该作拥有广阔的视野与惊人的跨度，各行业、各地区的人物图卷都被沈志荣一一收入笔下，成为灵活而富有挑战性的写作素材，而"精彩"则是贯穿全书的核心主题。其中，《"莫干剑"传人季劭聪》一篇尤为出色，体物写志，颇有汉赋之势，除精准地状物外，季劭聪"艺无止境"的精神面貌也跃然纸上——绝世好剑的千锤百炼离不开铸剑人的呕心沥血。另外，沈志荣擅长捕捉物象背后的张力：刀剑的冰冷与人物的温情看似截然对立，实则有机统一，这也是该作值得一提的亮点。

在2017年度的短篇报告文学作品中，姚坚定依然表现不俗，他的作品延续着扎根乡土、紧扣时代的风格，在历史、文化与现实的交映中书写沙地和沙地人几十年来翻天覆地的变化、日新月异的生存样态，体现出作者热爱家乡、情系乡邻、讴歌时代变迁缩影的强烈的文学情怀。正是这种情怀，沙地的人、沙地的文化、沙地的水、沙地的物等，均是他笔下抒怀的对象。这些作品语言精准，文字凝练，多白描，细勾勒，情真意切，朴实生动，感人至深，成功地表达出了作者对乡土的深深眷恋和对时代发展的由衷赞赏。

经过漫长的巡礼，对我省今年的报告文学述评该告一段落了。在看到突破与佳绩的同时，我们也需要注意到某些仍然存在的问题，这主要集中于两大方面：第一，在长篇创作中，有高原，缺高峰，有大气象的杰作仍然较少，人物题材的作品过于集中，缺乏新题材、新视野的开掘与掌握，离"龙文百斛鼎，笔力可独扛"的局面还有一定的距离。第二，在短篇创作中，虽然我们看到了不少具有创新性的作品，但文学性和思想性俱佳的精品仍是少数。短篇创作容易被素材支配，从而陷入琐碎与散乱的局面，对材料的筛选与删减，仍须精心处理；创作主体在进行情感的"介入"或"悬置"时，其中的火候分寸仍要多加锤炼和把握。总体而言，文本深层结构的匮乏是普遍存在的现象，流于表面的文辞难以形成震撼人心的艺术效果。如何避免报告文学沦为故事汇编，这是值得警觉和关注的问题。同时，对于契合时代热点的新题材、新事件，我们应该给予更多的关注与思考。报告文学不是时代的附庸，但却是时代的把脉人与诊疗师，离开了现实的人道关怀，报告文学将沦为无本之木、无源之水。在锐意求新、求精的时代风貌下，让我们共同期待2018年！

2017年浙江报告文学要目

一、书

孙 侃 《"两山"之路——"美丽中国"的浙江样本》 浙江人民出版社2017年2月版

《别样精彩在拱墅》 红旗出版社2017年1月版

《以美铸魂2——衢州最美现象启示录》 浙江人民出版社2017年3月版

顾志坤 《世纪之水——乌溪江绿色交响曲》 人民日报出版社2017年2月版

《楼高人为峰》 中国文史出版社2016年7月版

陆 原 《万里长歌》 浙江教育出版社2017年1月版

杨达寿 《星星颂》 中国诗联书画出版社2017年10月版

《诗文缘》 天马出版有限公司2017年10月版

黄立轩 《筑梦大海》 浙江摄影出版社2017年6月版

江涌贵 《布衣情怀》 现代出版社2017年11月版

陈富强 潘玉毅 《点灯人》 长江文艺出版社2017年9月版

朱吉荣 《张蔚萍心路历程》 南京出版社2017年5月版

李 英 《感动之城》 浙江教育出版社2017年5月版

沈志荣 《活出精彩——沈志荣叙事作品选》 北京燕山出版社2017年12月版

二、文

袁亚平 《古村问答》 《中国作家》(纪实版)2017年第9期

李 英 《第三种权力》 《北京文学》2017年第8期

周文毅 《俞平伯1954年以后的岁月》 《传记文学》2017年第7—12期

陈富强 《地球之光》 《脊梁》2017年第3期

卢曙火 《为了祖国洁净的蓝天》 《科普作家报》2017年第2期
《菌菇研究领域的达·芬奇》 《浙江科协》2017年第9期
邵诚民 《苏洪生的诗茶之路》 《中国报告文学》2017年第11期
汪　胜 《蒋风：保持童心到生命最后一刻》 《名人传记》2017年第10期
《老骥未伏枥》 《散文选刊》（下半月刊）2017年第4期
《我们村里的年轻人》 《北京日报》2017年4月11日
《一颗童心到永远——记儿童文学理论大家蒋风》 《中华读书报》2017年2月22日
《儿童文学重镇金华透视》 《中华读书报》2017年3月8日
《填补学术空白的〈玩具论〉》 《中华读书报》2017年5月3日
《"学科要发展，发展史不可或缺"》 《中华读书报》2017年6月28日
《跨越大海、福泽儿童的文学情谊——记中日儿童文学理论家蒋风、鸟越信的君子之交》 《中华读书报》2017年9月27日
姚坚定 《八十烟灶四十光棍》 《联谊报》2016年3月22日
《沙地人与越剧》 《联谊报》2016年11月29日
《晒笋干菜》 《联谊报》2017年5月9日
《沙地里的船》 《联谊报》2017年10月10日
《沙地里的水》 《联谊报》2017年11月21日

写活人物　用妙细节　讲好故事
——2017年浙江小小说（故事）述评

|谢志强|

阅读2017年浙江小小说的过程是逐渐搭起述评框架的过程。人物和故事，是我特别关注的两个重要元素。它们连带出人物与时代、人物与命运、人物与细节的诸种大大小小的关系，人物是各种关系作用的焦点。数位近年活跃的作家有不凡的表现，题材、手法、语言等都在灵活地调整——体现在变上，推出新形象，有了新突破，出现新作者。

量与质方面，发表篇数突出的有：岑燮钧、徐水法、徐均生、黄克庭、章月珍、许仙、缪丹、胡新孟等人。列出年度精品排行榜，作品的品质突出的有：黄克庭的《心结一贴灵》、赵淑萍的《漏洞》、徐均生的《体验坐牢》、岑燮钧的《出纳》、徐水法的《陀螺王》、赵悠燕的《海滩边》、李全的《我要去北京》、陈炜的《国王的眼睛》、赵雨的《草台班子》、王中华的《偏黄蛋》、章月珍的《露露》等。这是新增的人物形象画廊。

我警惕阅读的先入为主。阅读过后，我意识到，用了双重视角。一是把浙江小小说放在国际小小说和中国小小说的大背景、大趋势之中来衡量；二是在文本内部，出现或倚重情节或关怀人物，由此呈现不同的文本样貌，并由选刊为例，由点及面，审视人物、故事、细节这三个重要元素的运作。

我认同英国批评家詹姆斯·伍德的判断：当代短篇小说本质

从属契诃夫式的小说。严格说来，他是指契诃夫中后期小说。契诃夫、巴别尔创作了许多小小说，其看待世界的方式和表达世界的方法，对文学走向的影响至今。小小说首先是小说，然后才是小小说；小说的共性与小小说的个性的关系值得思考。

一、小小说也能够写出人物命运

多次担任小小说奖项终评评委的中国小说学会会长雷达，启动文学的雷达观测小说，他在侧重评论长篇小说时，将小说中两种极端体量进行对比（即最大的长篇小说和最小的小小说），他说："我还特别想讲的是，小小说的发展不容忽视，它已由弱到强，渐渐成为参天大树。"2017年的浙江小小说创作，也印证了雷达的观测发现。

近几年，浙江小小说创作越发明显的势头是：作家人数增多，发表作品增多，选载篇数增多。尤其是2017年度，被《小说选刊》《微型小说选刊》《小小说选刊》等选刊和选本选载的小小说有百余篇，还有多篇被中学、小学纳入考题，甚至被改编为微电影。其影响力和影响面都在增大。这进一步显示了小小说这种文体在快速发展的新时代中所体现出的独特的文学魅力。

《小说选刊》副主编王干曾对我说，微小说是《小说选刊》新的增长点。在此，以《小说选刊》为例，评述该刊2017年度选载的浙江作家的小小说。

《体验坐牢》依然延续了徐均生惯用的方法：假定性。他把人物设置在一个极端的情境中。此作使我联想到瑞士作家弗里德里希·迪伦马特的《抛锚》。同样是游戏，前者"坐牢"，后者"审判"（模拟一个法庭）。由轻松、快乐的喜剧转变为沉重、严峻的悲剧，找乐子转化为受煎熬。将游戏进行到底，体验坐牢，在规定的地点、限定的时间里,却假作真时假亦真。五位大学室友已身不由己。结尾推进一步,领导来突击检查,那个"室长"真的进入了角色,过后,却不换下道具:囚衣。有意味的囚衣,使小小说跳出了故事的模式。囚衣,囚的是心。

有一种说法是长篇小说写人物的命运,似乎这是长篇小说的"专利"。其实,小小说也能够写出人物的命运。同样是把人物放在"一辈子"这个时间维度里,呈现人物的命运。只不过小小说呈现的方式独特:选取人物相应的某种特质、某个细节,贯穿人物的命运当中。赵淑萍的《碎纸片》、岑燮钧的《六公公》、李全的《我要去北京》等,都表现出了对文体把握的自觉性:大命运与小细节的关系。

《碎纸片》,题目已显示了人物命运走向的路标。赵淑萍截取了人物命运的五个典型性的节点、代表性的情节,就像碎纸片一样,读者自会将其拼出一个命运的图景。碎纸片与大时代——实与虚、小与大、轻与重,有机地聚焦人物。主人公的命运艰难、沉重,却由大鸟(飞机)、黑蝴蝶(焚烧信)等一系列细节构成了轻逸的意象,这是以轻写重、以小容大的写法,也包含了人物的向往、人生的暖意。碎纸片创造出了空灵而有诗性的效果。

《六公公》是大树般枝繁叶茂的家族系列之一。岑燮钧有着明确的创作系列小小说的追求。作品紧扣六公公与六婆婆这对老夫老妻,刻画出六公公这个败家子的形象,他顺应时代、与世无争,也透露出其活着的无奈与精明、对死的重视与清醒,其中投射了时代变化、文化暗示,这种外在和内化的政治与文化对人物生存的左右,传递出浙东地域的生活气息。尤为可贵的是作品还顺笔带出了历史经验,阐述了"合"——活着对立,死后圆满。作者的叙述,娓娓道来,不知不觉,人就老了,走了——那么曲折的一生,仅摔了一跤,就寿终正寝。六公公的腿的细节写得好,但很孤立,因为前后缺失照应,就文本而言,"腿"没有发挥应有的作用。

岑燮钧的小小说中时而会出现方言,这里引出一个方言问题。小说中的方言是把双刃剑:既能带出味道,也能疏离读者。因为小说是写给"全国广大人民群众"看的。有两种表达途径:一是鲁迅、余华,已做出了"表率",用普通话叙述,将浙江的地域文化灌注在人物的行为方式之中。二是汪曾祺、金宇澄,方言为其小说增色,就是有味道,当然也是过滤了的文学语言。岑燮钧颇受汪曾祺小说的影响。汪曾祺将小说的随便和讲究微妙地融合,当他启用方言时,就会顺笔解释一下,像闲笔逸开,却别有一番味道。顺便说明一下,那是小说技术,也是文化底气。

李全的《我要去北京》中,民工张二狗的梦想与浪漫通过"我要去北京"这个愿望表达,而现实的艰辛,却由儿子从小学到大学的经历来体现。文中还有一个细节传达时代的变化:绿皮火车提升为高铁。李全妥帖地置放了三种细节配套,展示人物与时代的关系中,小小的愿望飞翔,那是沉重的翅膀。关于愿望达成的证据是视频。小说与故事的区别在于,狼来了,狼来了,狼真的来了,是故事;真狼没来,来了虚幻的狼,是小说。虚荣与尊严之间仅一层薄纸之隔。所以,作为小小说,我倒希望已在北京的视频是搜索的图像,而张二狗不在图像之中;当然,若在现实中,我祝贺张二狗去了北京。

许仙的《红雪酒》,也写了浪漫。"已经有很多年没看到像样的雪了",一对男女,趁着大雪,请假进山。当浪漫的婚外情遭遇现实的封山大雪会如何?恋情由热转冷,情感的冷如同自然的雪那样,逐渐积压,出山时,两人的紧张关系由"方向盘"爆发:人掌握着方向盘,人的情绪却失控。许仙的训诫意图推动着情节走向(作家让人物死,人物不得不死),赋予了红雪酒、方向盘寓意和象征,还含有悖论:快乐和痛苦、遗忘与追忆,就那么纠结在一起。

黄克庭的《爷爷留下的问题》与李全的《我要去北京》有异曲同工之妙,均为一根筋式的人物(这也是写人物的方法)。爷爷的执念是这个世界上最简单的问题:干菜怎样算炒熟了?这导致了他与小辈们的隔膜。文中包括一个情感的悖论:为爷爷来祝寿,又盼爷爷早死;爷爷只问一句话,大家都疏离他。这种悖论还不是荒诞。爷爷留下一辈子的纠结和疑惑的问题。爷爷这辈的男性,遵循着南方的生活习俗:男人不进厨房。而"我"观察母亲、妻子炒干菜,仍未弄清"炒熟"的问题。其实,家常菜,平常事,我看出作家想传达出常识被忽视的意旨。小说是个提出问题的文体。我认为爷爷留下的问题并不折磨人。看不出名堂,"我"不妨亲自下厨实践嘛,当今社会的男性地位已起了变化。爷爷的问题与传统法文化相关。每一代有每一代的问题。这涉及小说里提出问题的分寸。这个分寸,还包括对爷爷的态度问题(那个咒语有失分寸)。

徐水法的《村口》是讽刺小说,或者说是问题小说,是对一种现象的演绎:城镇化进程中,村落如何保护和开发。作者发挥了小小说的优势:及时性和同步性。写了几个轮回的拆与建,建与拆,村支书顾如龙,与其说是一条龙,倒不如说是一条虫,很似《秋菊打官司》的叙事模式,乡、市、北京,一级比一级大,机构运转,反复折腾,最后,"村口"成了废墟。村支书虽然是主要人物,但他的形象在"折腾"的过程中被淹没、消解了。我看到的是对一件事情流程的交代。

《小说选刊》是文学走向的风向标,也是创作现状的新窗口,仅此七篇,可略见一斑。作为中国作家协会的权威选刊,其选载作品已传达出倡导什么,重视什么——表达题材的现实性,表达手法的多样性，呈现精神的普遍性，人物情感的丰富性，而且，把握了小小说的独特性。就我的阅读，还有更佳的小小说未能入选。这也很自然。

《小说选刊》将中篇、短篇、小小说辑于一个"平台"，彰显出了各自的特色，就如同一桌丰盛的宴席，有主菜，而小小说就是那一道可口的点心。为何那么多高级读者记住了普鲁斯特《追忆逝水年华》里那个小小的糕点？记得我儿子念小学的时候，让他每周背诵一首《唐诗三百首》，给他一个选择的"自由"，起初他选择绝句。我的阅读习惯也如此，一册刊物，一本小说集，我总是先找最短的小说。后来，我获知，许多文友也有这样的阅读取向。如果把阅读心理和快捷、零碎的网络时代的背景结合起来考察，创作、阅读和时代相互发生着作用，那么，可以觉察到世界小说已在发生变化，惯常的过度地编故事、过于戏剧化的小说，就面临着"危机"，因为所有的故事不过是若干基本模式。怎么能写出新意？小细节更值得珍视。小小说是一种处理有独特含量的小细节的创意文体。

二、小小说的第一要务是活人

小小说创作中，如何处理人物和故事的关系：是因人生事，还是由事套人？文本可以显示，作家是在意人物还是在乎故事，这是两种不同的观念，生出的作品也是两种形态。还生发出一个模式化的问题（故事有套路），因为近80%的小小说是"事套人"。事像笼子，其中的人物被动，不自在，不自由。小小说是小说家族中一员，如果把小小说放在小说由传统向现代转变的大背景里，那么，小小说作家对突破模式、发现新意就有新的把握和方向。

先说人——塑造独特的人物。

黄克庭的《心结一贴灵》中，退休后的马主任，在家仍是他做主；在外，他只是逛商店，了解商业行情，吸收商品知识，重视商品价格，热衷于讨价还价，不是为了购物，他自视为发挥智慧的余热。他终于购买了一种往墙上一贴就能吸住的挂钩，并命名为"一贴灵"（命名是一种归属的方式）。围绕着"一贴灵"的掉和贴，他的生活有了新的意义，甚至多次半夜惊醒，因为他听到一贴灵脱落了。本是挂物的一贴灵，脆弱到不挂物也会掉下，于是，形成了马主任的一贴灵情结：掉下，按上。我联想到两点，一是西西弗斯推石上山，石头滚下，继续推上，这种周而复始的推上和滚下，是幸福，还是荒诞？二是米兰·昆德拉晚年的小说《庆祝无意义》。是庆祝，还是凄凉？马主任在乎不再有挂物功能的一贴灵；掉下，按上，其实是"空转"（无意义中的有意义）。这成了他的乐趣和癖好——人物与物件构成了紧密关系，由此，活了文学人物。小说谱系中，有众多"一根筋"式的人物，比如堂吉诃德、阿凡。人物一旦有了一根筋，就鲜活了。是可爱，还是可悲？题目可否省掉心结二字？

赵淑萍塑造了两位守望者的形象。《哑巴》写哑巴守护弟弟，《漏洞》写无名的人物守护别墅。同为在人物关系中写主人公，前者写实，后者荒诞。《哑巴》里两个男人的故事，背后隐藏着男人与女人的故事。赵淑萍突出了男人——兄弟故事，将兄弟情放在时代变迁与人物命运的相互关系中，突出了哑巴以最真挚、最笨拙的方式一生默默地守护弟弟的情感。独特之处在于哑巴表达爱的方式：重与轻，得与舍，苦与甜，轻逸的鸟预示弟弟的命运，而照片的焚烧，表达弟弟对哑巴的怀恋。轻逸的意象消除了守望的沉重。《漏洞》中的守护，可以放入守望者的谱系。作为守望者，其知情度极其有限，守护着虚空：不知"管理"他的

"他们"是谁,不知他们守护的地方何时有用。有句曾风行一时的话:"理解的要执行,不理解的也要执行。"这里可将执行改为知情。但他准备好了,时刻准备着,随时可能有事,却持续无事,于是,这个守望者与桌椅对话,用座机打自己的手机,以此排遣等待的孤寂。荒诞的质地就此生成。终于出现了具体的联系人小刘。在等级中,"他们"管小刘,小刘管他,他守别墅。守护者以为是对他的抽查或评估。小刘却是在"公"中取"私",而又让守护者说不出口。就如同卡夫卡的《城堡》,主人公永远接近不了城堡。忠于职守而又孤独无奈的守望者置身别墅,面对外围和内部的漏洞,他不知如何去堵。"他打一个响亮的喷嚏,就像一台陈旧的机器被突然发动",这个结尾,是守望者所能发出的声音,像呐喊。记住这个不知情的守望者的守望。

2016年,徐水法的乡村戏文系列齐整而又出彩。2017年,他转场,来了一组新官场现形记,加强了情节的构建。如何处理故事与人物的关系?以《陀螺王》为例,其明显地带着冯骥才《俗世奇人》的传奇风格。只不过,《陀螺王》的俗世奇人,俗是民间习俗之俗,奇是乡村奇人之奇。奇还包括事之奇。起初的情节,我以为是官场小说。文体局黄榕回乡过年,受两个打陀螺的小孩启发,转化成全市的比赛——也纳入他的新政绩。首届陀螺大赛就这样启动。压轴的是黄江和徐山,层层铺垫,步步推进,是用动作表现人物。全篇采取对比手法:小孩与大人、小陀螺与大陀螺、乡村与城市、官场与民间。核心为物件的细节,人玩陀螺,同时,陀螺也玩人,其实,写陀螺,更为写人。胜负见分晓,玩小陀螺的黄江是公认的花式陀螺王,情节突转,一个小孩被挤得落入江中。赛事转为事故,热闹的游戏转入惊险的现实。水中,大陀螺离奇地救起了小孩,操纵几十斤大陀螺的徐山,由现场的民众拥为陀螺王。民俗的土壤里生长出的徐山,如果不是比赛，他的奇招还隐在山野。比赛是一种发现，小说也是一种发现。徐水法通过他的方式发现了徐山和大陀螺。

　　为人民服务，心中有人民，这样，就能与人民共呼吸。作家则为人物服务。岑燮钧的心里放着人物，他和人物共呼吸，段落、句子中可以感受到他的呼吸。体现在叙述中，节奏舒缓有致，语言简洁干净，长短句的搭配、段落的转换，像呼吸的气息。他不刻意追求情节的曲折，更为注重人物情感的微妙之处，往往采取不了了之的结尾。《出纳》中，出纳周嘉根，是个刻板而又较真的人，可谓"一根筋"式的人物，却是"这一个"。记得毛主席语录："世界上怕就怕认真二字，共产党就最讲认真。"而市场经济的大背景里，忽悠居多，认真稀少。小说就是写现实稀缺而文学补缺的人物。如果给周嘉根下评语，那么可用"认真""讲究"。假若截取全文的一半，保留主体那一件十元钱的事，也不失为一篇小小说。而另一半篇幅，可视为闲笔。闲笔闲在他与"出纳"无关：比如，鱼肉羊肉，他嫌腥；比如，妻子替他熨了裤子，他嫌裤缝不直；比如骑的旧自行车，他总是保持干净——不沾泥尘。那种嫌，到了对账时，多出十元钱，别人劝，都制止不住他对"十块钱到底怎么多出来的"的自行追究。纠结之中，前边的闲笔有了呼应：他擦没有泥尘的自行车。十元钱终于有了着落：不多也不少才好，你以为多了是好事啊？！这一下，小小说有结尾了吧？但是，来了个与钱无关的结尾：熨裤。因为人与人之间那种关系并没有结束，不了了之的结尾，既敞开，又反照，点亮人物的形象。如果人物是一棵树的话，那么占一半篇幅的闲笔则是那肥沃的土壤。岑燮钧领会了汪曾祺小说的"随便"。

　　吴鲁言的《照镜子》和《晒太阳的男人》，显然立足于写人物。前者是廉政小小说。张局长热衷于照镜子，不过，在官场，在监狱，照镜子的目的各异。通过在狱中照镜子，联想到母亲、妻子、儿子，过去与现在，由照镜子连成了因果关系。回忆的片段如镜子，映出了张局长由局长到囚徒的过程。其中一个细节：全家瞒着母亲，但母亲凭有没有人送东西，猜出儿子"出事"了。照镜子有寓意。《晒太阳的男人》，因从工地的脚手架摔下，瘫痪，开始了"晒太阳"的人生。雨天里，阴暗中，他都坐在轮椅中"晒"，晒其实也是看，他看别人，不让别人看他。人物的心理通过行为表现出来。这是一个边缘人的形象，试图进入"主流"。他想交流，但在书房的妻子也关着门。终于，读者未能深入人物的灵魂深处。两篇小小说，能够紧扣与人物相关的细节，一个物件，一个动作，但是写得"满"了。小小说是留白的艺术。假如将全知视角转为有限视角，那就可省略许多情节。

汪曾祺引用过老师沈从文的话："贴着人物写。"就小小说而言，我认为还应强调：贴着人物的细节写。王中华的《偏黄蛋》就是贴着与人物相关的偏黄蛋来写。父亲身体单薄却能在水库建设中获奖，这次奖励最多：三个咸鸭蛋。父亲将三次奖励的六个咸鸭蛋全都捎回家里。于是，两兄弟每次分食一个蛋，围绕着咸鸭蛋的切法，两个儿子展开了纠纷。因为有一个是偏黄蛋，父母试图平均。有句话道：神仙难知瓜中事。蛋中事也如此。蛋黄偏对应心里偏，这一偏，就引发兄弟反目。父母之爱与生活之难，都凝结在看不出内部的蛋中。父亲归来，舍不得吃蛋，却对着暗淡的灯光照蛋，继而采取聚光的方式，对着炉火照蛋，还用墨笔在蛋壳上点上记号。与其说照蛋，不如说照心，体现了父亲的慈爱和均分。作者将情节一跳：兄弟结婚生子。兄弟俩有个惯例，比赛似的拎咸鸭蛋孝敬父母，这是爱的传承，也是光的传递。物质匮乏的时代，父亲照蛋的细节，照亮了父亲的"这一个"形象，并且，也照亮了儿子的心房。

徐水法和岑燮钧有过戏文系列。"80后"赵雨的《草台班子》也写戏文题材。班头严守德的姓名，显然有道德含义。赵雨采用了汪曾祺小说的方式：先放后收。放就是先把多位人物放出，一一介绍，都是"闹"的人；随后，李伯"出场"，是"静"的人，闹和静形成反差，怎么写静——沉默之人？赵雨锁定李伯的二胡——情节动起来，开始收，李伯有心思了，在寂静的夜晚拉二胡。这静中的心思，是母亲病逝，自己患绝症。这么重的情况，李伯仅用轻的二胡来表达：拉的是《二泉映月》，标志着人生之戏落幕。一个平静地承受死亡的人，仍守着艺术道德的底线。

胡新孟写城中人，主要是"底层人"。交流的方式是看，也反映出作家对生活的观察。《荒院》和《邻居》，也扣着"看"。人物的关注，也是作家的关注：已荒芜的庭院，住架空层的邻居。散文化的笔触能表现出城市化的大背景中小人物的生存状况。《荒院》中那个无聊的闲人，不知怎么来到了"荒院"。他所见的荒院，已失去原有的模样，似乎正在回归泥土。沾泥的绳子拉出了生锈的铁皮桶，又用铁桶打井中之水，"仿佛打捞失落很久的东西"，水桶"落在井里传来幽幽的回声"。于是，荒院有了象征意味。失落与回声，传达出一种关系：现在与过去。结尾，他被一辆工程车上下来的人误认为捡破烂的人。《邻居》中，"我"这个原居民与外地人的她是邻居。架空层也是处境的"低层"。"我"看她的日常生活：楼梯口用脸盆洗脸，这背后隐含着生存的多种意味。人物间，唯一的交往是门，她提醒"我"忘了关。而她的门从此关闭——过年回家。再没来过，看不见了，可看了那么久的人，却记不起她长什么样。两篇小小说的人与环境，人与人有共同点：落空。

三、在故事的如来佛之掌上跳出点新意

再说事——讲述出奇的故事。

我把《西游记》中孙悟空翻筋斗试图跳出如来佛之掌的努力当作小小说创作的隐喻，几个十万八千里的筋斗，孙悟空以为跳出了，得意地撒了一泡猴尿，结果发现，仍在如来佛的掌上。翻筋斗的情节，难以"跳出"故事，因为，一旦单纯地讲故事，往往就落入俗套。仍有大量的小小说在说"事"（事件化），以事为主，导致模式化写作。如何在故事的如来佛之掌上跳出点新意，细节和角度尤为值得珍视。

章月珍的小小说，总有一个操作良好的故事面。其构思方法是整个故事建立在结尾那个意外的"包袱"上；或者说，所有的情节的设计、气势的营造，团结起来都是为那个最后的"包袱"服务。《黄皮箱》中，村民武大郎那个绑在房梁上的黄皮箱，论其功能，对读者是造成悬疑，对人物是悬置私密。跌河淹死，秘密揭晓，与光棍相对应的是女人——箱中都是报刊上剪下的女人的照片。而河里是水，女人是水。所有的设计都在武大郎的缺失。《潘小莲》将打扮漂亮与勾搭男人、不生育与爱孩子，构成潘小莲的行为逻辑，又加载了公开化的家庭暴力。这种多种情感合力，推进情节的逻辑，体现了作者的观念：黑白分明、爱憎鲜明、对错严明。章月珍的小小说中，曲折的情节，意外的结局和清晰的逻辑、鲜明的立场之间，搭配得相当严密。如果一个情节松动——经受不住推敲，那么，整篇作品就会坍塌。所以，可看出作者对情节逻辑的用心和用力、掌握与俯视。但是，我希望领略小小说中的模糊，即情感的"灰色地带"。尤其是面对当今的现实，许多情况已不确定、不可预料，小小说如何表现和概括

"现实"?《露露》有难得的模糊地带,不过,作者仍采用逆转的手法,通过一对夫妻的关系,写不在场的露露对男人的影响:男人做丰盛的菜肴,学会吸烟、让妻子穿时尚内裤,还打算辞职,并去舞厅享受,一系列累积、叠加的情节,反过来表现夫妻关系的隔膜,而结尾的包袱是:露露是男人想象出来的女人,不在场,不实有,但改变了男人。想象对现实的作用力如此之大,显得作者用力过度,但是,有意味的是想象的露露,如露水。

赵悠燕的小小说,三篇都有种相同的模式:通过一件事表现人物之间的关系,或错位,或融合;且均限制在特定的时间,特定的场景,特定的人物。《兄弟》中,生活拮据的李台阳突然来探望新近升职的罗威,二人是多年没有联系的发小。罗威以为李台阳有事来求。其实是李台阳昨晚梦见罗威患了重病,为此专程前来探望。两人的心灵意向就此错位,但也最后融合为"兄弟"。小区里的迷路,梦境中的重病,于是显示出了寓意。《海滩边》则是男孩与男人对大海认识的错位,通过好奇的男孩与看书的男人在海滩边的对话展现,对话的话题是大海。男孩话语的成人化,全能视角的转换,像作者在操控。男人说:"大海像个人,有时脾气好有时脾气坏。"好脾气的大海在话题中转为坏脾气的大海,结尾终于抖出包袱、揭开"毯子":海滩造成男人的左腿膝盖下空荡荡。从小说的技术和观念来看,不妨降低视角,将全能转为有限,从男孩的视角看男人,那么只需删去"男人想起那个浪急风高的黑夜"那几行即可,可使作品更为空灵。《我的邻居是凶手》将新闻与生活、远与近组合在一起,使我想到了弗兰纳里·奥康纳的《好人难寻》,同类型的故事,赵悠燕的着力点在启动凑巧的情节(铃没电,车没电)来设定人物的行为,导致人物受害。尤其是相约去购裙子:购得的红裙子与凶手的红亮意向相扣,受害者与杀人犯由"红"凑近,作者的设计刻意了些。

李慧慧和赵悠燕,生活在同一个海岛。李慧慧的三篇小小说,写的都是海上和海岛的故事。《爷爷是水手》中的爷爷年近60岁,岸上生活艰难,他第一次出海当渔民,晕了船仍坚持,只望给孙子带回海产。此作大量地交代了船上、岸上的背景。《爸爸从海上回来》中,爸爸出海也是为了生计,而回不回来与女儿学不学习紧密相关。作品着重写了上岸后去幼儿园接女儿。这两篇小小说聚焦尚未调准,被大批的交代消解了人生的"图景",主要是缺少一个突出的细节。不能写得太满,小小说要化繁为简,简中含繁,简约体现在细节上。《防盗窗》先是写人物从农村搬进城里,关注防盗窗,怎么发挥防盗窗这一细节在小小说里的效能,这关系着作品的内涵和情节的走向。李慧慧罗列了各种防盗窗引发的事端,结尾来个回转:村里也安了防盗窗。这仅写了一种防盗窗现象。倒是那个当上包工头的儿子戴眼镜的细节颇有意味——眼睛是心灵之窗。

大多数作家采取写实手法,脚踏实地走。徐均生、黄克庭则是启动幻想方式,展开翅膀飞。从文本去揣摩其构思的秘密,是以一句话、一场景、一条新闻、一个意象为飞翔的"平台",然后,展开文学的翅膀,飞跃现实的边界,转而,以另一种方式抵达现实。

选择徐均生的《塑造一个贪官形象》为例。反腐题材,经过各地一次又一次的征文赛事,其基本元素、基本故事几乎穷尽。徐均生此作表明,老套的故事有了独特的视角和表达,能使"老树"绽出新意之芽。主人公打算参加廉政小小说征文,在电脑前发呆,脑海里冒出一句话:塑造一个贪官形象。这仅是单方面的意象,却有幻觉中的人物来响应,而且,双方确定了贪官的名字,参赛的目标。并且,幻觉中的人物要求作家"塑造我这么一个贪官去参加征文",必须获奖。开始交代的均为"正面材料"

（爱妻子、有孝心、好爸爸、工作能力强、为人很低调），为了达到塑造贪官的目标（这与获奖的目的一致），双方商议，贪官配合，达成共识；优点转缺点，好官变贪官。所有的材料都是"大路货"。徐均生注重的是表现角度的新意：消除了现实与虚构的界限，真实的人与虚构的人进行对话。就这样，虚构的贪官被带走，作家试图修正，却已掌控不了。这就像真实的花园开出一朵虚幻的玫瑰，竟被人摘走那样。徐均生介入了作品中作家的介入。此为后现代派手法——游戏精神。

2017年，黄克庭换了一种姿态，暂缓其强劲的飞翔，转而落地行走，并延续了荒诞元素，却是贴近现实，写日常生活中的荒诞。《1982年的实验中心》《25周年同学会》《不是开灯问题》等，表达出人生的况味：归零、放空，是有荒诞意味的虚空。但又带着对某种特别现象和问题的呈现，这也是其惯常的视角。

许仙保持着其小小说的"仙气"。他提取民间传说、《圣经》故事、外国童话的"库存资源"，设置假定性，并注入手机、红包、电话等当下生活的元素，获得小小说的现实感，让过去的阳光照到现实。《变色龙》是契诃夫同题小说，但他写的是传说中的白龙。作者赋予了白龙和环境两套相互影响的变化：潭、江、田、天等一系列污染的环境，白、青、黑、黄等一系列白龙的色变。通过白龙找太乙真人治"变"——对话推进着情节，这也是许仙常用的表达手法。谈古实为论今，指向明确：当下的污染问题。将问题和现象用形象的方式呈现，是一种观念的演绎，主题先行。

缪丹总有一个妙点子，好包袱，而且会"抖"。《董事长敬酒》中，年夜饭是喜是忧，取决于董事长的出现。他若是坐着敬酒，准是喜事；若是站着敬酒，就准有员工被辞退。奖励与惩罚、尊敬与排斥、喜剧与悲剧，均落实在或坐或站的敬酒动作上，仿佛命悬一线。一个动作决定一个人的命运。这顿年夜饭就紧张了。一些员工因为平时出过错，产生不安的反应，缪丹如将多位员工的反应省略掉，就会使作品空灵些。董事长给办公室主任敬酒，拍背、问候，笑里藏刀，还让他口读辞退信——此为预料之中，却来个反转，又任命其为新成立公司的总经理。然而结尾之处，似乎整个作品就是为了传达出董事长一个人生道理：勿以恶小而为之，勿以善小而不为。

张丽丽有发现的敏感，但有一点值得注意：以繁写简。具体表现在叙事线条的模糊与繁杂上。不妨反过来，化繁为简，以简示繁，可取得更好的文学效果。《茧中人》，用琥珀为题更为恰当，因为琥珀与病人的情况有隐喻关系。琥珀是核心意象，而茧仅出现在题目中。

相当多的作者是写一件事，因事装人。红墨的《手机》和《军帽上的野百合》，把两位主人公写死了。但我记住了打工者那无法通话的废手机、抗战时惨烈战斗中的小兵军帽上的野白合。废手机、野百合的细节，红墨用情节和气氛做了铺垫和渲染。谢根林的《险情》中，车落水后，民工们砸开窗玻璃救出人，被救的车主反倒索赔，玻璃值八万元。潼河水的《无人接听的电话》中，不断打来的电话造成一种悬念，打过去无人接听，打过来又未接，因为害怕"骚扰"，结果是父亲要求报平安的电话——异乡与家乡，父母与孩子，熟悉与陌生，由手机构成了关系。作者特意制造了悬疑。吕品由故事转为小小说创作，继续发挥着他对故事的运作能力。《事情就是这样发生的》中，泥匠包工头张杏林想老婆，身边却突然发生了坍塌，被砸中要紧的部位，不能干田里的重活。接着，又引出两个女人相似的长相，均为故事的集中巧合，以为是情事，结果是关爱。体伤实为心病。周国华的《姐弟》，讲述了弟弟因赌债外逃的事。弟弟在一年后的夜晚归来，姐姐要弟弟投案自首。探监时，姐姐交给弟弟一张妈妈临终前的存折。姐姐采取这种方式教育弟弟迷途知返。这类用力写事为主的小小说，往往在情节的表层运行，而细节是潜入人性深入的"法宝"，例如废手机、野百合等。

衢州出现了一个"陌生"的群体——新面孔、新作者。尽管作品的题材和手法多样化，但都有一个共同特点：倚重情节、注重细节。利用一个主导性的细节支撑一篇小小说，基本上是采取欧·亨利式的结局。戴勇军的《把门打开》中，两个打工者想要拥有自己的房子，谋划入室"借钱"（偷窃），"干还是不干"是悬念。结尾，他们打开了门，却意外撞了一堵墙。蔡兴荣的《阿龙的烦心事》，妻子的性惩罚与调岗位（无非是夜班调到白班）形成逻辑关联，丈夫进行了一系列的请客、托人，结果是理发店的梅尔促成了此事，因为总经理是店里的熟客，梅尔管他的头。蔡兴荣的《我会当领导》中，主人公是个官迷，人物的一切都朝着"官位"，作品的情节铺设也为了"官位"。一无所长的官迷擅长接待，由此步步高升，却在最后的接待中意外地被戴上了手铐。季风的《制氧机》中，纯粹在制氧机退货的层面进行"事故"的交涉，情节如机器运转，由此构成制氧机的故事，但故事的内涵却放空了。陈炜的《帕尔姆最后的杰作》和《国王的眼睛》，用了同一个有魔法的眼镜，同在眼镜中灌注了人生的哲理——魔幻的眼镜中，人有悖论式的两面。《国王的眼睛》，在眼镜与现实之中，美与丑相反，为了维系国王与王后的关系，国王让眼镜匠配一副新眼镜，戴上它，所有的女人在国王的眼里都是丑八怪。汪志勇的《攀比》中，两个女人的攀比左右着两个男人的攀比，还延伸至两家的孩子，无非是比名利、地位。作者采取巧合手法将攀比高度集中，结尾是一方男人被"双规"。孔繁强的《仇邻》，让两个贫富悬殊的邻居结仇，仇怨通过一场水灾宣泄，反倒是贫的一方的茅屋被洪水冲毁。意外的结局，有意的设计。汪志勇的《倚天剑》，吴贤材的《退休以后》，前者以古剑，后者以念想，建构情节的走向，结尾来个"逆转"。唯有周丽莉是老作者，其《我的爱情》《冷漠的长跑者》着力营造诗意的浪漫。《冷漠的长跑者》将冷与热、远与近表现在人物关系之中，冷是热，因为残疾；热是冷，结尾点出，那个真正冷漠的人，是我。

这个群体，不约而同地倚重意外结局。这也是一种小小说界普遍存在的现象。我不抵触"意外"，但在乎自然。"意外"结局是外在情节的编制，还是内在情节的爆发？现有的作品中大多为前者。这就涉及小小说的品质。

意外结局是20世纪70年代美国评论家对小小说特点的归纳。而中国小小说的源头是笔记和"聊斋"，到当代是汪曾祺、阿城的作品。我们当然要吸收各种文学营养，讲好中国故事。但是，将欧·亨利式的意外结局视为小小说的重要特点，实在是对创作的误导。那会导致一种模式：为了最后那一个意外的"包袱"，整个情节的编排都刻意地为意外的包袱服务。那么，微妙的情感和人性，往往被急匆匆的情节铺设给消除了。最终造成只见故事骨架、不见人性脉络的现象，而且，以事装人的故事之箱，操作失当，就如同棺材里边装着死人。小小说的第一要务是活人——写活写好人物。应当警惕故事情节缺乏灵魂的"空转"。

2017年浙江小小说（故事）要目

徐水法 《陀螺王》 《小小说选刊》2017年第11期
《村口》 《小说选刊》2017年第12期

	《规矩》	《天池小小说》2017年第3期
岑燮钧	《六公公》	《小说选刊》2017年第9期
	《出纳》	《宁波日报》2017年8月28日
	《实话》	《羊城晚报》2017年7月24日
赵淑萍	《碎纸片》	《小说选刊》2017年第11期
	《漏洞》	《微型小说选刊》2017年第11期
	《哑巴》	《宁波日报》2017年4月14日
吴鲁言	《晒太阳的男人》	《微型小说选刊》2017年第19期
	《照镜子》	《小说林》2017年第3期
王中华	《偏黄蛋》	《天池小小说》2017年第11期
赵 雨	《草台班子》	《金山》2017年第11期
李 全	《我要去北京》	《小说选刊》2017年第12期
章月珍	《黄皮箱》	《天池小小说》2017年第4期
	《潘小莲》	《广西文学》2017年第3期
	《露露》	《安徽文学》2017年第8期
赵悠燕	《兄弟》	《故事会》2017年第4期
	《海滩边》	《小小说选刊》2017年第3期
	《我的邻居是凶手》	《微型小说选刊》2017年第14期
李慧慧	《爷爷是水手》	《黄河文学》2017年第7期
	《防盗窗》	《小小说选刊》2017年第23期
	《爸爸从海上回来》	《中国海洋报》2017年10月12日
徐均生	《体验坐牢》	《小说选刊》2017年第3期
	《塑造一个贪官形象》	《百花园》2017年第12期
黄克庭	《爷爷留下的问题》	《小说选刊》2017年第12期
	《心结一贴灵》	《小说月刊》2017年第3期
	《不是开灯问题》	《东方剑》2017年第9期
	《1982年的实验中心》	《小说月刊》（上半月刊）2017年第6期
	《25周年同学会》	《小说月刊》（上半月刊）2017年第4期

许　仙　《变色龙》　《小说月刊》2017年第5期
　　　　《红雪酒》　《小说选刊》2017年第8期
　　　　《不是开灯问题》　《小说月刊》2017年第7期
缪　丹　《董事长敬酒》　《民间文学》2017年第5期
张丽丽　《茧中人》　《天池小小说》2017年第1期
红　墨　《手机》　《金山》2017年第5期
　　　　《军帽上的野百合》　《金山》2017年第5期
胡新孟　《荒院》　《天池小小说》2017年第1期
　　　　《邻居》　《金山》2017年第1期
谢根林　《险情》　《金山》2017年第6期
潼河水　《无人接听的电话》　《金山》2017年第4期
吕　品　《事情就是这样发生的》　《精短小说》2017年第1期
周国华　《姐弟》　《芒种》2017年第3期
孔繁强　《仇邻》　《天池小小说》2017年第10期
陈　婕　《最浪漫的约会》　《天池小小说》2017年第4期
蔡兴荣　《我会当领导》　《小说月刊》2017年第6期
　　　　《阿龙的烦心事》　《天池小小说》2017年第11期
汪志勇　《攀比》　《金山》2017年第7期
　　　　《倚天剑》　《天池小小说》2017年第12期
戴勇军　《把门打开》　《天池小小说》2017年第11期
季　风　《制氧机》　《天池小小说》2017年第11期
周丽莉　《我的爱情》　《天池小小说》2017年第12期
　　　　《冷漠的长跑者》　《天池小小说》2017年第4期
陈　炜　《帕尔姆最后的杰作》　《天池小小说》2017年第12期
　　　　《国王的眼睛》　《黄河文学》2017年第7期
吴贤林　《退休以后》　《天池小小说》2017年第12期

迟日江山丽　春风花草香
——2017年浙江戏剧文学综述

|严　迟|

2017年,浙江的戏剧创作一如既往地保持着题材丰富、风格多样、主题平实、情节浅显的传统特色。相比2016年举办浙江省第十三届戏剧节时的热闹和喧哗,2017年的戏剧创作因为没有评奖的刺激和压力而无疑要冷清许多,放松许多。但正是由于这种冷清和放松,浙江的戏剧表演团队有充裕的时间去思考、酝酿和实践一些精品力作。这也是尽管乍看之下2017年的戏剧舞台没有那么热热闹闹,但每一台创作作品的文学价值和欣赏趣味依然没有明显下降的原因。其实,只要我们稍微留意一下,就会发现每一届戏剧节、艺术节结束之后,必然会有一部分艺术质量较高却因为来不及赶上戏剧节而被耽搁下来的作品,在之后的几年内唱响主角。2017年正是浙江省第十三届戏剧节的后一年,于是有了一批中上乘的剧本在舞台上焕发光彩。这些作品往往自身具有鲜明的特点。第一,这些不急于求成的作品在凸显戏剧技巧、回归戏剧本原、强化戏剧效果等方面有较扎实的努力和追求。因而这些作品的艺术性、戏剧性、观赏性都比较突出,有较鲜明的主题,较深刻的内涵,较新颖的人物形象。例如浙江歌舞剧院的歌剧《青春之歌》,宁波艺术中心的甬剧《药行街》《甬港往事》,以及民族歌剧《呦呦鹿鸣》,杭州话剧团的话剧《茵梦山庄》,义乌婺剧团的婺剧《骆宾王》《一代河神》,以及杭州歌舞

剧院的舞剧《花木兰》，等等。第二，这些作品对地域文化的开掘更加细腻，更加个性化，例如浙江越剧团和德清县委、县政府联合创作的越剧《游子吟》，建德婺剧团的婺剧《大洋埠》，宁波宁海平调剧团的《山坑班》，等等。第三，这些作品大多具有较强的探索意识，不拘一格，打破常规，甚至打破传统戏剧的样式，表现出完全新颖的舞台样式。例如浙江话剧团的《志摩有约》，杭州话剧团的《红船·追梦》以及浙江昆剧团的《钟楼记》《红鞋子》，等等。

浙江歌舞剧院的《青春之歌》改编于杨沫的同名小说。这一部知名度极高的长篇小说描写了一个"五四"时期青年女性林道静坎坷的个人经历，被时代洪流推动着走向觉醒和反抗的过程。小说场面开阔，人物众多，线索错综复杂，改编的难度很大。目前的改编本在反复征求意见并修改的基础上，有意识地弱化了林道静个人的恋爱史、婚变史以及男女情感方面的故事，而强化了林道静在经历磨难的同时，逐步建立和追求自己的信仰，用更多的笔墨去刻画林道静的成长，理顺了她内在的成长逻辑，这个人物就呼之欲出了，并且具有典型意义，剧本的深度和广度于是得到了拓展。

宁波艺术中心 2017 年的戏剧创作有了大面积丰收。中心下属的宁波歌舞剧院、宁波甬剧团等都推出了重量级的作品。我们称之为重量级的作品，是指他们这些作品，第一，题材重大；第二，剧本文本相对完善；第三，剧本舞台综合能力相对大气精致。其中的民族歌剧《呦呦鹿鸣》是宁波的扛鼎之作，也是我省这几年来有突破性意义的歌剧作品。剧本以获得 2015 年诺贝尔医学奖的宁波籍科学家屠呦呦教授为题材，歌颂她呕心沥血并做出卓越贡献的精神事迹，深情地述说了发明青蒿素背后那些不为人知的故事。该剧自 2017 年 5 月在宁波首演后，即登陆杭州，接着亮相第十九届上海国际艺术节，12月又献艺第三届中国歌剧节，再进京献演，获得广泛赞誉和热烈反响。这个剧本的特点是清新雅致，故事结构有散文化的优美意境，剧中人物有小说化的细腻和平实。在主题体现、内涵挖掘方面，不刻意拔高，不矫揉造作，水到渠成，自然顺畅。平心而论，这个剧本的冲突性、情节性都不那么强烈，但效果却出奇的好，这对于目前戏剧界同类题材的创作有着非常强的借鉴意义。宁波的另外两个剧本《甬港往事》和《药行街》也具有较高的艺术性。《甬港往事》讲述的是女主人公郑李文续出身商人世家，原本家境优渥，养尊处优，在一次家庭变故中，她失去了丈夫和公公，眼看家族大厦将倾，面临破产、分家以及东山再起的种种压力，她毅然挑起企业与家庭的两副重担。为此，她牺牲了自己的感情，经历了方方面面的困难和危机，最终成为远近闻名的"女船王"。剧本的故事带有传奇性，是"宁波帮"题材的再次呈现。剧本对宁波商人走出本地，走向更大的市场；对宁波商人的坚持、执着和重义轻财描写得比较到位、准确。而另一个甬剧《药行街》，讲述了清末民初年间，生活在药行街上的百姓日常生活和趣闻传奇。药行街上，有呆萌的山里小伙"阿东"，矫情争宠的"二太太"，热心过头的"百搭嫂"……种种人物组成了一幅丰富多彩的市井风俗图。剧本以山里小伙阿东的视角来进入那个特定年代和特定城市。在他独闯甬城百年老街——药行街的过程中，经历了拜师、学医、寻父等一系列事件，引发了一桩桩意想不到的磨难与周折。阿东一路走来，终于感知了"医者仁心、德行天下"的道理。温馨熟悉的市井乡邻，富有情趣的传奇故事，浓郁独特的世俗风情，代代相传的"医家十要"，为观众展现了一幅民国时期宁波老街的生活画卷。

义乌婺剧团是我省戏剧界的一支劲旅，非常重视剧本创作，这几年一直有新戏在不断推出。2017年,该剧团一下子创作并排演了两台大戏《骆宾王》和《一代河神》,反映两位义乌历史名人的传奇故事,有异曲同工之妙。《骆宾王》以才华横溢、孤傲独标、愤世嫉俗的诗人骆宾王的悲剧一生来铺展故事,写得血肉饱满,有声有色。史载,骆宾王(约638—684),字观光,汉族,婺州义乌(今浙江义乌)人,唐代诗人,与王勃、杨炯、卢照邻合称"初唐四杰"。骆宾王除了文华过人,还有慷慨激昂、忧国忧民的一面,在机缘来临时,他毫不犹豫地全力投入到一场没有退路的讨伐战争中,即使付出生命的代价,他也心甘情愿。这个人物的可爱之处在于能够清醒地看到自己的结局而仍然义无反顾,不是一般意义上的知识分子的摇旗呐喊,而是真正冲锋在前。虽然他受历史的局限,无法看清楚他要反对、要声讨的女皇武则天是否真的如此腐败无能,也无法判断自己的讨伐是不是正义之举、明智之举,但他凭一腔热血,真诚地希望国家得以改变,希望人民得以安乐,从而使得这个人物有了悲悯的色彩,他的不屈不挠也就赋予了意义。《一代河神》写义乌的另外一个名人朱之锡的故事。朱之锡(1623—1666),字孟九,号梅麓,浙江义乌人,为清初治河名臣。进士出身,以兵部尚书衔,总督河道。朱之锡治理黄河、淮河、运河达十年之久,南北交驰,殚精竭虑,鞠躬尽瘁,卒于任上,年仅43岁。康熙谕赐祭葬。黎民百姓无不称颂其惠政,奉其为"河神",沿河立庙,春秋祠祭,称之为"朱大王"。据史载:"朱之锡去世讣闻于朝,一时中外僚友,无不嗟悼。噩耗传来,两河百姓皆悲号陨涕,其济州士庶,或巷哭不已,或匍匐聚哭于堂,如是者累月,实为近代稀有。"所以,朱之锡本身就是一个传奇人物,是一个与其他清官有所不同的人物,抓住这个人物的特殊性,这个剧本就基本上站住了脚。目前的《一代河神》在传奇性上下了功夫,并且深入挖掘朱之锡本身的内在冲突和思想源头，让人物与袒护小人的户部尚书的明争暗斗、自动罚薪、严惩权奸等行为有了扎实的基础，呈现出戏剧性极强的舞台场面。

杭州话剧团的话剧《茵梦山庄》是胡天马先生的最新力作。胡天马是我省戏剧界中一位资深的"年轻编剧"，他喜欢创作有思考、有内涵、有批评性的作品。大雨之夜，一个名叫"茵梦山庄"的住宅小区里，很久不来往的父亲突然来敲儿子的房门，引出父子之间积攒多年的恩怨。一边是竭力想要修复父子关系的父亲，另一边是执意不肯原谅父亲的儿子，就在父亲无奈打算离开之际，一场偶然的车祸，把一个神秘的女孩子牛丹红带入了父子俩的矛盾之中。随着情节的推进，每个人心中的秘密被逐一道出，拼凑出每个人破碎的人生。父亲乌山川，用时髦一点的话说，是个"精致的利己主义者"，为了自己的"成功"，他牺牲了三姐、太太，甚至儿子的幸福；儿子乌志伟，目睹了父亲的出轨、母亲的车祸，更被父亲安排了一桩不合心意的婚事，在自己公司倒闭后，太太带着女儿远走高飞，让他只能活在思念中；因一场车祸卷入他们之中的女孩牛丹红，更是有着说不清道不明的身世之谜。"茵梦山庄"像是一个困境，深陷其中的每一个人都过着残缺而不完美的人生。一直到最后，满怀心事的三个人中，只有女孩牛丹红承担了自己该承担的责任，完成了自我的救赎，给《茵梦山庄》留下了一个光明、温暖的注脚。

这是一个采用封闭式结构的话剧作品。全剧设置了一层层的悬念，让每个人隐藏着各自的巨大秘密。台上的每一个人，甚至每一件道具，都是进入故事中的动态的对象。但剧作的进程是被编剧有意控制着的，悬念的释放有机构成了全剧的节奏。在封闭式结构向开放式结构解构的同时，观众们会进入规定情景之中一起联想、一起释义，甚至一起创作，形成真正意义上的观演互动。这还只是就形式而言，而这个剧本真正冲击观众心灵的是人物关系和情节设计等艺术因素。这个仅仅有三个人物的大戏，却包含着非常强烈的心理冲突、人物命运的不可预知、波澜迭起的突变转折等戏剧元素，容量小而戏核强大，人物少而以一当十。在情节设计方面，剧本包裹起一层层秘密，父与子、父亲与新来的女人、儿子与女人之间，还有幕后的父亲与过世的母亲，儿子与自己的前妻等情节设置得环环相扣，丝丝严合，推动着人物不停地向前走。可以说，《茵梦山庄》的出现是一次非常成功的创作实践，也是我省话剧界的一个惊喜收获。

戏剧，作为地方文化，承担着特定区域的娱乐、宣传、文化展示等功能。随着国家对文化建设特别是戏剧建设的日益重视，地方戏剧以及其他专业文艺团体越来越多地发挥着重要的作用。这十几年来，利用戏剧展示地方文化已经蔚然成风并且获得了许多宝贵的创作经验。2017年，浙江省也出现了几个有较高艺术品位的地域题材作品，在多角度展示浙江风貌的同时，给人们带来了不同体验的缤纷色彩。

浙江越剧团和德清市合作推出的新编越剧《游子吟》，取材于唐诗《游子吟》的意境，通过该诗的诗人孟郊及其母亲间的母子情深，歌颂中华民族尊老爱幼的优良传统，体现中华民族生生不息的精神源头。这一首千古名诗，有两点特别令人瞩目：第一，其作者孟郊是个什么样的人？怎么能够写出这么优秀的诗歌？为什么要这样写？他写这诗的背景、原因以及由此引起的反响又是什么？第二，诗中的主角母亲，是浓缩了的中国母亲的典型形象，她又是谁？是真实的孟郊母亲吗？她和孟郊的成长与成名又有什么必然的联系？实事求是地说，这两点固然令人动情，令人产生一探究竟的冲动，但作为一个大型剧本，仅仅依靠这样一个补衣服的情节，是无论如何也构不成戏剧故事的。所以，这个剧本的创作，对编剧颜全毅而言是一个非常大的挑战。他需要以这一首诗为中心主线，再围绕着它虚构人物，铺叙剧情，然后又必须将母亲缝衣服作为高潮事件，这种种局限，极大地束缚了创作的自由发挥。好在颜全毅功力非凡，虚构出孟郊与母亲、与乔心盈、与林兰英的一男三女式的故事，并且让孟郊进京赶考，让母亲的教子有方和缝衣相送有个由头，也使得这个本来无法构成大戏的题材有模有样地搭好了框架。作者善于扬长避短，依据诗歌的属性，尽量将剧情往诗意方面靠，这有意无意地形成了剧本的诗意风格，优美而意境深远，简略而清新自然，和原诗相得益彰，锦上添花。

建德婺剧团是一个非常有进取意识的团队。他们在条件相对困难的情况下，坚持出人、出戏、出效益，坚持以创作带动艺术生产，年年有新戏。2017年，他们带给全省人民的是一个主旋律婺剧《大洋埠》，是一部以建德革命先烈童润蕉、童祖恺等共产党人为题材的红色婺剧。该剧讲述了1927年，蒋介石发动四一二政变，童祖恺、严汝清等共产党员从梅城转移到大洋，并发展童润蕉、陈一文等一批进步青年加入了共产党。按照党的指示，童祖恺等人在大洋组建农会、赤卫队，开展武装暴动，打土豪，分田地，燃起了群众的革命热情，并迅速向四乡扩散。大洋恶霸谢霸昌利用伪装，狡猾地逃离了大洋，趁赤卫队向四乡挺进的空虚之机，纠集保安队与警察向大洋反扑。严汝清在发动群众的途中陷入包围被杀，姚鹤庭经不住恫吓叛变，童润蕉为营救乡亲被捕，童祖恺带领赤卫队为解大洋之围，在途中遭伏击被捕。1930年，童润蕉、童祖恺这对同胞姐弟为守党的组织机密，英勇就义，谱写了一曲壮丽的革命凯歌。这是一段悲壮的历史，时间虽然短暂，但它在建德的历史上留下了壮丽的一页。剧本写得大气磅礴，慷慨激昂，比较准确地再现了当年那段历史，给人以强烈的艺术震撼，是主旋律作品中有较高艺术性的一个佳作。

宁海平调是我省古老的传统地方戏曲剧种之一，起源于明末清初，流行于宁波附近，至今已有三四百年的历史。2006年，宁海平调经国务院批准列入第一批国家级非物质文化遗产名录。该剧种与我省其他剧种相比，具有独特的艺术技巧。例如"宁海耍牙"绝技，是宁海平调表演中独具的一门绝活儿，至今已有一百多年的历史。演员口含四颗、八颗甚至十颗野猪獠牙，一咬、二舔、三吞、四吐，尤其是有两颗牙始终藏于口内，仍要唱、做、念、打，这一可与四川变脸媲美的"绝活"，为老艺人杨先达（艺名红毛老生）所擅长。另外有些表演技巧如老艺人刘乾木（小丑）的"雀步"，葛时烟（小生）的"抱瓶滑雪""一马双鞍""买菜吐红"等，均有较高难度，也是宁海平调一大演技特色。这些绝技、绝活，因为继承难度高，所以面临着后继无人的困境，继承、抢救，不但是历史的需要，也是现实的呼求。宁海平调剧团独辟蹊径，创作排演了反映宁海平调剧种史的剧目《山坑班》，有机地将这个稀有剧种的艺术风貌、精彩绝技等予以保留，剧本戏中有戏，虚实相生，人物和情节既是虚构的，又是有原始雏形的，故事亲切，语言生动，收到了非常好的效果。不可否认，以文化的形式保留文化遗产，让已经逝去或正在逝去的文化以一种可观的活体的形式复活并且造福于众，这可以说是一个非常好的设想。

我们生活在一个大千世界，林林总总的物质世界给我们提供了取之不尽的创作素材。戏剧，是艺术地再现这个世界的一种手段，纷繁复杂的生活内容，日新月异的科技发展，向戏剧自身提高表现力、丰富表演方法提出了要求，也提供了可能。许多以前不可能进入舞台表演的形式在不停地被尝试，被接受，被更新。2017年，我们发现，有几个作品具有从内容到形式的全方位探索。尤其是形式上的大胆突破，完全出于意料之外。浙江话剧团的《志摩有约》、杭州话剧团的《红船·追梦》在这方面都做出了有益的尝试。

  杭州话剧团的《红船·追梦》，反映的是中国共产党建党初期，浙江省一批志士仁人从建立党小组到前仆后继开展革命斗争的故事。故事是从一位当代年轻人瞻仰南湖红船时，与中国首位《共产党宣言》翻译者陈望道发生跨越时空交流开始的，用一个个的提问、交流的方式，将这近100年来浙江大地上波澜壮阔的革命岁月，浙江革命先烈的感人事迹一一体现，而体现的主要手段是朗诵和情景再现。剧中的主角，是一群心怀理想、至诚报国的年轻人。这是一批在中国共产党领导下觉醒了的学生、军人、工人、农民，他们追求共产主义的信仰，建立了浙江的第一个基层组织——中共杭州小组。红色的火种很快燃遍整个浙江，揭开一页页新的篇章。这其中，柔石发出了《战》的号角，殷夫坚定地和旧家庭决裂，裘古怀和他妻子的诀别书让我们心中留下永远的痛，郑复和他父亲那"白发人送黑发人"的凄苦，金维映和她儿子的生离死别，以及她未曾谋面的孙女对奶奶的思念，都让人唏嘘不已。尤其是当时的五位中共浙江省委书记先后为革命献出了宝贵的生命……为了中华人民共和国的诞生，这群热血青年献出了自己的青春和生命。剧本有点像放大了的一次朗读会，但明显又与朗读会有所区别。因为这个演出形式是有角色、有人物、有故事、有结构、有主题的，作为戏剧的构成要素，在这里基本上已经都有了，但它又不是传统意义上的戏剧，因其缺少贯穿的人物、故事，贯穿的表演和服装、化装、音响、灯光、道具等。它有点像戏剧的雏形，有点像大型朗诵会，但它的当众表演、当场效应具有大型戏剧的效果，所以它可以进入"剧"的范畴，这是富有创新、富有变化的"剧"，可以给我们很多启示。浙江话剧团的《志摩有约》比起《红船·追梦》则更具戏剧属性，虽然它也是对话剧形式做了非常大的变革。剧中的新月派代表诗人徐志摩是一个单纯的理想主义者，他深信理想的人生必须有爱，必须有自由，必须有美；他深信这种三位一体的人生是可以追求的，至少是可以用自己的心血培养出来的。剧本中，徐志摩的诗集成了展开故事、展示人物关系的依据和平台，这些故事和人物是被随意叠放着的，一直到几个年轻人在充满书香诗意的舞台上读着徐志摩的诗，演绎着徐志摩的感情史，他们时而严肃时而嬉皮，重温着诗人的坦率、求真，这个关于徐志摩的爱情故事才真正展开。而这种展开不是通过人物之间本身的冲突、碰撞来进行的，而是绝大部分通过语言的叙述、回顾、形容、分析等来完成的，这与传统概念上的话剧相差甚远。但由于演出的舞台综合效应，所以它仍然属于话剧类作品，只不过这种样式走得远了一些，改革得更加大胆。或许，正因为它的简略和诗意，它可能是一次最接近戏剧本体的试验。

浙江昆剧团2017年推出了两部大型昆剧。其中与浙江婺剧团联合推出的昆剧《钟楼记》，根据法国作家雨果的小说《巴黎圣母院》改编。原著讲述了"愚人节"那天，流浪的吉卜赛艺人在巴黎圣母院前面广场上表演歌舞，有个叫爱斯梅拉达的姑娘非常引人注目，她长得美丽动人，舞姿也非常优美。巴黎圣母院的副主教克洛德·孚罗洛躲在玻璃窗后面，偷看爱斯梅拉达跳舞。他疯狂地爱上了她，便命令敲钟人——相貌奇丑无比的加西莫多把爱斯梅拉达抢来。结果法国国王的弓箭队长弗比斯救下了爱斯梅拉达，抓住了加西莫多，把他带到广场上鞭笞。善良的爱斯梅拉达不计前嫌，反而送水给加西莫多喝。敲钟人虽然外貌丑陋，内心却纯洁高尚，他非常感激爱斯梅拉达，也爱上了她。但爱斯梅拉达阴差阳错对弗比斯一见钟情，两人约会时，克洛德·孚罗洛悄悄跟随，出于嫉妒，他用刀刺伤了弗比斯，然后逃跑了。爱斯梅拉达却因谋杀罪被判死刑。加西莫多把爱斯梅拉达从绞刑架下抢了出来，藏在巴黎圣母院内，克洛德·孚罗洛趁机威胁爱斯梅拉达，让她满足他的情欲，遭到拒绝后，他把她交给了国王的军队，无辜的姑娘被绞死了。加西莫多愤怒地把克洛德·孚罗洛推下教堂摔死，他自己也拥抱着爱斯梅拉达的尸体死去了。改编本完全忠实于原著，只不过情节有所简化，人物的名字改为中国名字。另外一部昆剧《红鞋子》是一个寓言故事。写某年的一个腊八节，饥寒交迫的少女嘉莹来到土地庙，遇到土地公公和土地婆婆。了解姑娘的身世后，土地公婆愿意为她实现一个心愿。姑娘只要求有一双和妈妈生前跳舞用过的红鞋子一模一样的舞鞋。土地公婆答应了她的要求，但告诉她，红舞鞋只能脱一次，第二次就会不停地跳舞而停不下来。由此引出了嘉莹妈妈 20 年前的舞蹈人生，以及这 20 年前后同一个名叫庚生的男人和她们母女之间的隐秘关系。

这两个剧本，从题材开始就向中规中矩得有点墨守成规的昆剧提出挑战：成熟到号称"百戏之祖"的昆剧，到底还能不能、敢不敢、会不会改变自己？答案是肯定的。昆剧演外国戏，不但可以演，而且同样可以演得流光溢彩。只要我们有足够的勇气和智慧，有足够好的文本。浙江昆剧团就有这样的胆识，艺高人胆大，以表演艺术精致著称的昆剧，都敢于拿表演这一看家本领来做改革的试验品，彻底颠覆了高雅的曲牌体的昆曲艺术的条条框框。《红鞋子》也是如此，题材是跨界的，童话、寓言、现实、浪漫等杂糅在一起；表演是多彩的，有传统的母女戏，有神话色彩的土地公婆戏，有与男舞友之间的生旦戏，有大量的歌舞剧的舞蹈戏。所以，这两个剧本，除了自身的文本价值，它们对推动舞台艺术适应新体裁的要求也起到了重要作用。

浙江是一个大型戏剧创作大省，同时也是一个小品、小戏获全国奖的大省。2017年，浙江省举办了第28届小品邀请赛，有13个小品脱颖而出，参加最后的决赛评奖。这些小品在注重作品的思想性的同时，更多地突出了小品本身短小精悍、诙谐幽默、题材独特、语言生动的艺术特点，具有较高的艺术性。《贵人饭馆》（秦放、叶翼鹏编剧）讲述了一个感恩的故事。师母多年前的慈爱使学生念念不忘。在已经渐渐老去的师母患上失忆症以后，两个学生以应聘的名义去饭馆，希望唤起师母的记忆。《吃情》（方宇编剧）讲述了一个爱吃而难找对象的胖女孩多多，为应付家庭的催婚，让男青年小杰做她的男朋友。在此期间，小杰发现了胖女孩的许多优点，最后钟情于她，假戏真做，二人成了真正的恋人。《一家讲坛》（吴彦青编剧）描写的是家庭的温情，为了哄年老的妈妈开心，一家人忍受着她的无节制的"一家讲坛"。《实话实说》（蔡海滨编剧）通过某单位给领导留出许多空车位而让上班员工连自行车也无处停放的怪现象，提出了能不能实话实说、让领导看到真实情况的问题。故事是以正面描写领导积极回应来完成的。这样的小品，其实重要的不在结局，而在于提出的问题本身是否有典型意义。《一千零一》（舒恒兴编剧）是一个喜剧小品，一个自得其乐、玩丢钱包捡钱包的人，路人、同事甚至是妻子都坚持误会他真的捡了个内有1001元的钱包，从而引出一系列啼笑皆非的故事。《体检单》（郑新华编剧）也使用了一个误会法的结构，因为误会同事老杨是得了癌症，大家对他十分痛惜和超常规地关怀，也让大家从另外的角度看待同事，得出了与以前完全不同的看法，故事带有很强的戏剧性。《张三的歌》（罗礼勇编剧）带给观众的是暖暖的温情，父亲怕自己来日无多，坚持着要外出旅游。其实，他只是想陪着已经过世的妻子（遗照）完成当年没有完成的旅游的承诺。《电梯》（吕红军、顾颖、金哲慧编剧）的家庭温情体现在做快递工作的儿子向父母报喜不报忧，差点闹出洋相的故事。在热闹的背后，有一层淡淡的忧伤。《纠结》（夏艺编剧）从一个性格纠结的职工的角度看待生活中、工作中的诸多现象。《幸福快递》（沈佳维编剧）写快递员一家发现了一直在追求的幸福生活，原来，幸福是那么简单，只要有一颗发现的心，平平常常的日子都是幸福。《爷们儿》（费凡编剧）讲述了一对父子在生活中经历欺上门来的挑衅时，吸取以往的教训，做出了真正爷们儿的选择。《老杨小吃店》（章静颖编剧）则以独特的角度，描写小吃店的老杨夫妻。免费招待饥寒交迫的"流浪汉"。这个"流浪汉"其实是个打架伤人的逃犯，老杨夫妇的善良感动了他，他为了报恩，将自己的秘密告诉给老杨夫妇并让他们去告发而领取赏金。老杨夫妇还是以真诚的态度做通了逃犯的思想工作，一起去投案自首。这个小品对人性的挖掘和褒扬，给人留下了深刻的印象。

"迟日江山丽，春风花草香"，当我们回顾2017年浙江的戏剧创作时，我们不由自主地想起了杜甫的绝句。这其实不仅仅是2017年浙江戏剧创作的写照，也是浙江戏剧近二三十年来的基本概况。浙江以平均每年创作排演20多台新戏的成就，为我省的文化舞台描绘出万紫千红的春天。我们可以期待，随着我省文化建设的不断发展，浙江的戏剧文学将越来越成熟，迎来一个又一个新的高潮。

2017年浙江戏剧创作要目

咏　之　郭　雪　《呦呦鹿鸣》

蒋东敏　《甬港往事》
马　敏　《药行街》
黄先钢　《山坑班》
胡天马　《茵梦山庄》
夏　强　《红船·追梦》
朱　海　《花木兰》
郑祖平　《大洋埠》
姜朝皋　《一代河神》
卫　中　《骆宾王》
赵玎玎　《青春之歌》
颜全毅　《游子吟》
陈兴武　徐青子　周世瑞（整理）　《钟楼记》
俞霞婷　《红鞋子》
陶国芬　《志摩有约》

似曾相识燕归来

——2017年浙江影视文学一瞥

| 张子帆 |

2017年，对中国影视产业以及浙江影视产业而言，都是一个里程碑式的年份。中国电影票房又创新高，达550亿，是中国电影票房的一个峰值，其中，中国本土的电影产品市场贡献率大幅度提升；银幕的数量继续增加，突破5万块，观影人数达15亿人次。关键是，出现了许多现象级的影视产品，如电影《战狼2》《芳华》《嘉年华》《七十七天》《无问西东》等，还有如《前任3》《羞羞的铁拳》之类的高票房产品，以及电视剧《青恋》《人民的名义》《鸡毛飞上天》《白鹿原》《生逢阳光灿烂的日子》《我的前半生》《大军师司马懿之军师联盟》等高收视率作品。值得高兴和自豪的是，其中许多作品都是由浙江出品。除此之外，2017年度浙江影视文学剧本的阅读更让笔者欣慰，这些剧本让读者感受到一些理想中的睽违有年的创作理念和成果的"回归"。

总体而言，就收到的剧本来说，2017年浙江影视剧本的创作似乎是电影强而电视剧弱，电视连续剧仅有《天下粮田》和《建国英雄》两部，但却是颇有分量的，尤其是《天下粮田》。另有一部连续剧则是"网剧"《海克星》。有评论说，2017年是电视剧历史正剧丰收的一年，它们有着不俗的口碑，如《于成龙》《大秦帝国之崛起》《大军师之军师联盟》等。其中不可不提的是电视连续剧《天下粮田》。回望历史,十几年前电视剧《天下粮仓》是历史剧发展史上里程碑式的作品,同一作者创作的《天下粮田》继承了其历史剧创作的精神。历史剧一定是对今天的现实强有力的观照。这种观照不是影射,不是比附,而是找到古今之间共同的历史规律、历史经验用以借鉴。该剧的内容和价值在于,站在当今的时代高度,阐释"盛世反腐"的内涵和意义。确实,《天下粮田》延续了编剧高峰的创作风格:构架厚重,宏大叙事,针脚细密,叙事文字具有即视感和冲击力。全剧以旱灾粮荒作为开场,用碗的意象凸显粮食安全即政权的安全,也即"天下"的安全。此剧关心的中心和重点是由粮仓内的粮食推进至粮田的实际面积以及种植、赋税等真相,相关联的依旧是朝廷上下利益集团的激烈而残酷的斗争。在占田取土烧窑、吞没征地款、谎报田亩数和收成的丰歉从而套取朝廷官银、私分朝廷税银、修筑楼堂馆所等一系列贪污腐败的活动背后,乾隆面临的是一个两难的局面:肃贪,可能朝廷亡;反之,将失天下。刘统勋这一主人公的出场表明《天下粮田》是《天下粮仓》的续集,且剧情也有勾连,赈灾粥锅插筷的典型细节也再次出现。剧中,通过刘统勋侦办的一系列朝中巨案:密折案、验鸟案、空仓案、水利银案、鱼鳞册案、皇庄案,还有积案和旧案,展开的是一幅大清国朝野上下官宦人家以及二代子弟的浮世绘,堪称"官场现形记"。林林总总的人物之中,结党营私形成利益集团的窃国大盗有之,冒死谏言耿直办案的忠臣有之,官迷心窍卖身投靠的投机者有之,老谋深算良心未泯的老江湖有之,骄横跋扈心狠手辣为虎作伥的地痞流氓有之,刀光剑影生死博弈之处,细节描述惊心动魄,讲求戏剧性的夸张和渲染,故而,整个剧情波澜起伏荡气回肠。其实这也是一出宫斗戏,改革派和贪腐利益集团以乾隆皇帝为轴心杠杆,展开口舌刀刃互见的废存之争,最终,改革派置之死地而后生。乾隆的一次下江南，让局势陡然反转，因为这位开明的皇帝看到了真相，真相是残酷和残忍的，真相暴露后的结果也是残酷和残忍的。于是杀戒大开，一时腥风血雨，改革派失去的阵地逐一收复。这场旷日持久的斗争最终以贪腐利益集团中权威最高的"大老虎"被斩而告终。该剧塑造了秉公执法、刚正不阿、清正廉洁、鞠躬尽瘁死而后已的"累臣"刘统勋的形象，以及年轻有为、胸怀抱负、亲政廉明的乾隆的形象。剧本留了一个开放的结局，预告仍有一场有关粮田粮食的生死之战即将拉开帷幕，那将形成有关天下民生安危的"粮食系列三部曲"。可以想见，这又将是一出内涵厚重的大戏，又一次壮怀激烈的艺术创作，令人期待。

骆烨编剧的电视连续剧《建国英雄》显然是为中华人民共和国成立70周年而作，是为纪念建国英雄而作，叙事的形式是一位亲历者的回忆。宏大的片名之下，是相对具体细腻的军事斗争故事。故事讲述的是淮海战役中，解放军参战部队建立了一支名为"老虎队"的特攻队，专门对付一支骁勇善战的国民党队伍，双方的指挥员分别是同乡发小毛宝和陆胜文，这样"冤家路窄""同乡操戈"的设计别具一格也别有深意，他们虽有贫富阶级的对立，却也是情同手足的青春少年，各自率领的部队生死较量间多了一层同乡的情愫。两人还因为当年与二人青梅竹马的女子而出现三角情感关联，以致演绎出战场上的"捉放曹"并都为此受到纪律惩处。因此，剧中的军事斗争有了与当下众多同类题材所不同的叙述，注入了对历史发展趋势的判断与认知，以及对家国、信仰的判断与认知。个人的人生理想抱负都将汇入历史发展的大江大河，时代的潮流不可逆转。

国统区和解放区的对比，国民党和共产党各自的主张和作为，让陆胜文的信仰产生动摇，最终起义。一叶知秋，剧本中的故事结局昭示了淮海战役的胜利是大势所趋。淮海战役的胜利也为中华人民共和国的成立奠定了基础,也正是在这个意义上,剧名取作《建国英雄》。但需要指出的是,该剧采用的是电视连续剧的样式,决定了作者更多地利用连续剧的特点讲述故事,精心于具体的人物和事件的构成、设计以及演绎,却削弱了人物故事与剧本主题"建国英雄"的关联,这种关联其实应该是剧本的另一条主线,即描述淮海战役在当时整个解放战争进程中举足轻重的地位,以及"老虎队"的某场战斗的胜败对于淮海战役全局的重要影响,诸如孟良崮战斗,这样的话,将剧中英雄们称为"建国英雄"就更加顺理成章,名副其实。

2017年,以阅读到的剧本而言,浙江电影文学剧本的创作不仅数量有所提升,而且质量也有所提升。

李森祥编剧的电影剧本《台阶》描述的是20世纪60年代中国农村的苦难生活,充满了乡村生活生产的细节,乡土气息扑面而来。剧本以一个倔强儿子的视角,用刀刻斧斫的语言文字,在富有江南意蕴的画面中,讲述了一个自强不息、耿直磊落的父亲石古如何完成自己的乃至全中国农民的共同理想:为自家建造一幢房屋,并为自己的家培养起接班的栋梁。所以,父亲对儿子不近人情的严苛饱含着深深的期待与呵护。所以,这既可以说是传承的故事,又是成长的故事。故事平实感人,体现了一个中国农民的人生理想和情感的投射。

当年的"红旗渠"故事在时间的流逝中淡薄之际,韩炜编剧的电影剧本《天渠》又一次讲述了一个现代愚公、一个党员基层干部的感人故事,不为移山出门,而是开山引水。这是根据真实事迹改编的,从主题而言,应该属于所谓"主旋律"的范畴。故事写得朴素、朴实,没有随意拔高和虚饰。这是一种值得赞许的创作方式,故事感人,是来自题材本身的力量,也来自作者对题材内在力量的感知认知以及恰当的展现。

《天渠》和《台阶》，都是农村题材，故事的年代背景不同，大约相差20年，但有一点是相同的，那就是写出了中国农村和农民的贫穷和苦难，以及人物在这样的贫穷和苦难中的生存意识和方式。笔者注意到，作者的态度都是积极的，主人公对未来都充满期许，尽管他们的梦想其实非常具体和实际。而且，不论是书记还是一家之主的父亲，当主人公遇到挑战和抉择时，首先做出的都是自家的牺牲，具体而言就是自己以及儿子的牺牲。笔者以为，这不仅是一个乡村书记所为，有着党组织的使命驱动，也是中国农民的所为，有着传统道德的驱动。

电影剧本《李小龙生命密码》的作者钱林森曾经写过李小龙题材的电视连续剧。作为另一种文本，同一题材的电影剧本做了重新的选择和提炼：选择是指对李小龙生前事迹的选择与概括，提升是对李小龙这一形象意义的提炼与提升。李小龙的故事因为一再被写作而几近家喻户晓，他的标志性的装束、动作、神情，甚至打斗搏击时的尖声啸叫，都已广为人知。其生前的几部票房爆棚的影片奠定了"中国功夫片"的类型基础，但在中国人以及中国文化走向世界的过程中，李小龙的形象有着自己独特的意义和价值。这种意义和价值，从外表看，似乎是一种暴力，但又显然超越了"暴力"的范畴，在李小龙自身武功以及武德的诠释下，上升为一种民族的形象、东方的精神、哲学的思辨。笔者以为，这就是《李小龙生命密码》的主题内涵。因为将李小龙的精神成长轨迹向前方、向深度推进的动力，就是民族自尊。李小龙显然是一个有着深厚中华传统思想根基的武者，同时又接受了西方的较为开放包容的世界观和价值观。这不仅解释了李小龙创造的"截拳道"的精神内涵，也揭示了中华文化绵延不断的内在原因。

陆建光编剧的电影剧本《小城故事多》是一个青春励志故事。一个自尊自强的男青年和一个富裕而任性傲慢的女子之间的性格冲突，用女方的话叫"虐"；而且双方又是甲方乙方，这层关系内部还是资本的力量。这种关系其实频频出现在近年的影视作品中，也是社会现实的反映。男主人公因为父亲生前一封信的委托开始了寻访，牵出两人之间的种种因缘，也是各自寻找自身定位的过程。当然，故事自然是由"虐"到"恋"。在这个故事中，可以看到故事发生地的许多地方产业、景点等植入，显而易见，这也是作者的一种生存方式。

胡月伟编剧的电影剧本《策反》讲述的是在中华人民共和国成立前夕，共产党员策反民族资本家俞云卿的故事。叙事流畅从容，编剧手法娴熟。

今年读到傅耀红编剧的三个电影剧本。《苏醒》所叙述的是蒋介石的人生经历，并以此对应中国现代历史的风云激荡、跌宕起伏的进程。中国现代史上这段风起云涌、天翻地覆的历史时期，人物、事件层出不穷，要将其纳入一部常规的电影作品之中，叙述只能点到为止。作品忙于交代事件的各项节点导致难以展开塑造人物形象，难免显得粗疏简陋。《红二代》讲述的是经历过中国动荡年代的一代人和他们的子女在共同经历中国转型期的经济大潮时发生的深刻而剧烈的变化，令人感慨。电影剧本《义薄云天》以寻宝的故事模式，讲述了明代浙江浦江郑义门族人保护隐姓埋名、浪迹江湖的建文帝的故事。建文帝逃出皇宫，一路被锦衣卫寻觅追杀；同时鞑靼人以及江湖侠客也各有目的地卷入其中，构成了一部武侠动作类型片。可以看出傅耀红的创作题材涉及的面还是较为广泛的。

韩炜的电影剧本《袁天罡之异域妖踪》是一部在视觉上带有魔幻色彩、异域风情的作品，这样的叙事策略看得出其中的商业诉求，但作者又很巧妙地解构了这种"魔幻"的色彩，可见作者在商业片创作中的严肃性和科学的理性。

该作品的情节是主人公侦破一起案情迷离曲折的杀人案。编剧的手法是利用障眼法声东击西，将观众的注意力引开之后再反转。看似两位术士之间的较量，实则是第三方的挑唆与离间，为的是引起一场旨在复仇的战争，是一个古代公主卧底潜伏的故事，塑造了袁天罡看似风流倜傥、实则身怀绝技的人物形象。剧本用一个类型化的故事阐释了明确的主题：复仇与和平。

赵博的创作类型相当丰富，以2017年投拍的剧本看，就有魔幻、动作、黑色幽默等类型，可见作者脑洞大开，常有异想天开之铺排陈述。

电影剧本《海宁1938》，一个看似正剧的名目，却是动作片的类型。从小青梅竹马的几位同乡兄妹在日本侵略军入侵家乡海宁后，掩护新四军战地医院转移，剧情频频反转，人物关系错综复杂，冲突激烈，剧情节点密集紧凑，仍是赵博的编剧特点。剧情呈现的是计中计，圈套中的圈套，显现的是冲突双方的足智多谋，其实烧的是编剧的脑。故事最终在惨烈的近距离对射中达到高潮。稍嫌不足的是一些细节的设计为求剧情和视觉的效果，几近"雷剧"的境界。

电影剧本《有金无险》以黑色幽默的风格讲述一伙人各怀心事，疯狂地追逐金钱。对员工赖账的私企老板雇佣情人的老公为杀手，杀害知情者——会计，会计自然没有死，"复活"后成为关键人物……故事类似《疯狂的石头》，又以一份虚假的黄金专题勘测报告作为贯穿全剧的道具，在一个充满欺骗造假的小世界，也是一个循环的圈内，上演一幕丑陋荒唐的活剧，针脚绵细缜密，节奏快速。结尾是好莱坞的惯用桥段——最后时刻剧情发生逆转。该剧在叙事方法上有自己的特点，就是时空折叠并置的叙事方法，表现在线性的语言表述上，就是时间节点的不断回复，即同一时间段不同空间发生的事，体现的是后期剪辑时的可能性。

赵博创作的12集网络剧《海克星》是一部富有魔幻色彩的侦探加动作类型片，讲述的是外星人在地球寻找能量（海克星）以支持他们迎接母舰的到来，而他们在地球上的行动则是以地球人作为载体，以地球人的外貌和言行举止在地球上活动。他们通过对弥留之际的地球人进行意识传输而进入地球人的躯体，甚至不惜杀害地球人以达到这一目的，这也就形成理念的差异，从而构成外星人之间的矛盾与冲突。这是矛盾冲突得以最终解决的前提。而地球人被外星人劫持后，容貌依旧却性情大变，剧中同一角色不断改变性情，真假难辨让故事情节扑朔迷离。剧情编撰得环环相连、丝丝入扣，这是赵博的编剧特点。

和韩炜一样，赵博也并不摒弃魔幻的手法，但关键是同样在剧本中完成了对"魔幻"现象的解释，宣示的是一种合理而科学的理性主义。韩炜的《袁天罡之异域妖踪》也是如此，表明的是作者的理性主义和科学主义的精神。好莱坞的许多科幻片也是如此，令人不可思议的视觉奇观后面，有着扎实的物理学、天文学、生物学，甚至语言学的理论基础，科幻其实是对知识结构偏向人文类的作者的挑战，而不是一场为营造视觉奇观而随心所欲、为所欲为的游戏。此外，在赵博的剧中还可以看到，即使科学再发达，仍然有道德范畴的规范。

《海克星》完成的是人类与外星人的一场"智斗"。作者在对外星人的描述中，暗示了地球人应该以外星人为鉴，对自己的生存环境加以保护，和谐同存。这应该也是该剧的主题。

由赵博的创作联想到，即使是针对网络创作的所谓"网络剧""网络大电影"，也没有理由粗制滥造。一段时间以来，一些制作单位和部门都以为网络是一个相对自由开放的平台，所以许多投资者、生产者一拥而入，一时间可谓鱼龙混杂、泥沙俱下，该有的边界和底线变得模糊和暧昧起来。其实这是一时的海市蜃楼。因为作为一种传播方式，网络或许提供了更具弹性的环境，但视听产品创作生产的一些核心规律并没有改变，尤其是在热潮过后，边界和底线更会日渐清晰。在乱象丛生、良莠不齐的网络中，不论是市场管理、内容消费还是产品制造都回归本位，应该是指日可待的。网络不是残废次品的堆场。

本文以"似曾相识燕归来"为题，表达的是一种重逢的期许以及重逢的喜悦，表达的是笔者理想的一种状态的出现或者说是再现。影视文学的创作不仅仅是文字的呈现，也不是类型样式的熟练复制，更多的是创作理念的树立与坚守。

但必须指出的是，在2017年影视市场令人欢欣鼓舞的大数据后面，还有一些数据是让人沉思和警醒的，那就是票房前100名的影片中，只有22部是赢利的，其余的不是持平就是亏损的。若要分析起来，原因有很多，但其中一个绕不过去的坎儿就是影片本身的质量。这样的市场数据应该让我们关注从创意策划、编剧、拍摄到制作整个生产过程的每一个环节，而其中，剧本又是承前启后，将精神转换为物质的一张蓝图，十分关键。这已是老生常谈，但在金融势力不断强势入侵的情况下，这个话题经常被遗忘和放弃。本文结束时，笔者愿意再次提及剧本的重要性，与所有剧本创作者共勉。

2017年浙江影视文学要目

李森祥　《台阶》（电影剧本）
韩　炜　《天渠》（电影剧本）
钱林森　《李小龙生命密码》（电影剧本）
陆建光　《小城故事多》（电影剧本）
胡月伟　《策反》（电影剧本）
韩　炜　《袁天罡之异域妖踪》（电影剧本）
赵　博　《海宁1938》（电影剧本）
　　　　《有金无险》（电影剧本）
傅耀红　《苏醒》（电影剧本）
　　　　《红二代》（电影剧本）
孔繁强　傅耀红　《义薄云天》（电影剧本）
高　峰　《天下粮田》（电视连续剧本）
骆　烨　《建国英雄》（电视连续剧本）
赵　博　《海克星》（网络剧本）

儿童文学的浙江书写和实践
——2017年浙江儿童文学述评

|孙建江|

一

2017年,浙江儿童文学的丰收之年。

这一年,浙江儿童文学收获了诸多奖项和荣誉。其中,首先要提到的是全国优秀儿童文学奖。由中国作家协会主办的全国优秀儿童文学奖始于1980年,迄今已持续举办了十届,第一至九届每隔三到六年举办一届,自第十届开始,改为每四年举办一届。该奖与鲁迅文学奖、茅盾文学奖和骏马奖并列为中国作家协会四大奖,被誉为中国文学的国家级奖项。第十届全国优秀儿童文学奖,共18位作者的18部(篇)作品获奖,我省作家汤汤《水妖喀喀莎》和孙玉虎《其实我是一条鱼》在列。中国作家协会长达38年的十届评奖中,我省作家总计13人次获奖,由此足见浙江儿童文学在全国的实力。汤汤本次获奖作品《水妖喀喀莎》为中篇童话,这是汤汤本人连续第三次荣获全国优秀儿童文学奖;孙玉虎的获奖作品《其实我是一条鱼》为幼儿文学,他也是本届获奖者中最年轻的一位。他们的获奖是浙江文学的重要收获。

除了全国优秀儿童文学奖,据不完全统计,浙江作家荣获的其他奖项和荣誉（包括本年度公布的上一年度的奖项和荣誉）有以下一些。

汤汤的短篇童话《门牙阿上小传》荣获2017年陈伯吹国际儿童文学奖。小河丁丁的长篇小说《水獭男孩》荣获第六届中华优秀出版物奖。小河丁丁的长篇小说《漫长的花季》和孙玉虎的长篇小说《满天心》入选中国文艺原创精品出版工程二期（2017年）。吴新星的小说《桐花落》荣获2017年冰心儿童文学新作奖大奖。金汐的散文《新酒》、雷皓的童话《月黑猫》、卢小蓉的童话《魔法森林的小女巫们》荣获2017年冰心儿童文学新作奖佳作奖。汤汤的中篇童话《水妖喀喀莎》、袁晓君长篇小说《十五岁的星空》荣获浙江省第十三届精神文明建设"五个一工程"奖。

本年度另一件值得提及的大事是我省多位作家的作品入选部编语文教材。自2016年秋新学年开始，修订后的统编语文读本陆续进入课堂。2017年，已修订完成小学语文课本一年级上册、下册和二年级上册、下册，共计四册。修订前的小学语文课本，选用了我省作家彭文席的《小马过河》和倪树根的《笋芽儿》。此次修订，除保留彭文席和倪树根的作品外，还新增了我省四位作家的作品。具体为：夏辇生的童话《项链》《四个太阳》分别入选一年级上册、一年级下册，屠再华的散文《端午粽》入选一年级下册，冰波的童话《企鹅寄冰》《大象的耳朵》《好天气和坏天气》分别入选二年级上册、二年级下册，倪树根的童话《笋芽儿》入选二年级下册，彭文席的童话《小马过河》入选二年级下册，张彦的生活故事《手影戏》入选二年级下册。尽管语文课本的修订工作尚在进行中，后面年级的入选情况还不清楚，整体评估要留待中小学所有课本完成修订后方可进行。但仅就目前确定的情况看，已经十分可观了。这些作品均发表于很多年前，像

《小马过河》问世至今已有 60 余年，都历经了一定的时间检验。一、二年级的四册语文课本中，我省竟有六位作家的九篇作品入选，这无论如何都值得自豪。入选统编语文课本，意味着作品将拥有上亿读者，传播面将极大扩展。从某种意义上说，入选课本比荣获奖项更为重要。这也从又一个方面印证了浙江儿童文学的实力。

其他方面：

2017 年 9 月，一年一度的浙江儿童文学年会暨创作经验交流会在杭举行。来自省内外的近百名作家、学者、出版界人士参加了会议。年会以专题报告、分组专题座谈等形式进行，刘绪源、汤汤等省内外专家分别做了《浙江人的拗劲、内向和低调及其对文学的影响》《从一颗牙齿开始的童话》《动笔之前，先成为一个好读者》《将未来赋予历史——我们的奇域》《儿童文学现实题材书写的尴尬和突围》《一个语文教师对儿童文学的期待和想象》《我的木棉岛》《今天，我们该如何讲述孩子的故事》等报告。浙江省作家协会党组书记、副主席臧军认为，浙江儿童文学队伍有着悠久的发展历史，无论是在历史上还是现在，都创作出大量脍炙人口的作品，给小读者送去了优秀的精神食粮。当下的浙江儿童文学作家群创作实力强劲，老中青作家群结构合理，又有一批新兴作家正在茁壮成长，可谓后继有人。虽然浙江儿童文学已在全国前列，但仍希望今后出现更多的领军人物、高峰人物，更多的优秀的作品，为全国乃至全世界的孩子献上最美好的故事。会议在业界引起了不小反响，中国作家网以"探寻儿童文学可能的深度和广度"为题，刊发了万言会议综述。

2017 年 6 月，"浙江 IP+宁波智造——浙江儿童文学名家与宁波文创产业高峰论坛"在甬举行。省内外百余位专家学者与会，中国作家协会副主席白庚胜等到会祝贺。

2017年11月,国家一级学会中国寓言文学研究会第八次全国代表大会召开,浙籍孙建江当选新一届会长。

方卫平受邀担任中国作家协会第十届全国优秀儿童文学奖评委会副主任,孙建江受邀担任2017年陈伯吹国际儿童文学奖评委。

浙江少年儿童出版社出版"中国新生代儿童文学作家精品书系",集中推出浙江新生代儿童文学作家作品,计有王路的长篇小说《那年夏天开始的梦》、小河丁丁的小说集《蓝琉璃城堡》、赵海虹的小说集《云上的日子》、毛芦芦的小说集《采春,采春》、常立的童话集《很久很久以后》、汤汤的童话集《南霞村精灵故事》、吴新星的小说集《玉簪寒》、吴洲星的长篇小说《仇红的春天》、孙昱的童话集《暮色中的小矮人》、金旸的童话集《千万不要学魔法》、陈巧莉的散文集《姐弟坡》等。

浙江少年儿童出版社出版《1917—2017百年浙江寓言精选》。

二

十年前我曾在年度述评中首次谈及汤汤的创作。那时,她是浙江文坛刚涌现出来的儿童文学新秀,从事儿童文学创作才四五年。我曾说:"汤汤的儿童文学创作正处在上升期。希望她保持锐气,更上层楼。"如今十年过去了,她没有让人失望——不仅是没有让人失望,还可以说是让人惊喜连连。这不单单是说她屡屡获奖让人惊喜连连(虽然这也很重要),更是说,她的童话创作在短短十年时间里不断"上升",业已达到了一定的艺术高度。如果把汤汤的创作放在整个童话创作的大背景下来审视,我们会发现在同辈创作者中,像她这样稳定而又持续进步的新人实不多见。她以自己的品质创作展示了自己的实力,成为国内新生代童话创作的指标性人物之一。

20世纪80年代以降，浙江出现过两位在全国有影响力的童话作家，一位是冰波，一位就是这些年来迅速崛起的汤汤。冰波出生于20世纪50年代，汤汤出生于20世纪70年代，分属两代人。在他们身上有不少共同点：低调、内敛、不事张扬；在整体创作风格上，细腻、优雅、舒缓，清浅不乏深度，具象不失大气。但细加分析，他们之间也存在着不同。这些不同点大约在以下一些方面：

其一，现实成分介入。童话强调幻想，幻想是童话的最大特质。但这不是说童话排斥现实，童话作为文学创作的一种文体，它不会也不可能排斥现实，要紧的是这种现实的提炼是否能有效融入幻想的空间。

冰波的现实介入相对间接。他的作品中的背景大多是幻想的。比如"树皮小屋""月光下""星空""梦里"等。角色多为非人体的动植物，比如"怪蜗牛""小青虫""长颈鹿""红蜻蜓""企鹅""蓝鲸""大嘴巴河马""傻大熊""树叶鸟""肚肚狼""冬瓜吉他""梨子提琴"等。他的作品中会出现现实中的人物，但仅此而已。这些人物多没有具体的名字和具体的描述，如《窗下的树皮小屋》中的女孩没有具体名字，就只是"女孩"；《蓝鲸的眼睛》中的女孩、年轻人，也没有具体名字，就只是"女孩""年轻人"。冰波笔下的现实多是模糊的、转换的，他着力营造纯粹的幻想空间。

而汤汤有所不同。相比起来，她的作品中的现实成分更具体、更普通，也更日常。她的作品中的背景是幻想的，但不乏现实成分，如时常出现的南霞村。她的作品中常出现现实中的人物，比如时常出现的那个名叫"土豆"的女孩，比如时常出现的每个人都有、最为普通、最为常见的"牙齿"。正如汤汤所说：

"其实'土豆'身上有我小时候的影子,土豆住的'南霞村',更有我小时候住的'南缸窑村'的痕迹。""《水妖喀喀莎》的创作,最早的灵感来自一颗牙齿。记得那天和一个女孩儿说话,我看见她的左边门牙和犬牙之间,多鼓了一颗牙,那颗牙雪白、玲珑,并没有因为多余而显得不好看,反倒让女孩有一种说不出的俏皮有趣。我总忍不住看它,把女孩瞧得不好意思了,她说:'我舍不得拔掉啦,它是我的标志。'我说:'嗯,一定不要拔掉。'我们相视而笑。后来我的脑子里就记住了这颗多余的牙齿,后来它就成了水妖们的牙齿,水妖们坚守和梦想的标志。"汤汤更注重幻想与现实的对接与融合。

其二,民间文化资源的运用。民间文化资源的重要性不言而喻,但将其有效融进创作并不容易。

冰波的创作很注重民间文化养分的吸收和汲取。《蓝鲸的眼睛》就是他这方面的杰出代表。该作很好地借鉴了民间故事叙述中三段式手法的运用,以一个盲女孩复明的故事阐释了"善"母题的别样意义。但纵观冰波的创作,在其海量的作品中这方面的占比很小,投入的创作实践并不多,只能说是牛刀小试。

汤汤则不同。当然,汤汤的写作与冰波相隔了一个代际,其作品的数量远不及冰波。但在汤汤已完成的作品中,这方面的比例很高,至少占一半以上。而且,她从创作初期即开始了这方面的尝试和探索,像《老树精婆婆的七彩头发》《曾曾曾曾曾祖母的萝卜》等都是她较早时期的作品,相较之下显得更主动、更积极、更投入。她在这方面的尝试和探索,自然也有一个过程。如果说她创作初期的作品多少还流于形式和表象的话,那么,她近期的作品则有了明显的提升。她关注的重点已从形式、表象进入民间文化资源精神内核的开掘。她着迷于鬼怪精灵,着迷于鬼怪精灵题材背后承载的当下性和童年性展示,这正体现了她的深层思考。她知道鬼怪精灵故事与儿童好奇心的天然契合感，但她又不是仅仅去演绎这些传说故事，她关注和发掘的更是这些传说故事内里可以为读者带来的当代思考。她新近的两个系列"奇幻童年故事簿"和"幻野故事簿"在这方面又有了深入思考。这两个系列都各由长长短短若干个故事构成，都共同有一个名叫土豆的女孩贯穿其间，前者的故事背景在南霞村，后者的背景在离开南霞村去往外面世界的途中。在南霞村，在南霞村以外，在女孩土豆身上，我们感受到的是来自一个原点的气息——大地的气息，乡土的气息，东方的气息。这些气息是熟悉的，又是奇幻的。是那种熟悉中的陌生，陌生中的亲切，亲切中的一见如故。也许，这就一种艺术的渗透和把握吧。

其三，抒情方式。冰波和汤汤都属于比较典型的抒情派，两人的审美旨趣相近，但抒情的方式也还有所不同。两人以各自的方式释放情感。

相比起来，冰波的抒情更清丽、更忧伤、更悲悯。这是冰波的文字："在枯叶下避雨的吉铃，油亮的黑袍上，沾满了细细的水珠。他的细长的触须无力地低垂着，不再像往日那样神气地扫动。他的身子也在微微颤抖。这一切，是因为冷吗？女孩把吉铃捧在手心里，轻轻贴在温暖的脸颊上。'吉铃啊吉铃，冷成这个样子，你还要演奏……'吉铃看到了女孩的眼睛……'可是，夏天永远过去了，秋天来了……'吉铃的心里，升起一阵悲哀。"（《窗下的树皮小屋》）"当女孩盯着它看的时候，那蓝光像泉水一样流进了她的眼睛，凉丝丝的感觉在身体里渗漫开去。看着那团带晕的蓝光，女孩的眼睛渐渐地清爽起来。蓝晕竟很快地消退，只剩下纯净透明的蓝光……这是一个冰凉、光洁、半透明的水晶球，正发出淡淡的、令人迷惑的蓝色光芒。女孩在抱住它的一瞬间，她的眼睛一下子亮了。"（《蓝鲸的眼睛》）

汤汤的抒情则更安静、柔和、温馨。这是汤汤的文字:"世界上,失去树林的林妖实在太多了,很多林妖都比念念年长。她们在原地游荡,或者四处游荡,她们三五成群聚拢在一处,汇聚共同的力量做一些能让人类痛苦的事情。她们邀请念念加入她们的队伍,在她们看来,念念反反复复做的这件事情毫无意义,那片楼顶树林毫无意义。她们曾经也像念念这么做过的,守着虚幻的树林悲伤哭泣,直到有一天绝望地放弃。"(《念念不忘》)"'我决定不还给你了,这颗眼泪,我很喜欢。我可以带走它吗?'光芒眨着熠熠发亮的眼睛恳求道。'可以的。'木零愉快起来,'当然可以,为什么不可以呢?'天亮的时候,光芒走了,傻路路们的搬家行动从这个早上开始。木零,再见!光芒,再见!也许,永不能再见了。但是就在那个很冷的夜晚,木零的心找回了温暖的感觉。"(《到你的心里躲一躲》)

其四,思考路径和侧重面。冰波和汤汤的作品除了好看,都难得地拥有故事背后的思想力量。

冰波更喜欢聚焦生命、聚焦死亡,并以此促人思考。《如血的红斑》中,海鸥嘴上的红斑是母子之间的情感维系,是母子之间的生命维系,没有了红斑,母与子的生命也不复存在了。同时,海鸥嘴上的红斑,也是对窃取如血红斑者的良心拷问和道德鞭笞,因为"这颜色,是活的生命,活的灵魂"。《毒蜘蛛之死》中,毒蜘蛛被所有孵化出来的小蜘蛛吸食完自己的躯体的时候,透明的灵魂飘在自己的躯壳上面。毛茸茸的夕阳把余晖均匀地涂抹在它黑色的腹部。这里曾经孕育了生命。"'只要你们记住,我曾是你们的妈妈……'毒蜘蛛在一点点消失。不,她是在极度的快乐中,陶醉、升华……"为这生命的延续,牺牲自己在所不惜。《窗下的树皮小屋》中,病中的女孩有蟋蟀吉铃为她演奏,有蚂蚱姑娘、萤火虫姑娘陪伴,开始幻想"今年的夏夜,该会有多么美丽啊……"女孩她对生命充满了期待和憧憬。《蓝鲸的眼睛》中,为了女孩的复明,少年取下蓝鲸的眼睛,蓝鲸痛苦绝望。女孩选择放弃光明,把眼睛还给蓝鲸。蓝鲸的灵魂升到天上,又将一双美好的眼睛留给了女孩。这是生命的考验、抉择和奉献。

汤汤思考的重心更多地放在人生上,思考平常人生中的喜怒哀乐和悲欢离合。这本身并不特殊,人人都会遭遇,也不深奥,难的是思考要不着痕迹地渗透于故事的讲述之中。这也是汤汤最让人称道的地方。《门牙阿上小传》讲述的是门牙阿上平凡的一生。门牙阿上是男孩小加嘴里一颗奇特的牙齿,长得歪歪斜斜。牙齿阿左阿右嘲笑他丢尽了牙齿家族的脸,还好有舌头小软和嘴唇小红护着他,鼓励他。牙医打算拔掉它,阿上吓得晕了过去;三条牙虫看上了阿上,在他身上打出一间屋子,还敲出一个露台;小加和别人打架,阿上又差点儿被铁锤和尖嘴钳敲掉……小加嘴里的14对牙齿陆续举行了婚礼,剩下孤单的阿上,可他却不敢向门牙阿下求婚。阿上几次死里逃生,陪着主人从一个小小少年变成年迈老者,它成了主人嘴里最后的一颗牙齿,还救了主人一命。这个故事的取材新颖别致。最为常见普通的牙成为了作品主人公,平中见奇。以牙作为故事的主角,在以往的童话创作中并不多见。牙这个看似静态的角色,在作者笔下成了活灵活现、栩栩如生的人物。牙、唇、舌和人的关系十分自然,既合乎物性特征,又具有人的属性。要紧的是,作者借由这个故事,把人生的经历、遭遇、情感、悲与欢、生与死展示得淋漓尽致。这是一个牙的故事,更是一个艰辛成长、孤独相依,善良温暖的人生故事。《水妖喀喀莎》是一个关于等候的故事。水妖喀喀莎一天天等候,一年年等候,无穷无尽地等候着,直至唤醒所有女妖的记忆,重返家园(噗噜噜湖)。而要获得重生,则需要再等候

"几千年，或者几万年"时间。这又何尝不是一个关于信念、执着和坚守的故事？

冰波成名已久，硕果累累。汤汤出道时间不长，大有后来居上之势。二人都拥有细腻而敏锐的艺术感觉，都不满足于现状，追求不断自我超越。和而不同，风格鲜明，独树一帜。他们的创作，为浙江，也为中国童话创作提供了可贵的经验。

三

同是第十届全国优秀儿童文学奖获得者，相比汤汤，孙玉虎更年轻，1987年出生，年方三十。

孙玉虎虽然年轻，但也积累了一定的文学历练和创作经验。他此前供职于北京《儿童文学》杂志，做过七年儿童文学编辑，2016年入职浙江少年儿童出版社，加盟浙江儿童文学团队。出版有小说集《我中了一枪》（2014）、图画书《其实我是一条鱼》（2015）、图画书《那只打呼噜的狮子》（2016）等。除了荣获中国作家协会第十届全国优秀儿童文学奖，还获得过2011年、2014年冰心儿童文学新作奖，首届《儿童文学》金近奖，第三十九届香港青年文学奖，第十四届台湾《国语日报》牧笛奖首奖，首届青铜葵花图画书奖银葵花奖，2015年江苏《少年文艺》年度最佳作品奖，第四届、第五届信谊图画书奖文字创作奖，2016年度浙江青年文学之星优秀青年作品奖，长篇小说《满天心》入选中国文艺原创精品出版工程二期。孙玉虎主要从事小说、童话和图画书创作，是国内有代表性的新生代儿童文学作家。其作品在港台地区也有一定的影响力。他也是网络达人，以"四十四次日落""日落大叔"等网名活跃于网络世界。

在同代青年作家中，孙玉虎创作的数量不算多。他比较强调以质取胜，着力于每一篇作品的打磨。勤于思考，乐于思考，创作潜力让人看好。

孙玉虎的写作时间不算长，创作风格也还在不断形成之中。从目前看，他的创作有两个比较明显特征，一是探索性，一是童年性。

在他不算多的作品中，我们很容易发现，他的创作一直在进行着各种方式的探索和实验，寻求各种艺术可能性。《空空如也》曾荣获台湾《国语日报》牧笛奖首奖，讲述的是这样一个故事："我"的父亲去世后，"我"陷入极大的悲伤。有一天，"我"在路上遇到一个一直跟踪"我"的空房子。"我"不小心掉进了这个房子里，结果发现不管"我"想什么办法，也无法逃离出去。作品的艺术探求十分鲜明。在文体上，它既不像传统意义上的童话，也不像传统意义上的小说，它介于两者之间，亦真亦幻，虚实难辨。而这恰恰是作者所追求的艺术效果。难得的是，作者并没有为了创新而创新，而是量体裁衣，形式服务于内容，用精准别致的形式传递作品的核心诉求和思考。"空房子"其实是一个巨大的象征。父亲去世的悲伤是一种无法逃离的"空"，尽管在这个"空房子"里，什么都会有，想要什么，就会出现什么。但这一切都限定在"空房子"的"空"的前提之下。"我"想象房子里面出现一个高塔，能把房子顶破，高塔真的出现了，可结果是，高塔有多高，房子就有多高。高塔再高，也顶不破房子的"空"。任何企图的破"空"，只会让心里更"空"，房子更"空"。这是作品的言外之意。"难道这座房子比我看到的还要空？空到可以装下世间万物？我不信，世界上除了人的内心，还有什么能如此深广、如此空旷呢？"很显然，这个特别的"形式"与作品的"内容"是吻合的。其他如《谁也记不住的男孩》《沉默的预言家》《毕业50次》《六点半》《亲爱的弟弟》等都不乏艺术创新。当然，孙玉虎的探索并非都圆满成功，有些作品中故事的逻辑性和情节的安排还有待于更趋合理。

追求艺术创新是写作者宝贵的品质。既是创新就允许有失误和偏差，我们很多儿童文学作家的创新的常见问题是有意无意忽略了特定读者的存在，喜欢创作"难懂"的作品。这方面，孙玉虎的处理可圈可点。他很清楚自己作品的对象是儿童，艺术的创新须围绕儿童这个特定的读者群体而展示。也因此，在他的作品中，"童年性"始终是在场的。他十分注重叙述的流畅性和可看性。《接曹雪芹回家》是一个很好看的故事。因为要搬家，书太多，儿子想出了一个妙招儿，让班上42位同学每人拿几十本回去暂存。谁知没过多久，父亲珍爱的《脂砚斋评批红楼梦》一书被人在网上叫卖，儿子查到卖家地址，竟然是同学家。后来，儿子到同学家又神不知鬼不觉地把书取回，也就是"接曹雪芹回家"了。于是乎，"回去的路上我一直在想，这世界上有两种人，喜欢书的人和不喜欢书的人，我庆幸我是第一种"。这完全是孩子的慨叹。品行高下，道德臧否，读者心领神会。即使是思考很抽象的话题，比如《空空如也》中的"悲伤""空"，也是孩子眼中的"悲伤""空"。"小时候听大人说，空空如也是世界上最空洞的内心，它喜欢以内心荒芜的人为食。"思考的起点始终是孩子。《其实我是一条鱼》是一篇不足千字的幼儿文学作品，故事本身很简单，讲述一片叶子做了一个梦，梦见自己变成一条鱼，在大海里游来游去。叶子飘落到男孩头发上，男孩将其扔进水井里。小蚂蚁问叶子："你是一条船吗？你可以带我去外婆家吗？"叶子回答说："其实我是一条鱼，我要去大海，但我不介意做你的船。"此后一路下去，遇到青蛙，遇到松鼠，遇到兔子，遇到蜗牛，叶子都很乐意帮助小伙伴，有求必应，他的回答都一样："其实我是一条鱼，我要去大海，但我不介意……"历经千辛万苦,叶子终于来到了大海。它只剩下像鱼刺一样光秃秃的叶脉,被海浪冲上了沙滩。一只在海边散步的猫忍不住舔了舔它,心想,"这条鱼还是树叶味道的呢。"这就是整个故事。很清浅,很好懂;又很哲学,很耐人寻味。其实,到最后,叶子究竟是"叶子"还是"鱼",已经不重要,重要的是这一路旅行的信念、付出和梦想。

孙玉虎还很年轻,创作的路还很长,期待他不为既有的名誉所累,保持创作初心,持续前行。

2017年,方格子推出的长篇小说《双溪岸边》让人眼前为之一亮。这部长篇小说讲述的是江南水乡故事,当然更是女孩男孩的成长故事。作者在故事的展开和作品呈现的背景之间,找到了一个非常好的融合点。作品里的双溪,不仅仅是故事发生地,也是整部作品氛围、意境营造的调色板和自然物件,是溪流,山里的植物,包括男孩女孩的名字,紫苏、忍冬、半夏、桃子们自然的组成部分。在这里,故事情节的推进和自然环境互为映衬,结合得十分自然。一个儿童文学作家,一部写乡村女孩男孩成长故事的作品,如果没有这种意境的自然呈现就去展开故事,很难让人产生阅读的舒适感。这个故事叙述的背景,跟整个氛围是融为一体的,是抒情的、舒缓的、舒展的。作品充溢着江南的柔情和氤氲的水汽。

这部作品中,无论是江南乡村孩子成长的推进,还是人物日常生活的展现,都有恰如其分较好的表现。例如作品的开篇,一个小村落,弥漫着花香,花香把小村落抬起来了,我觉得这样的开头处理得非常漂亮,把整个作品的基调确定下来了。但如果就只是这样一个开头,仅仅是这样抒情一下,没有后面的紫苏、忍冬、半夏们的成长,他们在这样一个半封闭的、相对落后的乡村里的成长,以及成长过程中表现出来的美的,善的,自然流露的朴素的情感，依然不能建立美学范畴上的好作品。方格子缓慢的，一步一步的，像乡村生活本身那样一种节奏的讲述，我觉得是到位的。

这部作品没有激烈的矛盾冲突。有阅读经验的读者都知道，有激烈冲突的作品容易写，读者也愿意看。有的作家写的儿童文学，都是两极对立，小读者也喜欢看。但生活并不都是激烈冲突，并不都是生生死死，还有日常的、细碎的、平缓的生活本身。创作这样的作品，考验的不仅仅是作者的文学素养与创作实力，也考验读者的阅读感受。阅读这样的作品，势必对作品的叙述魅力有更高的要求和期待。日常生活书写，只要有细小的破绽和疏忽，就容易被发现，读者就无法续读下去。从创作美学范畴来说，方格子这部作品中的人物、环境、氛围，整体呈现是美的。这种美，不是俊美，不是雄美，不是壮美，不是幻美，不是奇美，也不是凄美，而是接近优美，更接近纯美。我觉得从纯美这个角度来说，《双溪岸边》的处理是不错的。首先是故事发生地双溪，溪水环绕的地方；其次是一对没有见过面的喜欢芭蕾舞的母女；再是一些场景，乡村的夜晚，月光下，星光下……这些元素的融合，巧妙地把纯美这样一种美学形态传递了出来。

作者在把握儿童内心矛盾时，融入了孩子的成长感受，这种成长是心理的，情感的。比如写到紫苏想母亲的滋味，写父亲内心的矛盾和纠结。最让紫苏心疼的是爸爸："因为妈妈说过不让我跳舞，而爸爸因为我喜欢跳舞，鼓励我，爸爸是多么矛盾。紫苏幼小的心灵第一次品尝到酸楚，那是一种多么难以形容的滋味啊，爸爸，原来你心里有那么多苦呢，想着想着，紫苏的眼角流出了泪水。"儿童的成长，是有一定背景的，紫苏眼中的爸爸，有很多难处。去世的母亲跟健在的父亲临别忠告，不要女儿跳舞，这个矛盾是一点一点揭开的。在紫苏幼小的心里，她在观察成人世界时，会有所体会，内心产生了矛盾。儿童看世界有特定的视角，紫苏感到特别不是滋味。这样的处理符合特定人物的心理特征。

小河丁丁一直保持着旺盛的创作势头，作品既有一定的数量，更保持在较高的水准之上。长篇小说《水獭男孩》荣获第六届中华优秀出版物奖，长篇小说《漫长的花季》入选中国文艺原创精品出版工程二期。出版有长篇小说《唢呐王》，小说集《蓝琉璃城堡》《老街书店的书虫》《从夏到夏》《米线棋王》等五部作品。近年来，小河丁丁创作的以西峒故乡为背景、带有轻度幻想、个性鲜明的"现实传奇故事"日臻纯熟，好看、耐看，广获关注。新作长篇小说《唢呐王》即属这一类型。该著延续了"乡土-传统-当下"和"日常-传奇-平淡"两个向度的开掘，将唢呐王的传奇人生及其生活背景刻画得栩栩如生、淋漓尽致。小河丁丁对这一类型创作的把握也越发得心应手和自在自如。但我更想说，小河丁丁又是一位不满足于现状、不满足于既有成绩的写作者。他告诉我，他将回过头来重新思考当下生活的校园题材写作，寻求新的突破。小河丁丁的写作勇气值得肯定。

吴新星和吴洲星是两姐妹，都是"80后"，都专注于小说创作。2017年，姐姐吴新星的小说《桐花落》荣获2017年冰心儿童文学新作奖大奖，小说《苏三不要哭》荣获青铜葵花奖银葵花奖。出版有小说集《玉簪寒》，这也是她的第一部作品集。虽然都从事小说创作，两人的风格却不尽相同。吴新星痴迷于江南背景、古典意蕴题材的发掘和书写，注重故事的地域呈现和情节的完整性，叙述节奏平和舒缓。吴新星有自己的艺术追求，她试图努力为喧嚣的当下、为课业繁重的儿童读者，提供一种遥远而又亲近的古典美学熏陶和观照。

妹妹吴洲星比姐姐出道稍早，此前已出版《红舞鞋》《沪上春歌》《小城故事》《幸福的眼泪》《高四》《不说再见》《哭泣的月亮》《居民楼里的时光》《亲爱的土豆》《大院里的夏天》《一年级的唐小豆不烦恼》等十余种作品，曾获得过台湾牧笛奖佳作奖、冰心儿童文学新作奖、浙江省优秀文学作品奖、《上海文学》短篇小说新人大赛奖等。本年度同样有亮丽的成绩单：出版有三部长篇小说《仇红的春天》《白薇之夏》《香樟街》。吴洲星小说创作的关注面要宽一些，当代校园生活、少女心理、市井生活、民国题材等她都有所涉猎。她的艺术尝试也更加多样化。但总体来说，她的创作更关注内心情感的描摹和呈现，更注重人物之间关系的处理。吴洲星有良好的艺术感觉，特别善于捕捉细碎心理变化和些微情绪流变。

吴氏姐妹的创作正处于不断上升阶段，佳作迭出可待，更上层楼可期。

赵霞，"80后"学者，也是浙江儿童文学新一代具有代表性的青年学者。近年来，她在学术研究和批评领域持续深耕，在国内重要出版机构、学术刊物和媒体频频发声，佳构迭出。出版有论著《思想的旅程——当代英语儿童文学理论观察与思考》《童年的文化影像》《幼年的诗学——幼儿文学的艺术世界》《童年精神与文化救赎：当代童年文化消费现象的审美研究》，以及与方卫平合著的《儿童文学的中国想象》。

其专著《童年精神与文化救赎：当代童年文化消费现象的审美研究》，由中国社会科学出版社出版于2017年推出。该著在作者博士论文基础上修改而成，是2014年浙江省哲学社会科学规划课题成果，获2016年度浙江省省级社会科学著作出版资金全额重点资助，列入"当代浙江学术文库"。全书凡30万余字，分为：绪言《童年及其文化：消费时代的审美镜像》、第一章《作为文化符号的童年：前消费社会的童年文化建构》、第二章《作为资本符号的童年：消费社会与童年文化的经济》、第三章《从文化诗学到商品美学：童年精神的消费》、第四章《从游戏精神到精神：童年体验的消费》、第五章《从身体意识到身体景观：童年身体的消费》、第六章《童年之死与文明之殇：消费社会的童年文化危机》和第七章《童年的未来：关于消费时代童年文化命运的思考》。这是一部从审美视角对疾速扩展中的当代童年文化消费现实展开的一次综合考察探究著作。作者梳理了现代童年文化的审美源流与内涵，考察了这一审美文化与消费经济的结合过程，并从三个层面展开关于当下童年文化消费现实与具体案例的研究，揭示和分析了造成当代童年文化消费问题的深层机制以及这一机制所指向的文化问题。全书秉持理论与实践相结合的原则，从审美研究的主视角对当代童年文化消费中的若干重要现象展开理性的描述、论说与探讨，铺陈其状况，分析其问题，进而提出了关于消费时代童年文化发展方向的观察与建议。本书的出版，是我省儿童文化的重要收获。

除了学术研究和批评，赵霞还从事散文创作，出版有散文集《我的湖》。这是一本很特别的散文集，所有作品围绕"我的湖"——故乡白马湖——而展开，有亲情、友情、乡情，有泪光、笑靥、梦想，有叮咛、斥责、抚慰，有单纯、素朴、丰厚，有顽皮、野性、无穷无尽的挥霍，有难以忘怀的童年情结，有对逝去岁月的无限追思，有深深的怅然、愧疚和感恩，有由近及远的文化反思和探究。既是一本怀想童年之书，又是一本观照当下之书。这本散文集展示了年青学者赵霞创作方面的禀赋。

四

中国寓言文学研究会第八次全国代表大会召开，会议期间，与会代表就《1917—2017百年浙江寓言精选》一书进行了专题研讨。

以"百年"为时间跨度的寓言精选,此前国内从未有过;而以一省之力启动百年寓言精选工程,别无他选,唯有浙江。这说明,浙江在中国寓言文学格局中占有非比寻常的特殊地位。

本书由中国寓言文学研究会副会长周冰冰主编,收入67位作者的230余篇作品。本书收入的作者,分为三类:一是出生、工作于浙江的,二是浙江人在外省工作的,三是外省人在浙江工作的。本书入选作者,最早的生于1881年,最晚的生于2001年。入选的作品,上限为1918年,下限为2017年。百年浙江寓言,皇皇巨制。

在中国,浙江寓言是一个特殊的存在。正如周冰冰在本书后记中所言:"追踪溯源,中国现代寓言的根脉源自浙江。茅盾先生于1917年整理出版了《中国寓言初编》一书,使中国学术界对寓言文体的称谓取得了统一,也是现代寓言获得独立文体地位的标志。""全书的编辑过程,是一个重新梳理和认识浙江寓言作家群及其历史地位的过程。作品中鲜明的时代烙印和批判精神,浓郁的地域特色,若智慧的清风扑面而来。以鲁迅、茅盾、冯雪峰、艾青等现代文学大师为旗帜,以金江、金近、叶永烈、彭文席、孙建江等为引领的浙江寓言作家群,无论是作者数量还是作品质量,均为全国榜首,这个群像构成了一幅鲜活的浙江寓言文学版图,何其壮哉!本书首次将浙江现当代寓言作家的作品结集出版,也是浙江寓言作家群的集体亮相。"

中国寓言文学研究会第七届会长凡夫认为,浙江寓言是中国寓言的高峰。"中国寓言文学既有高原,也有高峰。北京、江苏、湖南、湖北、安徽、两广等地区应该是中国寓言高原的代表;而处于高原之巅的浙江,则无疑是当今中国寓言的高峰。""浙江是一个文学大省。就其文学实力而言,小说、散文、诗歌,在全国都有一定的地位,可称高原;而浙江的寓言文学,在全国出类拔萃、独领风骚,是当之无愧的高峰。我们说浙江省是全国寓言文学的高峰,不仅是因为浙江寓言作家的数量多,实力强,塔基雄厚,有温州、台州等寓言作家群,更重要的是浙江拥有高踞全国寓言文学之巅的代表性作家。1949年前有鲁迅,他不仅是浙江而且是中国现代寓言的奠基人和开拓者。1949年前后有冯雪峰,他是新旧交替时期中国寓言的代表性作家,在现当代寓言文学的发展中,起到了承前启后的重要作用。1949年后,浙江出现了新中国寓言的开篇人金江。他和湖北的黄瑞云双峰并峙,成为当代最有影响力的寓言大家。除了这几位堪称巨匠的寓言大家外,浙江还拥有一大批优秀的寓言作家……他们不仅是浙江寓言文学的筋骨,而且也是全国寓言文学的中坚。一个省拥有这么多寓言大家和名家,足以让浙江自豪,叫兄弟省市羡慕。浙江省不仅有第一流的寓言作家,而且有第一流的寓言作品。这些作品堪称经典,可以传世,具有恒久的生命力,能够经得起时间的检验和筛选。"

"浙江不仅是一座寓言作者和寓言作品的高峰,而且,它还是一座文学精神和文学理想的高峰。浙江对于中国寓言文学的贡献,不仅是层出不穷的一流作者和一流作品,更值得珍视和弘扬的,是浙江寓言作家所追求的文学精神和文学理想。浙江人的开拓创新精神在全国是闻名的。浙江寓言能够高踞全国寓言之巅,这跟浙江作家的开拓创新精神密不可分。翻开中国寓言文学史,浙江在很多方面都走在了前面,创造了许多全国第一。"凡夫最后说:"本书是现当代浙江寓言的精选集,通过这些作品,我们可以充分地领略到浙江这一寓言高峰的风采,体验'一览众山小'的况味。我们还可以从这些作品中,汲取文学的力量和精神的营养,'见贤思齐',一步一步,接近高峰,走向高峰。"作为中国寓言文学研究会第七届会长和著名寓言作家，凡夫的评介应该说是实事求是和中肯的。

可以说，浙江寓言文学的高度，代表了中国寓言文学的高度。为浙江寓言文学骄傲。

2017 年浙江儿童文学创作和理论要目

一、作品单行本与论著
创作部分：

王　路　《那年夏天开始的梦》（长篇小说）　浙江少年儿童出版社 2017 年 4 月版

　　　　《沙漠大作战》（长篇小说）　浙江少年儿童出版社 2017 年 6 月版

谢　华　《快乐的老提》（系列故事，2 册）　山东教育出版社 2017 年 2 月版

小河丁丁　《唢呐王》（长篇小说）　江苏凤凰少年儿童出版社 2017 年 1 月版

　　　　《蓝琉璃城堡》（小说集）　浙江少年儿童出版社 2017 年 4 月版

冰　波　《啊呜啊呜老虎》（绘本）　浙江科学技术出版社 2017 年 9 月版

　　　　《到北京过年》（绘本）　浙江摄影出版社 2017 年 12 月版

　　　　《月光下的肚肚狼》（童话·纪念珍藏版）　新蕾出版社 2017 年 3 月版

　　　　《冰波智慧童话》　浙江少年儿童出版社 2017 年 4 月版

赵海虹　《云上的日子》（小说集）　浙江少年儿童出版社 2017 年 4 月版

毛芦芦　《采春，采春》（小说集）　浙江少年儿童出版社 2017 年 4 月版

　　　　《远山有天使》（长篇小说）　广西师范大学出版社 2017 年 3 月版

　　　　《微小的春天》（散文集）　江苏少年儿童出版社 2017 年 3 月版

常　立　《很久很久以后》（童话集）　浙江少年儿童出版社 2017 年 4 月版

孙玉虎　《那只打呼噜的狮子》（图画书）　天天出版社 2017 年 3 月版

　　　　《其实我是一条鱼》（图画书）　中国大地出版社 2017 年 9 月版

	《遇见空空如也》（桥梁书） 连环画出版社 2017 年 10 月版
汤　汤	《南霞村精灵故事》（童话集） 浙江少年儿童出版社 2017 年 4 月版
	《美人树》（中篇童话） 浙江少年儿童出版社 2017 年 11 月版
	《愤怒小龙》（中篇童话） 浙江少年儿童出版社 2017 年 11 月版
	《雪精来过》（中篇童话） 浙江少年儿童出版社 2017 年 11 月版
	《小绿的樱桃》（中篇童话） 浙江少年儿童出版社 2017 年 11 月版
吴新星	《玉簟寒》（小说集） 浙江少年儿童出版社 2017 年 4 月版
吴洲星	《仇红的春天》（长篇小说） 浙江少年儿童出版社 2017 年 4 月版
	《白薇之夏》（长篇小说） 中国少年儿童出版社 2017 年 8 月版
	《香樟街》（长篇小说） 中国少年儿童出版社 2017 年 8 月版
孙　昱	《暮色中的小矮人》（童话集） 浙江少年儿童出版社 2017 年 4 月版
金　旸	《千万不要学魔法》（童话集） 浙江少年儿童出版社 2017 年 4 月版
陈巧莉	《姐弟坡》（散文集） 浙江少年儿童出版社 2017 年 4 月版
方格子	《双溪岸边》（长篇小说） 安徽少年儿童出版社 2017 年 6 月版
巩春林	《一加一等于三》（作品集） 吴越电子音像出版社 2017 年 4 月版
赵　霞	《我的湖》（散文集） 安徽少年儿童出版社 2017 年 3 月版
徐海蛟	《孩子的世界你不懂》（长篇小说） 宁波出版社 2017 年 4 月版
桑妮・温迪	《猫咪事务所》（系列童话，6—10 册） 新疆青少年出版社 2017 年 5 月版
张一成	《住在山里的松鼠》（童话集） 黑龙江美术出版社 2017 年 1 月版
洪善新　张鹤鸣	《老狼的圈套》（寓言集） 黑龙江美术出版社 2017 年 1 月版
张鹤鸣	《拯救火柴女》（寓言集） 江西美术出版社 2017 年 4 月版
郑志刚	《脚印》（作品集） 团结出版社 2017 年 5 月版
叶　萍	《湖神三部曲》（长篇童话，3 册） 广东人民出版社 2017 年 8 月版
谢丙其	《小豆子彩书坊》（注音童话，3 册） 吉林美术出版社 2017 年 1 月版
郁旭峰	《雨点儿写字》（童诗绘本） 黑龙江少年儿童出版社 2017 年 6 月版
陈田田	《时光请别叫我念》（长篇小说） 现代儿童出版社 2017 年 6 月版

理论部分：

吴其南　《走向儿童文学的新观念》（论文集）　青岛出版社2017年5月版
　　　　《成长的身体维度——当代少儿文学的身体叙事》（专著）　复旦大学出版社2017年7月版

方卫平　《思想的跋涉》（论文集）　青岛出版社2017年5月版

方卫平　赵　霞　《儿童文学的中国想象》（专著）　安徽少年儿童出版社2017年12月版

赵　霞　《童年精神与文化救赎：当代童年文化消费现象的审美研究》（专著）　中国社会科学出版社2017年4月版

孙建江　《童年镜像》（论文集）　青岛出版社2017年4月版

其他部分：

方卫平　《2016中国年度儿童文学》（主编，合作）　漓江出版社2017年1月版
　　　　《2016中国年度童话》（主编，合作）　漓江出版社2017年1月版
　　　　《浅语的艺术》（主编）　福建少年儿童出版社2017年1月版
　　　　《儿童文学的艺术高地：2015儿童文学论文选》（选编）　长江少年儿童出版社2017年4月版
　　　　《生活在童话中》（主编）　广西师范大学出版社2017年4月版
　　　　《方卫平精选儿童文学读本》（选评，3册）　明天出版社2017年5月版
　　　　《方卫平精选少年文学读本》（选评，3册）　明天出版社2017年5月版
　　　　《最佳中国儿童文学读本》（选评）　明天出版社2017年5月版
　　　　《最佳中国少年文学读本》（选评）　明天出版社2017年5月版
　　　　《中国儿童文学名家读本》（主编，5册）　明天出版社2017年5月版
　　　　《中国儿童文学名家论集》（主编，10册）　青岛出版社2017年5月版
　　　　《2016年浙江儿童文学作品精选》（主编，合作）　浙江少年儿童出版社2017年12月版

周冰冰　《1917—2017百年浙江寓言精选》（主编）　浙江少年儿童出版社

2017年11月版

李爱眉 《东城拾趣》（主编） 中国电影出版社2017年6月版

孙建江 《2016年中国儿童文学精选》（主编，合作） 长江文艺出版社2017年1月版

《2016年中国幼儿文学精选》（主编） 新世纪出版社2017年3月版

《2016年浙江儿童文学作品精选》（主编，合作） 浙江少年儿童出版社2017年12月版

补遗：

荣　荣 《难童求学记》（长篇纪实文学） 浙江少年儿童出版社2016年10月版

汤　汤 《水妖喀喀莎》（中篇童话） 浙江少年儿童出版社2016年12月版

《再见，树耳》（中篇童话） 浙江少年儿童出版社2016年12月版

毛芦芦 《很蓝很蓝的李子》（散文集） 湖南少年儿童出版社2016年12月版

《姐姐的背篓》（长篇小说） 湖南少年儿童出版社2016年12月版

《黄梅天的太阳》（长篇小说） 湖南少年儿童出版社2016年12月版

《风铃儿的玉米地》（长篇小说） 湖南少年儿童出版社2016年12月版

《幸福雨》（散文集） 湖南少年儿童出版社2016年12月版

《期待一朵金蔷薇》（散文集） 湖南少年儿童出版社2016年12月版

《哦，香雪》（散文集） 湖南少年儿童出版社2016年12月版

赵　霞 《幼年的诗学——幼儿文学的艺术世界》（论文集） 明天出版社2016年10月版

方卫平 《童年美学：观察与思考》（论文集） 海燕出版社2016年12月版

二、单篇作品与论文

创作部分

童话

彭文席 《小马过河》 《语文·二年级下》人民教育出版社2017年12月版

倪树根 《笋芽儿》 《语文·二年级下》人民教育出版社 2017 年 12 月版
冰　波 《企鹅寄冰》 《语文·二年级上》人民教育出版社 2017 年 7 月版
　　　《大象的耳朵》 《语文·二年级下》人民教育出版社 2017 年 12 月版
　　　《好天气和坏天气》 《语文·二年级下》人民教育出版社 2017 年 12 月版
夏辇生 《项链》 《语文·一年级上》人民教育出版社 2016 年 7 月版
　　　《四个太阳》 《语文·一年级下》人民教育出版社 2016 年 12 月版
汤　汤 《念念不忘》 《儿童文学·经典》2017 年第 4 期
　　　《大马梦里来》 《儿童文学·经典》2017 年第 5—7 期
　　　《幻野故事簿之眼泪鱼》 《十月·少年文学》2017 年第 5 期
　　　《幻野故事簿之空空空》 《人民文学》2017 年第 6 期
　　　《月野姐弟》 《十月·少年文学》2017 年第 10 期
小河丁丁 《穿越彩虹》 《十月·少年文学》2017 年第 1 期
　　　　《猎狗的嘱托》 《读友》2017 年第 5 期
　　　　《一碗莲》 《儿童时代》2017 年第 19 期
　　　　《我要春游》 《少年文艺》（上海）2017 年第 5 期
边凌涵 《树屋里的小怪兽》 《少年文艺》（上海）2017 年第 9 期
张一成 《爱撒谎的妈妈》 《优秀童话世界》2017 年第 2 期
　　　《爱放臭屁的黄鼠狼》 《故事大王》2017 年第 6 期
　　　《打错算盘的小丑鱼》 《聪明泉（高年级版）》2017 年第 12 期
陈巧莉 《老柳树精的长头发》 《山海经·少年版》2017 年第 11 期
　　　《别听信老鹰的话》等 3 篇 《小学生之友》2017 年第 6 期、上半年增刊
　　　《与虫为伍的叶子》等 2 篇 《小学生世界》2017 年第 9、11 期
张　彦 《捡来的话》 《语文报》（二年级）2017 年第 8 期

小说

小河丁丁 《悄悄喜欢你》 《少年文艺》（南京）2017 年第 1 期

　　　　《情感秤课》　《少年文艺》（南京）2017年第6期

　　　　《理发师的朋友》　《少年文艺》（南京）2017年第10期

　　　　《赖司令》　《少年文艺》（上海）2017年第1期

　　　　《赏月别吃胡萝卜》　《少年文艺》（上海）2017年第7期

　　　　《绝配》　《少年文艺》（南京）2017年第4期

　　　　《买卖泪水的老头儿》　《少年文艺》（南京）2017年第5期

　　　　《夜山圩》　《少年文艺》（南京）2017年第7期

　　　　《陶罐》　《少年文艺》（南京）2017年第9期

　　　　《提花被套》　《少年文艺》（南京）2017年第11期

　　　　《小邮递员》　《少年文艺》（南京）2017年第12期

　　　　《想做神枪手的日子》　《2016年中国儿童文学精选》（孙建江、张洁主编）长江文艺出版社2017年1月版

　　　　《正月十六抬猫崽》　《2016中国年度童话》（高洪波、方卫平主编）漓江出版社2017年1月版

孙玉虎　《接曹雪芹回家》　《儿童文学·经典》2017年第4期

吴新星　《杨柳青青》　《儿童文学·经典》2017年第1、2期

　　　　《心结》　《儿童文学·经典》2017年第4期

　　　　《满庭芳》　《儿童文学·经典》2017年第6期

　　　　《童年的紫云英》　《十月·少年文学》2017年第4期

吴洲星　《暮春时节》　《儿童文学·经典》2017年第4期

　　　　《蝴蝶扣》　《少年文艺》（上海）2017年第5期

　　　　《弄堂里的梅朵》　《十月·少年文学》2017年第4、5期

　　　　《一头野猪》　《儿童文学选刊》2017年第1期

　　　　《遇见胖》　《儿童文学选刊》2017年第11期

孙　昱　《奇兽与诗人》　《儿童文学·经典》2017年第4期

杨　邪　《十四岁出门夜行》　《十月·少年文学》2017年第5期

赵海虹　《南岛的星空》　《科幻世界》2017年第5期

毛芦芦　《我的小丫鬟家金》　《读友》2017年第9期

幼儿文学

梁临芳 《放鞭炮》等2首（儿歌） 《看图说话》2017年第3、10期

《小种子》等2首（儿歌） 《娃娃画报》（上半月刊）2017年第3、9期

《圆月亮》等3首（儿歌） 《婴儿画报》（0—4岁）2017年第9、13、23期

《打电话》等4首（儿歌） 《东方宝宝》2017年第1、2、3、9期

《春姑娘来了》等4首（儿歌） 《小青蛙报》2017年1月B、2月C、4月A、7月B

《老鼠吃猫》等2首（儿歌） 《上海托幼》（亲子生活2—6岁）A2017年5月号、7—8月号

《祖国盼我快长大》等19首（儿歌） 《提前读写报》2017年1月寒假合订本、2月14日、2月18日、3月20日、4月3日、4月10日、4月24日、5月15日、5月22日、5月29日、6月5日、8月21日、8月28日、9月18日、9月25日、10月2日、10月9日、10月16日、11月13日

陈巧莉 《苦瓜》等3首（儿歌） 《红树林》2017年第5期

刘　滢 《戴眼镜的魔鬼》 《少年文艺》（南京）2017年第7期

《女英雄耳妮》 《少年文艺》（南京）2017年第12期

《让医生修一修》等5篇 《小青蛙报》2017年6月号、9月号

诗歌

小河丁丁 《春姑娘会不会满意呢》 《少年文艺·开心阅读与作文》2017年第12期

杨笛野 《我只可想象》（组诗） 《十月·少年文学》2017年第1期

韦　苇 《牙疼专家》（外一首） 《十月·少年文学》2017年第10期

寓言

张鹤鸣 《找真理》等16篇 《中国当代寓言20家》（凡夫主编）团结出版社2017年3月版

	《圈套》等5篇 《1917—2017百年浙江寓言精选》（周冰冰主编）浙江少年儿童出版社2017年11月版
	《家鼠和田鼠》等4篇 《中国当代劝喻寓言精品》（薛贤荣主编）福建少年儿童出版社2017年5月版
	《万寿买寿》等2篇 《中国当代哲理寓言精品》（凡夫主编）福建少年儿童出版社2017年3月版
洪善新	《"兔崽子"和藏羚羊》等2篇 《1917—2017百年浙江寓言精选》（周冰冰主编）浙江少年儿童出版社2017年11月版
	《义犬》等3篇 《中国当代劝喻寓言精品》（薛贤荣主编）福建少年儿童出版社2017年5月版
	《想自杀的小蚂蚁》 《中国当代哲理寓言精品》（凡夫主编）福建少年儿童出版社2017年3月版
梁临芳	《黑熊挖井》等3篇 《中国当代劝喻寓言精品》（薛贤荣主编）福建少年儿童出版社2017年5月版
陈巧莉	《老房子的话》等3篇 《1917—2017百年浙江寓言精选》（周冰冰主编）浙江少年儿童出版社2017年11月版
	《大鱼和小鱼》 《中国当代哲理寓言精品》（凡夫主编）福建少年儿童出版社2017年3月版
孙建江	《山和雾》等2篇 《中国当代哲理寓言精品》（凡夫主编）福建少年儿童出版社2017年3月版
	《回声》等7篇 《中国当代劝喻寓言精品》（薛贤荣主编）福建少年儿童出版社2017年5月版
	《沙粒和水珠》等15篇 《中国当代寓言20家》（凡夫主编）团结出版社2017年3月版
	《公鸡学叫》等15篇 《1917—2017百年浙江寓言精选》（周冰冰主编）浙江少年儿童出版社2017年11月版
	《稻子与稗子》等35篇 《中国当代十家寓言选》（林春蕙选编）福建少年儿童出版社2017年12月版

故事

张　彦　《手影戏》　《语文·二年级下》人民教育出版社2017年12月版
　　　　《大隐》等3篇　《民间传奇故事》(上) 2017年第1、7、12期
　　　　《捡来的话》(童话)　《语文报》(二年级) 2017年第8期
陈巧莉　《满山的春天》　《儿童文学·故事》2017年第11期
孙玉虎　《很高很高的男孩》等2篇　《作文世界》2017年第5、6期

散文

屠再华　《端午粽》　《语文·一年级下》人民教育出版社2016年12月版
小河丁丁　《鱼精》　《儿童时代》2017年第4期
　　　　《大力神》　《文汇报》2017年1月21日
　　　　《一群巨石》　《文汇报》2017年2月26日
　　　　《月亮的秘密》　《文学报》2017年3月30日
　　　　《语言的迷茫——梦中的江南烟雨》　《文艺报》2017年9月8日
吴新星　《童年的灶头》　《儿童文学·经典》2017年第3期
赵　霞　《小昌呆子》　《文学少年》2017年第4期
　　　　《乡村人物素描(三则)》　《文学港》2017年第5期
　　　　《糕老虎》　《文汇报》2017年1月27日
　　　　《吃水的事》　《文汇报》2017年3月30日
　　　　《了不起的大舅》　《文汇报》2017年7月15日
孙玉虎　《给我惊喜最多的一个作家》　《儿童文学选刊》2017年第4期
毛芦芦　《阳台上的花司令》等3篇《读友》2017年第4期
　　　　《我们仨的桑坞》　《十月·少年文学》2017年第6期
　　　　《善美的传递者——2017年浙商温暖者徐力和美通集团》　《浙江日报》2017年8月3日
孙建江　《境界》　《儿童文学选刊》2017年第9期
　　　　《早安，彼岸的朋友》　《2016年中国儿童文学精选》(孙建江、张洁主编) 长江文艺出版社2017年1月版
　　　　《多年以后》　《儿童文学家》(台北) 2017年1月春季刊

《长者任溶溶》 《文学报》2017 年 7 月 20 日
《我想请你用快乐的心情快快乐乐看世界》 《我去过的地方》
(任溶溶著) 浙江少年儿童出版社 2017 年 5 月版

翻译

徐　洁　《危险评估》(短篇小说)　《十月·少年文学》2017 年第 11 期
　　　　《玛琪的夏天》(短篇小说)　《十月·少年文学》2017 年第 12 期
赵海虹　"Windhorse" in *Lady Churchill's Rosebud Wristlet* 36#（2017，09）
　　　　탈피（《蜕》），*Mirror*，2017.10.31

理论部分

赵海虹　《存在之锚——文学、科幻与我》　《文学 2017 春夏卷》(陈思
　　　　和、王德威主编) 上海文艺出版社 2017 年 8 月版
孙玉虎　《被神祝福，也被人祝福——简评三三〈夏至之夜〉》 《儿童文
　　　　学·经典》2017 年第 11 期
　　　　《故事才刚刚上路——简评汤汤〈幻野故事簿之眼泪鱼〉》 《十
　　　　月·少年文学》2017 年第 5 期
　　　　《归来仍是少年——简评迟子建〈鹅毛大雪〉》 《十月·少年文
　　　　学》2017 年第 6 期
　　　　《奇域，奇域，何"奇"之有？》 《十月·少年文学》2017 年第 11 期
　　　　《今夜过后，请忘记你是人类——简评图画书〈慢悠悠，快点
　　　　呀！〉》 《萌》2017 年第 8 期
　　　　《吹响"热闹派"图画书的集结号》 《文学报》2017 年 4 月 27 日
龚小萍　《简谈"融"时代下传统出版业的发展策略》 《中国出版传媒商
　　　　报》2017 年 9 月 15 日
吴　遐　《红色岁月里真实高尚的人性之光——短篇小说〈母子〉赏析》
　　　　《十月·少年文学》2017 年第 12 期
　　　　《用写故事来反抗孤独》 《香樟街》(吴洲星著) 中国少年儿童
　　　　出版社 2017 年 8 月版
王　路　王宜清　《探寻儿童文学可能的深度和广度》 中国作家网 2017 年

9月8日

钱淑英　《童年视角中的民间传奇——读小河丁丁新作〈唢呐王〉》　《中国出版传媒商报》2017年3月3日

《静静等待，阅读的种子会开花》　《萌》2017年第2期

《用〈一只猫的功夫〉，说一说冯与蓝的童话》　《中华读书报》2017年3月8日

《写给孩子们的〈中国故事〉》　《文学报》2017年7月6日

方卫平　《〈狮子崖〉：不只是历史的温习》　《中华读书报》2017年1月4日

《走不出的故乡》　《爷爷的故乡》（爱薇著）福建少年儿童出版社2017年1月版

《如何"点燃一把火"》　《萌》2017年第1期

《童年的花儿一朵朵开》等6篇　《中国新闻出版广电报》2017年2月24日、3月23日、5月12日、7月21日、10月27日、12月29日

《用诗性分辨"传统"的美与丑》　《光明日报》2017年4月19日

《一本书的光芒》等2篇　《家庭教育》2017年4月B、A（上半月刊）

《"我说出来，就拯救了自己的灵魂"》　《我与新时期儿童文学》（周晓著）安徽少年儿童出版社2017年4月版

《从读什么到怎么读——关于少年儿童阅读的思考》　《浙江教育报》2017年4月24日

《生活如何成了童话》　《作文世界》2017年第4期

《"回望"的高度》　《静悄悄的课程建设——周益民语文课谱》华东师范大学出版社2017年5月版

《为自然和童年而歌》　《吉林文评2016》时代文艺出版社2017年5月版

《金波：为读者讲述母亲和孩子之间的爱和分离》　《中国出版传媒商报》2017年6月6日

《一种童诗写作的境界》　《我的童年在长大——林焕彰童诗百首》（林焕彰著）浙江少年儿童出版社2017年7月版

《序》 《快乐的老提》（谢华著）山东教育出版社2017年7月版

《坚持文学"批评"的初心和本义》 《文艺报》2017年7月19日

《从全国儿童文学评奖 看儿童文学原创变化》 《人民日报（海外版）》2017年8月9日

《什么是好的童年书写》 《什么是好的童年书写》（高洪波主编）湖南少年儿童出版社2017年8月版

《探寻儿童文学的艺术新境 第十届全国优秀儿童文学奖评述》《文艺报》2017年9月22日

《原创图画书如何成为经典》 《中国出版传媒商报》2017年9月29日

《红楼实践：批评与创作的良性互动》 《文学报》2017年11月2日

赵 霞 《为了童年的理想国——读汤素兰中篇童话〈天上掉下个老奶奶〉》《十月·少年文学》2017年第4期

《乡土的伦理——论王勇英的儿童小说及其现代性书写》 《南方文坛》2017年第3期

《"童心说"与浪漫主义童年美学的中国传统》 《浙江师范大学学报》2017年第1期

《2016年儿童文学：走向国际，走向文化与现实的生活真相》《文艺报》2017年1月9日

《得其余情，从乎本心——论刘绪源的学术研究》 《文学报》2017年2月26日

《〈岛上书店〉：那些拯救我们的孩子》 《文艺报》2017年3月10日

《日常生活的幽默奇想——读刘海栖童话〈绿头发先生行医记〉》《中国图书评论》2017年第6期

《陆梅〈像蝴蝶一样自由〉：像自由一样的字眼》 《文艺报》2017年7月19日

《"典型"形象及其叙事》 《文艺报》2017年8月9日

《让童话的河再流过——读〈捡到一个童话〉》 《儿童文学·经典》2017年第9期

《每个人都是挖呀挖的孩子》 《文汇报》2017年11月8日

《消费时代与童年文化的经济——论现代童年审美文化的资本化进程》 《文化与诗学》生活·读书·新知三联书店2017年11月版

《刘绪源〈美与幼童——从婴幼儿看审美发生〉（增订版）："美"是人的名字》 《文艺报》2017年12月6日

《2017中国儿童文学关键词》 《文艺报》2017年12月13日

孙建江 《吴然的文体意识》 《边疆文学·文艺评论》2017年第1期

《〈沐阳上学记〉的写作难度》 《文学报》2017年3月9日

《浙江儿童文学作家群：人文关怀与童年意识》 《中华读书报》2017年4月19日

《中青年儿童文学作家群的地域呈现》 《儿童文学家》（台北）2017年1月春季刊

《任老的散文》 《中国新闻出版广电报》2017年6月2日特刊

《记忆·创作——关于林焕彰》 《我的童年在长大——林焕彰童诗一百首》（林焕彰著）浙江少年儿童出版社2017年7月版

《油纸伞的轻与重》 《文学报》2017年9月28日

《油纸伞下的童年与离乱》 《中华读书报》2017年10月11日

《中国儿童文学出版持续发展及成因探析》 《浙江文艺评论丛书·文学与民间文艺评论集》浙江人民出版社2017年8月版

《出版产业链中的儿童文学》 《什么是好的童年书写》（高洪波主编）湖南少年儿童出版社2017年8月版

多语种翻译与研究传统的承袭与发扬
——2017年浙江外国文学译介与研究述评

|杨海英|天　竹|

浙江有着深厚的外国文学多语种翻译和研究的传统，从1873年由浙江译者"蠡勺居士"（蒋其章）翻译的我国第一部翻译小说《昕夕闲谈》面世起，在杭州合作以"林译小说"而闻名并首译美国名著《黑奴吁天录》的林纾和魏易，首译英国文学名著《鲁滨逊漂流记》的杭州译者沈祖芬，首译莱蒙托夫、契诃夫、高尔基等重要俄罗斯作家作品的浙江译者吴梼，首译德文诗集《德诗汉译》的浙江译者应时（溥泉）——他们共同为我国开启了世界文学之窗。鲁迅、徐志摩、茅盾、戴望舒、朱生豪、夏衍等名家紧随其后，在翻译文学史上留下了多彩的光芒。当代浙江外国文学翻译者和研究者在这片沃土上，更是发挥多语种译介和传播的优势，在英语、俄语、法语、拉丁语等领域都形成了享誉国内学界的顶尖专家队伍，使浙江外国文学翻译研究的优秀传统和积淀得到进一步传承发扬，使"他者"与"我"之间的对话更加丰富精彩。

一

即将迈入九十高龄的飞白先生一直以多语种翻译的才能在波澜壮阔的诗歌海洋中漫游探索。他把英、法、西、俄、德等十多种外文的诗歌译成中文,也将中文诗歌译成外文,这种具有从十余种原文译诗的能力,不仅为浙江外国文学学界奠定了"汇集百川"的多语种翻译研究传统,树立了良好的榜样,而且也是中国诗歌译坛独树一帜的标杆。

2017年,飞白在《诗刊》7月号发表了一组《比利·科林斯诗选》。比利·科林斯(Billy Collins)曾两度当选美国桂冠诗人,其诗风清澈平易且带幽默,内涵深沉而引人深思。《诗刊》社在《国际诗坛》栏目对他作重点介绍,特约飞白译诗。这组诗歌译作充分体现了飞白丰富的译诗经验和诗歌素养,译文清晰、生动,富有审美情趣。正是这篇译作,使飞白获得了中国作协诗刊社"2017年度陈子昂诗歌奖年度翻译家奖"。其实,飞白获得任何一项翻译奖项都是实至名归,他的名字、他的译作为奖项增光添彩。飞白迄今仍倾情于外国诗歌翻译研究,无疑是浙江外国文学译者群体精神上的领航者。

飞白在长期翻译实践中形成了独具风格的翻译思想,在译界产生了重要影响。郭建中在《中国翻译》上发表的论文《飞白"风格译"翻译思想探索》即从译者角度解读飞白"风格译"的翻译思想内涵,并指出"风格译"思想对文学翻译实践的应用价值及其对文学翻译理论建设的意义。两位翻译家相遇相知,尤为可贵。这篇文章也得到了飞白的认可,飞白在给郭建中的回信中肯定了此文才是"literally(真正地)第一篇出自翻译学理论家的专业评论"。

陈才宇多年来在译坛精耕细作,不局限于传统译本,追求精益求精,呈现给广大读者最完整、最优质的译文。2017年,陈才宇出版的两种译著,虽是旧译新版,但译文更优美、更具可读性。译著《莎士比亚十四行诗集》是继浙江工商大学出版社版《莎士比亚全集》面世以来首次以单行本印行的莎士比亚十四行诗集，被收在《双语译林·壹力文库》中。陈才宇翻译的十四行诗，具有"韵式严整、辞采优美、行文流畅"的特点。单行本的出版，意味着读者的接受与认可。陈才宇另一本由天津出版传媒集团出版的《亚瑟王之死》是节译本，原译本《亚瑟王之死》中有关圆桌骑士的描写稍嫌拖泥带水，节译本情节更集中，可读性更强。付梓前，为适应更广大的文学爱好者阅读，译者对部分译文略有修订，起到了经典普及作用。

  郭国良的高产是一种常态，每年都有多种译著出版。他翻译的《儿童法案》（［英］伊恩·麦克尤恩著）是麦克尤恩继《在切瑟尔海滩上》之后，又一部攀越写作生涯巅峰的作品。《儿童法案》展现了文明社会中道德与法律的困境，直击人性的懦弱、犹疑、自私与偏执。麦克尤恩用诗意的文学语言结合精准的法律术语，向读者展现了一个道德与法律的困境：到底是尊重宗教信仰、尊重个人意志，还是应该坚持生命至上的原则？背负着文明社会的沉重枷锁，人性的天平最终将向哪一边倾斜？该译著荣登"中华读书报 2017 年度十大好书""上海译文出版社十大好书""2017 书香昆明—全国十大好书"之列。

  郭国良和陈礼珍合译《最后一单酒》（［英］格雷厄姆·斯威夫特著），这部 1996 年荣获布克奖的小说，与福克纳的《我弥留之际》有着异曲同工之妙，谈生论死，说从前道现今，是一本为了诠释生命而描绘死亡的书，是一本有关死亡被生命不断打断的书。然而，在斯威夫特讲述的平常人、平常故事下，暗流涌动，携带着亘古以来人类孜孜以求的终极困惑：自我在哪？活着为何？这本书没有高深与玄虚，读来如一部温馨而又伤感、卑微而又庄重的家庭生活剧，细流涓涓，言浅意深。

  加拿大作家扬·马特尔是全球畅销书作家，布克奖得主。郭国良于 2017 年出版的两部译著为中文读者了解马特尔作品，以及为国内学者对马特尔的小说研究提供了有价值的文本。《赫尔辛基罗卡曼迪欧家族背后的真相》是扬·马特尔的精选短篇小说集，四个短篇故事，关乎毁灭与创造，战争与音乐，死亡与人性，回忆与现实。郭国良和高淑贤合译的《标本师的魔幻剧本》是马特尔继风靡全球的《少年派的奇幻漂流》后的又一部力作。马特尔通过动物形象的书写，隐喻人类困境。

王之光的多体裁文学翻译依然成果丰硕，英译汉和汉译英并驾齐驱，均有译著出版。他翻译的名著《小妇人》在市场上广受好评，2017年由长江文艺出版社等多家出版机构出版。长期从事文学和文化翻译教学和实践，使王之光对各种体裁的翻译驾轻就熟，在汉译英方面，《山水相依》（画册）、《贸易畅通·共赴财富通途》和《资金融通·助力经济融合》相继问世。

文敏自20世纪90年代初开始翻译以来，已出版了40多种翻译作品，其中以诺贝尔文学奖得主、南非当代著名作家库切的作品居多，从《等待野蛮人》《男孩》《内陆深处》到《凶年纪事》《铁器时代》《夏日》《耶稣的孩子》，以及2017年的新译本《他和他的人》，可以说文敏的翻译跟随着库切的创作历程，让读者能及时了解到库切的创作思想。《他和他的人》是全球首次结集成册的三篇故事，收录了库切单独发表的、未曾被整理成书的短篇小说：《女人渐老》《老妇人与猫》《他和他的人》，小说探讨了家庭、历史、言语、自我认识等关乎人生和世界的重大概念，体现了库切思想的精华。

沈弘是拉丁语文学研究专家，在中世纪与文艺复兴时期英国文学、目录学与版本研究、中外文化交流等方面都有深入研究，曾发表《弥尔顿的撒旦与英国文学传统》《英国中世纪诗歌选集》《宗教与文学》《农夫皮尔斯》《汉学菁华》《中世纪作家和作品》《中世纪英国：征服与同化》等数十部论著、译著和编著，主持

"古英语研究""中古英语文学研究""外国收藏16—20世纪来华传教士档案整理与研究""外国人眼中的浙江与浙江人"等项目。近年来,沈弘精心编译"遗失在西方的中国史"系列,遍访哈佛、芝加哥、伦敦等地图书馆,搜集了大量国内难得一见的图文资料,整理、编译有关中国的报道和记录,著有《〈伦敦新闻画报〉记录的晚清1842—1873》《〈伦敦新闻画报〉记录的民国1926—1949》等,原貌呈现《伦敦新闻画报》记录的晚清、民国。2017年,沈弘和聂书江编译的20世纪西方极为重要的、享誉中外的中国美术史专家喜仁龙(瑞典)老北京研究的代表作《遗失在西方的中国史:老北京皇城写真全图》(上下册)出版。正如中国社会科学院马勇先生所说,"沈弘教授所做的工作,究其本质,打捞历史碎片,为重构历史记忆添砖加瓦"。的确,沈弘为西方与东方、过去与现在之间的对话架起了一座桥梁。

在俄语文学译介方面,浙江译者的成绩令人瞩目。不仅有吴笛、王永、李莉、周露等一群各具专长的学者,而且近年加盟浙大的周启超为浙江的俄语文学译者群体增添了新的力量。周启超和刘开华翻译的《燃烧的天使》([俄]瓦·勃留索夫著)是俄国象征主义作家勃留索夫久负盛名的历史小说。这是一个情境异常奇特的神话,以16世纪的德国为背景,讲述了一个发生在魔鬼、骑士和多情少女莱娜塔之间的三角爱情故事,折射出俄国19世纪末20世纪初的历史风貌。这里有魔法、关亡术、招魂术,有缠绵悱恻又令人扼腕的爱情,有以考古化的语言风格模拟描绘异域异时的"古风遗习",以此来比兴、折射俄国社会的时代氛围,反映当时"令人放心不下的沸腾的当代生活"。《燃烧的天使》被誉为勃留索夫很好的小说作品,甚至为勃留索夫赢得了与普希金比肩的经典作家的声誉。

周启超和刘开华合译的《南十字星共和国》是俄国象征派中

短篇小说的精华结集，收入索洛古勃、勃留索夫和别雷这三位著名诗人、小说家的19篇作品。索洛古勃在其小说创作中将梦幻、魔幻的层面与现实、自然的层面糅合得水乳交融，将文学的假定性痕迹、虚构性品质深深地掩藏起来，使小说的叙述在一种潜移默化的状态中不动声色地过渡。勃留索夫"写情境的短篇小说"，其关注点集中在事件的"奇特性"上，作者不关心小说中的人物形象是不是独立自主，人物形象随情节而动。别雷在西方被看作20世纪俄国小说家中杰出的天才，他的小说甚至被视为"划时代"的现象。

李莉2017年出版的译著《苔菲回忆录》是"金色俄罗斯丛书"之一，回忆录记载的是俄国白银时代著名幽默女作家苔菲本人于1918至1919年间的一次从北向南的惊险之旅。其中所记旅途见闻不仅真实地反映出处于特定历史时期的俄国风貌，而且充分显示出作为喜剧家的苔菲对人性的洞烛扫描。

二

2017年，浙江省作家协会外国文学委员会、浙江省比较文学与外国文学学会在浙江越秀外国语学院召开"外国文学经典生成与传播暨海外华人文学研究"国际学术研讨会。在交流探讨外国文学经典研究的基础上，新增了海外华人文学研究内容，进一步拓展了我省在外国文学研究领域的批评视角和场域。来自美国、澳大利亚、马来西亚、泰国、哈萨克斯坦等国的国际学者，以及国内学者共160余人参加了研讨会。浙江省作家协会外国文学委员会、浙江省比较文学与外国文学学会为全省的外国文学教育、翻译及研究者提供了交流平台，促进基础语言与翻译、文艺理论和文学之间的结合和发展。与会人员以"欧美经典文学研究"

"经典传播与文学翻译研究""海外华人文学与文学跨文化研究""文学批评与西方文论研究"等为题，进行热烈研讨，展示了我国外国文学研究领域的最新动态。

蒋承勇于2017年在《浙江社会科学》上发表了两篇论文。在《远去的野性与永久的魅力》一文中，蒋承勇从《俄狄浦斯王》《美狄亚》《伊利昂纪》《奥德修纪》等作品一一分析道来，"命运"既可以理解为来自外在自然与社会的神秘力量，也可以理解为文明初期人自身的原始野性。古希腊的神话、史诗和悲剧正是在稚拙、野性甚至蒙昧的人性描写中，留给后世乃至今天的人所无法重复、难以企及的自由与狂放，唤醒了读者沉睡于心底的童心，这是人类童年时期的文学艺术具有永久美感与魅力的重要原因。

《复杂而多义的"颓废"——19世纪西方文学中"颓废"内涵辨析》基于对诸多关于"颓废"内涵之评析的梳理与辨析，对19世纪西方文学中的"颓废"概念做出两点界定：首先，"颓废"指一种独特的美学选择，或者说是古老文明即将从成熟走向衰败之时的一种独特的文学模式；其次，关涉"退化"观念之"颓废"的美学选择，最终在文学创作层面带来了文学风格与文学主题的革新。

祖籍浙江龙游的著名法语文学翻译家许钧自2016年回到浙江，受聘成为浙江大学文科资深教授以来，引领浙江的法国语言文学团队成长发展，不断扩大在国内外的学术影响力。2017年，许钧结合自己多年的翻译经验，发表了《当下翻译研究中值得思考的几个问题》《关于外语学科翻译成果认定的几个问题》《文学翻译研究的拓展与收获》《翻译的定位与翻译价值的把握——关于翻译价值的对谈》《翻译是历史的奇遇——我译法国文学》等翻译理论方面的论文，针对当下翻译研究中存在的困惑与问题，就翻译的本质、翻译的价值、翻译的伦理原则与中国文化"走出去"等问题展开思考,提出翻译研究应该对翻译的本质特征有深刻把握,建立翻译历史观与翻译价值观,同时应该积极回应重大的现实问题。他同时阐述了翻译是一种"创造性叛逆",译者要在"归化"与"异化"的两极中寻找一个平衡的度,在复译中朝理想中的"范本"靠近。

许钧也是诺贝尔文学奖获得者、法国作家勒克莱齐奥的中文译者和研究者,两人在交流过程中结下了深厚的友谊。"每一个好的作者与好的译者相遇,其原著都会在异域产生新的活力,继而延续了作品的生命。"如许钧自己所说,自20世纪80年代以来,他相继校译了勒克莱齐奥的作品《沙漠》《诉讼笔录》《乌拉尼亚》等,使勒克莱齐奥在中国"再生"。因此,他对勒克莱齐奥的创作也有深入研究,2017年,许钧与樊艳梅合写的论文《风景、记忆与身份——勒克莱齐奥笔下的"毛里求斯"》指出,在《寻金者》《隔离》与《革命》等一系列创作中,勒克莱齐奥以"毛里求斯"作为叙事的核心空间,讲述家族成员离开、寻找、回归岛屿的故事。作家将记忆与回忆作为书写岛屿的重要方式,旨在通过记忆与时间的关系隐喻岛屿与原初、身份的关系。

聂珍钊创立的"文学伦理学批评",不仅在国内,而且在美国、英国、日本、韩国、爱沙尼亚等许多国家的学术界都有较大影响,他是这一批评理论的"创始人和奠基人"。2017年,聂珍钊教授加盟浙江大学,为浙江外国文学在理论研究方面的发展注入了强劲力量,扩大了中国在外国文学研究领域的国际影响力。《脑文本和脑概念的形成机制与文学伦理学批评》是聂珍钊目前致力于文学伦理学批评研究的代表作之一。聂珍钊指出,文学伦理学批评认为,所有的文学都有文本。口头文学的本义是一种通过口头流传的文学,在口头表达之前已经存在,它的文本存储在人的大脑里，称之为脑文本。脑文本是存储在人的大脑中的文本，是人类在发明书写符号并以书写方式存储信息之前的文本形式。书写符号出现以后，脑文本仍然存在。与脑文本对应的文本是书写文本和电子文本。所有的脑文本都是由脑概念组成的。脑概念从来源上说可以分为物象概念和抽象概念两类。脑概念是思维的工具，思维是对脑概念的理解和运用，运用脑概念进行思维即可得到思想，思想以脑文本为载体。脑概念组合过程的完成，意味着人的思维过程的结束，思维过程的结束产生思想，形成脑文本。脑文本是决定人的思想和行为的既定程序，不仅交流和传播信息，也决定人的意识、思维、判断、选择、行动、情感。脑文本决定人的生活方式和道德行为，决定人的存在，决定人的本质。什么样的脑文本决定什么样的思想与行为，什么样的脑文本决定什么样的人。

范捷平主编的《主体话语批评》收录了范捷平等专家在外国文学研究、文化人类学研究、哲学研究、语言教学研究等方面的学术论文20余篇。随着中国国际地位的提升，文化交往和理论构建中的主体身份、主体姿态成为热点话题。该书以中国和平崛起时代，在国际文化话语交往实践中凝练和凸显出来的理论和实践问题为导向，以文化主体身份认知和主体话语批评理论角度出发，对文学、哲学、文化学、人类学等诸多现象的具体问题进行了探讨。

殷企平是英国文学研究领域的资深专家，2017年发表了四篇高质量的论文，也是他近年主持国家社科基金重大项目"文化观念流变中的英国文学典籍研究"的重要成果体现。

《从〈曼斯菲尔德庄园〉看奥斯汀的幸福伦理观》认为，意大利学者温赖特博士最近揭示了《曼斯菲尔德庄园》的幸福伦理维度，但是她得出的具体结论却令人困惑——她认为女主人公范妮不配做伦理楷模。事实上，范妮的婚姻选择，恰恰体现了奥斯汀所提倡的幸福伦理观。责任、吃苦、自省和自知之明构成了奥斯汀幸福伦理观的要素，它们体现于《曼斯菲尔德庄园》的整体结构，以及它的故事情节和人物形象。奥斯汀通过小说叙事的形式介入了针对"幸福话语"的文化批评语境，用诗性语言阐发了她的幸福伦理思想。

《作为秩序的文化：伯克对英国文学的影响》指出，教养（manners）这一研究角度为审视伯克文化观与英国文学之间的互动提供了无限可能性：自伯克以降，擅长运用教养题材的英国文学家层出不穷，而且这教养不仅关乎人们的日常言谈举止和礼貌风度，更关乎国家的治理、社会风气的养成，以及社会秩序的维持和演进。鉴于伊格尔顿在讨论上述文化观念内涵时只是捎带地提及少数英国文学作品，我们有理由从较多的英国文学作品入手，进一步探索后者跟伯克文化思想之间互动的轨迹。

《文化即秩序：康拉德海洋故事的寓意》提到，康拉德作品的文化意义远远超出了阿契贝、赛义德和伊格尔顿等人的研究所见。从18世纪以来，英国文坛一直在讨论社会/国家秩序的传统，而康拉德的写作可以看作这一传统的延续，其间不无对秩序话语的改写。如果不着眼于这一传统，就无从深入理解康拉德的文化思想，也无从解读其海洋故事背后的文化语境。从康拉德对"混乱的废铁堆"的拒斥中，我们可以瞥见他对秩序/文化的向往，对"治理"与"合作"的向往，而这在他的《台风》《阴影线》《"水仙号"》中都得到了生动的体现。

《经由维多利亚文学的文化观念流变》强调，欲知晓英国文化观念，须从维多利亚文学入手，否则就无以探寻其成熟轨迹，无以把握其成熟标志，更无以领略其千姿百态。就文化观念的成熟而言，维多利亚时期的文学话语，比其他领域里的话语更举足轻重。可以说，在维多利亚时期，"文化"与"文明"的决裂已经完成，而它就是文化观念成熟的标志。

沈弘从中古英语原文翻译的中世纪英国诗人威廉·兰格伦的诗歌《农夫皮尔斯》是一部经典译著，在中古英语文学作品中占有独特地位。2017年，沈弘教授在《外国文学研究》上发表的论文《〈农夫皮尔斯〉对基督教教义的阐释》则是进一步对这部曾经受到广泛阅读的诗作进行深入解读，阐明了诗人兰格伦通过对圣教夫人、博士、神学大师等一系列讽喻性人物的刻画，对中世纪各种神学思想流派进行了重新审视和批判。沈弘通过原典实证研究，引导读者对中世纪文学有更清晰的了解。

谭惠娟长期从事美国文学及翻译学领域的学术研究，发表了近百万字的美国文学作品翻译，近年在非裔美国和非洲文学研究方面成果显著。《现代主义视野下的T. S.艾略特和拉尔夫·埃利森》从"埃塞俄比亚之风"、文学艺术、文学传统与历史等方面探讨了艾略特和埃利森的现代主义文学观。他们的现代主义思想丰富了主流现代主义文学，在某种程度上反映了现代主义文学创作的真谛，值得学界重视和世人反思。

在《理查德·赖特〈黑小子〉的饥饿书写》一文中，谭惠娟指出，20世纪最具影响力的一位非裔美国作家理查德·赖特在其代表作《黑小子：美国饥饿》中通过自我意识和他者意识，书写了身体饥饿和精神饥饿，并融入了对黑人民族、美国社会乃至人类生存的冷静观察，具有浓厚的批判性和哲理性。通过对大自然的描写，赖特质疑和谴责了种族歧视，表达了美国黑人群体渴望融入美国主流话语、建构自己身份的政治诉求与情感呼声。

潘一禾的《西方文化的"荒芜"与"新西方"的未来——卡尔·波兰尼〈新西方论〉》是从译者视角撰写的关于《新西方论》的书评。潘一禾和刘岩的这部译著自出版以来，在中文世界引起较大关注。书中收录的论文、授课提纲,以及讲稿等"亚文本",有助于读者更细致深入地观察、审视波兰尼的思绪轨迹和灵感曲线。波兰尼在当今世界思想界中具有重要地位,他在作品和思考中直击我们的关注点,他的许多见解和理想不只是"对于一个新西方",更是对于一个未来新人类文明的期望和理想。

潘一禾和牟琳琳撰写的《观念史的审美之维——论伯林对浪漫主义思潮的再阐释》面对浪漫主义纷纭复杂的诸多定义,以赛亚·伯林从观念史背景切入,评价它是西方思想史的"第三次转折"和"发生在西方意识领域里最伟大的一次转折",从长期被当作文艺潮流看待的浪漫主义运动中发掘出跨学科的现代伦理转型价值。

何辉斌致力于中西戏剧的比较研究、西方文论、外国文学研究史和文学认知批评。2017年,他发表了《具身的信任——论洛克特尼茨的〈相信表演:认知视野中的戏剧具身〉》《镜子神经元视野中的文学模仿》《胡适的勃朗宁研究》等多篇论文,还出版了专著《新中国外国戏剧的翻译与研究》。该书系统地考查了中华人民共和国建立以来外国戏剧的翻译与研究,是一部系统研究外国戏剧的翻译与批评的著作。何辉斌在全面统计国人翻译外国戏剧作品和理论著作的数量并进行量化分析的基础上,将外国戏剧学术史分为四个阶段进行研究,并选择了五位最有影响力的外国戏剧家作为个案研究,与宏观的研究相互比照。

周启超不仅在俄语文学翻译上佳作迭出,而且在俄罗斯文学、俄苏文论、现代斯拉夫文论、比较诗学研究上成果显著。2017年,周启超在外国文学权威刊物上发表了多篇论文。

在《俄罗斯形式论学派文论的中国之旅——以"陌生化学说"为中心》一文中,周启超阐述了俄罗斯形式论学派在当代中国的接受过程,梳理了当代中国学界对俄罗斯形式论学派的译介与研究，包括以论文为主的专题研究和以著作为主的俄国形式主义研究，并指出其中一个最为重要的专题研究就是对两个核心概念——"文学性"与"陌生化"的深入探讨；另一个专题研究是"文学史观"的研究。新世纪以降，俄罗斯形式论学派已经被当代中国学界（甚至民间）广泛接受，"陌生化"理论不再陌生。"陌生化"成为当代中国文论界持续研究的主题。

《超越"简化"，摈弃"放大"——关于当代中国的外国文论引介的一点反思与探索》倡导在当代中国的外国文论引介方面，研究者应立足国内文论的当下生态，多方位吸纳，有深度开采，有针对性地反思轴心问题，积极有效地介入当代中国的文论建构，参与当代中国的文化建设。

《"含泪的笑"之"形而上的意蕴"——果戈理的艺术"肖像"剪影》对俄国批评主义作家果戈理"嬉笑怒骂"的艺术风格和作品蕴含的深刻思想进行评价。果戈理的艺术之最大的闪光点，就是他善于对存在的形而下与形而上层面予以双向度呈现，善于对现实生活令人发怵的，被肢解、被分化的过程予以艺术的揭露，善于对完整生命令人震惊的，被碾碎、被窒息的过程予以生动的展示，善于对生存意义之荒诞可怖的，被僵化、被阉割的过程予以形象的叙写。这"含泪的笑"比幽默讽刺要广博得多，它具有形而上的意蕴，能鞭挞庸俗、净化灵魂。正是这葆有形而上意蕴而"含泪的笑"，召唤着一代又一代读者沉潜于果戈理的文学世界。

傅守祥的研究既根植于传统文化，又紧扣时代特色，发掘经典文本在现代语境中的价值。2017年，傅守祥的论文发表依旧保持高产的节奏。《文学经典的大数据分析与文化增殖》针对互联网发展给人们生活带来的影响，指出作为"数字人文"的文学经典的研究和传播离不开"大数据"，文学经典传播必须搭建起人文与科技沟通的桥梁，诠释经典与"活用"经典并举，构建立体型、纵深性的人文谱系，以适应时代变化、接续人文根系。《人类命运共同体的中国智慧与文明自觉》阐释了中国倡导的人类命运共同体意识超越种族、文化、国家与意识形态的界限，为思考人类未来提供了全新的视角，体现了携手同行、造福世界的天下情怀和中国智慧。《流散文学视域中的母族记忆与文化融通——从加拿大华文作家张翎的小说创作谈起》以加拿大华文作家张翎的创作为例，通过分析说明，海外华人文学的跨国生成，以及异国元素在文本中的交融所构成的文化间性，是世界范围内华语流散文学的共同特质。

海外华人文学是对中国文化的承袭和弘扬，也是中国走向世界、世界认识中国的桥梁。朱文斌是海外华文文学领域的专家，目前主持国家社科基金重点项目"中国海外华文文学学术史研究"。2017年，朱文斌和曾心（泰国）主编的《新世纪东南亚华文闪小说精选》收录了东南亚八国43位作家的309篇小说。从作品类型来看，既有写实型的，也有讽刺型的；既有幽默型的，也有寓言型的；从创作主题来看，既有描摹华文式微现状的，也有批判社会不合理现象的；既有剖析情感伦理和阐发人生哲理的，也有反思战争危害和生态环境被破坏的。这些作品，展示了东南亚的社会风情和人生百态，犹如在读者面前展开了一幅椰风蕉雨的南洋风情画。在论文《放逐·乡愁·寻根——论东南亚华文诗歌的三大文化母题》中，朱文斌提到，东南亚华文诗歌在中国性与本土性逐渐融合的过程中，将"放逐""乡愁""寻根"这三大文化母题的历史性与复杂性呈现出来，彰显了其自身的特质和独立自主性。

吴笛在英语文学和俄语文学翻译研究上均有建树。2017年，他发表的论文《菲茨杰拉德〈鲁拜集〉翻译策略探究》从翻译学角度对文学经典《鲁拜集》的传播进行深入考察。英国维多利亚时代的文学翻译成就以菲茨杰拉德的《鲁拜集》英译为代表。数十年来,菲茨杰拉德的英译一直被视为"意译"或"再创作"的典型,绝少顾及他尊崇源语文本的本质特征。此文以文本考证分析为基础,探究菲茨杰拉德为实现源语文本经典再生这一原则而施行的多种独到的翻译策略,认为菲氏《鲁拜集》英译根据文化传承与经典传播的需求博采众长,灵活运用,旨在源语文本的生命得以延续,在"脱胎换骨"之后依然具有被读者认可和接受的旺盛生命力。《普希金〈别尔金小说集〉的文学伦理学批评审视》从文学伦理学批评的视野审视俄国著名作家普希金后期的重要作品《别尔金小说集》。一是审视爱好决斗的主人公西尔维奥在决斗过程中所体现的正直与英勇,以及对生命意义的尊崇;二是审视在这部小说集中具有突出意义的"独生女儿"形象,探究三个来自不同阶层的"独生女儿"因为家庭教育而引发的悲剧事件以及所涉及的伦理教诲等命题。

我国的文化事业和文化强国之路离不开外国文学经典的引入以及中国文化的传播,离不开外国文学研究工作的持续精进。浙江外国文学学术队伍具有多语种翻译和研究的传统积淀和发展优势,翻译语种丰富,研究视野开阔,在英、俄、法、德等多语种的翻译领域有着实力雄厚的队伍,结合我国外国文学研究的整体发展及其对民族文化的贡献,考察经典的译介与传播,发现不同民族文学在审美和应用上的差异,在跨文化跨学科的研究领域呈现百花齐放的成果,逐步建立起富有中国文学批评特色的话语体系,通过梳理、比较、辨析、阐释来探索世界文学的规律和特征,发掘文学对人类文明发展的作用和意义。

2017年浙江外国文学著译要目

一、书

译著

陈才宇 《莎士比亚十四行诗集》 译林出版社2017年9月版
《亚瑟王之死》 天津出版传媒集团 2017年10月版

郭国良 《儿童法案》（［英］伊恩·麦克尤恩著） 上海译文出版社2017年3月版
《赫尔辛基罗卡曼迪欧家族背后的真相》（［加拿大］扬·马特尔著） 译林出版社2017年12月版

郭国良 陈礼珍 《最后一单酒》（［英］格雷厄姆·斯威夫特著） 北京燕山出版社2017年5月版

郭国良 高淑贤 《标本师的魔幻剧本》（［加拿大］格雷厄姆·斯威夫特著） 译林出版社2017年12月版

文　敏 《他和他的人》（［南非］J. M.库切著） 人民文学出版社2017年2月版

王之光 《小妇人》（［美］路易莎·梅·奥尔科特著） 长江文艺出版社2017年3月版
《山水相依》（汉译英，画册）中国美术学院出版社2017年9月版
《贸易畅通·共赴财富通途》（汉译英） 外文出版社2017年9月版
《资金融通·助力经济融合》（汉译英） 外文出版社2017年9月版

李　莉 《苔菲回忆录》（［俄］苔菲著） 四川人民出版社2017年10月版

周启超 刘开华 《燃烧的天使》 （［俄］瓦·勃留索夫著） 浙江文艺出版社2017年2月版

刘开华 周启超 《南十字星共和国：俄国象征派小说选》（［俄］费·索洛古勃、瓦·勃留索夫、安德烈·别雷著） 浙江文艺出版社2017年2月版

沈　弘　聂书江　《遗失在西方的中国史：老北京皇城写真全图》（上下册）
　　　　　　　　（［瑞典］喜仁龙著）　广东人民出版社2017年1月版
吴　笛　《红字》（［美］霍桑著）　西安交通大学出版社2017年1月版
　　　　《苔丝》（［英］哈代著）　西安交通大学出版社2017年8月版

专著、编著

范捷平　《主体话语批评》　浙江大学出版社2017年12月版
何辉斌　《新中国外国戏剧的翻译与研究》　中国社会科学出版社2017年6月版
周启超　《外国文论与比较诗学》第4辑　知识产权出版社2017年5月版
朱文斌　［泰］曾心　《新世纪东南亚华文闪小说精选》（主编）　浙江工商大学出版社2017年7月版
王　永　《俄罗斯文学的多元视角："俄罗斯文学与艺术的跨学科研究"国际学术研讨会论文集》（主编）　浙江大学出版社2017年6月版

二、文

飞　白　《比利·科林斯诗选》　《诗刊》2017年第13期
蒋承勇　《远去的野性与永久的魅力》　《浙江社会科学》2017年第6期
杨　希　蒋承勇　《复杂而多义的"颓废"——19世纪西方文学中"颓废"内涵辨析》　《浙江社会科学》2017年第3期
许　钧　《肖像批评及其当代启示——读范希衡译〈圣勃夫文学批评文选〉》《文艺研究》2017年第5期
　　　　《当下翻译研究中值得思考的几个问题》　《当代外语研究》2017年第3期
　　　　《关于外语学科翻译成果认定的几个问题》　《中国翻译》2017年第2期
　　　　《文学翻译研究的拓展与收获》　《翻译论坛》2017年第4期
　　　　《翻译是历史的奇遇——我译法国文学》　《外国语》（上海外国语大学学报）2017年第2期

樊艳梅　许　钧	《风景、记忆与身份——勒克莱齐奥笔下的"毛里求斯"》　《外国文学研究》2017 年第 3 期	
赵　佳　许　钧	《图森小说中的异国情调和自我书写》　《文艺争鸣》2017 年第 12 期	
刘　虹　许　钧	《翻译定位与翻译价值的把握——关于翻译价值的对谈》　《中国翻译》2017 第 6 期	
聂珍钊	《脑文本和脑概念的形成机制与文学伦理学批评》　《外国文学研究》2017 年第 5 期	
	《从伦理批评到文学伦理学批评:〈美国伦理批评研究〉序言》　《文学跨学科研究》2017 年第 2 期	
王　永	《曼德尔施塔姆诗集〈石头〉的"世界文化"网络》　《文学跨学科研究》2017 年第 4 期	
郭建中	《飞白"风格译"翻译思想探索》　《中国翻译》2017 年第 5 期	
殷企平	《从〈曼斯菲尔德庄园〉看奥斯汀的幸福伦理观》　《文学跨学科研究》2017 年第 4 期	
	《作为秩序的文化:伯克对英国文学的影响》　《外国文学研究》2017 年第 1 期	
	《文化即秩序:康拉德海洋故事的寓意》　《外国文学》2017 年第 4 期	
	《经由维多利亚文学的文化观念流变》　《浙江外国语学院学报》2017 年第 5 期	
沈　弘	《〈农夫皮尔斯〉对基督教教义的阐释》　《外国文学研究》2017 年第 5 期	
	《美国画报上的中国——千幅版画与那七十一年》　《博览群书》2017 年第 12 期	
谭惠娟	《现代主义视野下的 T. S. 艾略特和拉尔夫·埃利森》　《外国文学研究》2017 年第 1 期	
	《理查德·赖特〈黑小子〉的饥饿书写》　《外国语文》2017 年第 6 期	

李蓓蕾　谭惠娟　《有意识的艺术：詹姆斯·韦尔登·约翰逊论美国非裔文学创作》　《外国语文研究》2017年第2期

郑　通　谭惠娟　《黑人烙印，不朽音符——论黑人音乐呼应式起源及人性思考》　《大众文艺》2017年第11期

李蓓蕾　谭惠娟　《论美国非裔种族冒充小说的恶作剧叙事》　《外国语文》2017年第5期

潘一禾　牟琳琳　《观念史的审美之维——论伯林对浪漫主义思潮的再阐释》　《浙江学刊》2017年第5期

潘一禾　《展望全球文化的"决裂式"大变局》　《中国图书评论》2017年第3期

《舞台也可以讲出真相》　《文艺报》2017年11月24日

《西方文化的"荒芜"与"新西方"的未来——卡尔·波兰尼〈新西方论〉》　《中国图书评论》2017年第12期

《跟蜜蜂学哲学》　《中华读书报》2017年11月15日

何辉斌　《文学与认知研究：总体概况》　《认知诗学》2017年第4辑

《具身的信任——论洛克特尼茨的〈相信表演：认知视野中的戏剧具身〉》　《文化艺术研究》2017年第3期

《镜子神经元视野中的文学模仿》　《文艺理论研究》2017年第6期

《以心灵理论探索小说的魅力——论詹赛恩的〈我们为什么阅读虚构作品〉》　《英美文学研究论丛》第26辑

《胡适的勃朗宁研究》　《上饶师范学院学报》2017年第2期

周启超　《俄罗斯形式论学派文论的中国之旅——以"陌生化学说"为中心》　《社会科学辑刊》2017年第9期

《超越"简化"，摈弃"放大"——关于当代中国的外国文论引介的一点反思与探索》　《人文杂志》2017年第4期

《"含泪的笑"之"形而上的意蕴"——果戈理艺术"肖像"剪影》　《外国文学研究》2017年第6期

傅守祥　《文学经典的大数据分析与文化增殖》　《浙江社会科学》2017年第10期

	《文学经典的诠释与卡门流传的千面》　《江苏行政学院学报》2017年第5期
	《人类命运共同体的中国智慧与文明自觉》　《求索》2017年第3期
	《〈穿普拉达的女王〉中的女性话语和社会成长探析》　《杭州学刊》2017年第4期
傅守祥　黄晓丽	《流散文学视域中的母族记忆与文化融通——从加拿大华文作家张翎的小说创作谈起》　《湖南社会科学》2017年第4期
朱文斌	《放逐·乡愁·寻根——论东南亚华文诗歌的三大文化母题》《浙江社会科学》2017年第5期
朱文斌　岳寒飞	《马华天狼星诗社的创作心理探究》　《中国现代文学研究丛刊》2017年第9期
杨海英	《哈姆莱特延宕之因的法律审视》　《文学跨学科研究》2017年第2期
段汉武　陈慧婷	《海洋文学理论构建、经典阐释与国家型构——"第二届海洋文学与文化国际学术研讨会"综述》　《外国文学研究》2017年第6期
褚蓓娟	《寻找"自我"中迷失"自我"——对〈高老头〉中拉斯蒂涅形象的再认识》　《浙江工业大学学报》(社会科学版)2017年第3期
吴　笛	《普希金〈别尔金小说集〉的文学伦理学批评审视》　《文学跨学科研究》2017年第4期
	《菲茨杰拉德〈鲁拜集〉翻译策略探究》　《安徽师范大学学报》2017年第6期

变动不居的文学　人言人殊的评论
——2017年浙江文学评论述评

|刘　忠|

相对文学创作来说，文学理论与批评的脚步总是缓慢的，尤其是基础理论研究。过去的一年里，浙江文学评论呈现出三个显著特点：一、基础理论研究继续前行，反映论文学观和人生论美学把文学的"实在"价值与"潜在"价值结合起来，将文学"体""用"之功落实在对个人生存关怀上。二、现代文学研究进一步拓展空间，从文学现象到文学思潮，从史料到史论，从个案到群体，均有所涉及。三、作家作品研究趋向深入、宽广，现代的、近代的，外省的、本省的，已经成名的、刚崭露头角的……都在研究者的笔下有了生机和活力。总之，研究视域更加宽广，研究视点更加多元，言说方式更加贴近当下文学创作和社会生活，套用时下的流行词来说，就是接地气、不违和。

一

文学到底是表现还是反映，很难执于一端，折中一点，反映与表现的综合，似乎更有说服力。很长一段时间，能动的反映论都是我们界定文学的认识论基础。《反映论文艺观：我的选择和反思》中，王元骧说，马克思主义创始人把实践的观点引入反映论，在理论上把认识世界与改造世界统一起来，发展为能动的反映论。文学作为以审美评价的方式来把握现实的审美意识的载体，它对于人的价值不仅在于陶冶情感、净化心灵，同时还能感发意志、影响行为。因而，只有按能动反映论的思想，把"体"与"用"，"潜在"价值与"实在"价值统一起来，才能充分显示它的性质，确立评价其优劣的客观标准。

我们常说，文学是人学，书写和表现人性的万千变化。《关于推进"人生论美学"研究的思考》中，王元骧从"人生论美学"角度切入，认为美是相对于人的需要而存在的。传统美学重在学理分析，按"本体论"与"认识论"哲学的思维方式，把美学分解为本质论和美感论来进行研究。它对于美学学科的建设虽然功不可没，但在这种科学分析中也把作为审美主体的人给抽象分解了，没有把"美"和"文学"实践化。"人生论"堪称文学与人生、文学与生活之间的桥梁，研究人的生存活动及其意义。研究人生论美学就是为了克服以往美学研究脱离现实人生的局限，使之落实到对个人生存的人文关怀上来，同时也使得我们对审美价值的理解在以往"情-理"维度的基础上进一步向"情-志"的维度推进，并对之做出全面、深入的发掘。

美与善可谓一对孪生子，李咏吟在《美善同源与生命存在的实践指向》一文中，认为"美善同源"的思想形成，在中国与西方有着不同的思想路径：中国思想从生命存在出发，探讨美善和谐，显示了生命自由的融通之境，西方思想从神圣理念或神圣信仰出发，强调美善同在，源自生命至上神的创造与规定。前者重视生命的自我创造，后者重视生命的神圣约束。不过，二者皆重视美善和谐在生活史上的重要意义。因此，生命存在者只有与非美善的生活划清界限，追求生命存在的友爱与正义，才能显示美善同源的普遍现实生活实践价值。正是源于真善美的和谐统一，文学才把他们作为表现和追求的标的。

文学是言语活动，叙事人称、叙事角度、叙事结构、叙事功能等都参与其中，符号的所指与能指极大地影响着读者的接受方向，催生着阐释学发展和互文写作的前进。在《多模态符号·具身性·审美活动》一文中，马大康指出，人对世界的感知必须首先将世界结构化才能纳入己身，这离不开符号中介，因此，无论视觉、听觉、触觉背后都潜隐着最基本的符号中介，即行为语言和言语行为的共同作用。言语行为的具身性主要根源于行为语言的肉身性，根源于两种语言相互关联。审美及艺术活动则是两种语言间的深度协作与融合。两种语言间的张力结构决定着不同时期、不同民族、不同类型艺术的主要特征。媒介和表现技术的变革，首先改变的是两种语言的张力关系，进而改变视觉、听觉、触觉，引起诸模态艺术活动特征的变化。只有了解两种语言的不同性质、施行方式和功能特征，才能真正把握视觉、听觉、触觉等诸模态符号活动的规则，把握各种艺术活动的规则。应当说，这是从语言发生机制上来探寻文学创作与接受活动。

二

描述文学史进程是一个有趣的话题，有时几十年都很沉闷，了无新意；有时一年就有很多作家作品冒出来，左右前行，比如屈原、陶潜、李杜、苏辛、关汉卿、曹雪芹。我们今天提到的现代文学、当代文学一样，不仅有它的自身谱系，还确立了"现代"品格。民国文学可谓是它的前身与铺垫。《民国文论与民国文学三大思潮》一文中，黄健说，民国文论对现实主义、浪漫主义、现代主义三大文学思潮的推介、阐释、论述和传播，为民国文学倡导"真的文学""人的文学""平民文学"，主张"自我抒情"，注重非理性主义精神的表现，提供了极具广度和深度的理论支持。同时,民国文论所提出的一系列重要的文学思想和主张,为推动民国文学三大思潮的演化和发展,提供了广阔的空间和坚实的平台,为民国文学确立现代意义的创作原则,建构现代文艺理论体系,做出了重要贡献。何为现代?现代文学之品格在哪里?《充分认识现代文学的"现代"品格——谈现代文学教学讲授"现代"涵义的重要性》中,黄健认为,现代文学之所以为现代文学,关键还在于它的价值理念、内容形式、话语方式、美学理想等一系列的范式、结构、逻辑程序、审美形态,与古代文学拉开了距离,获得了"现代思想"的植入和现代性的价值建构,同时也获得了自身的本质规定性和独特的审美形态。在现代文学教学中,要依据现代文学的本质属性来确立教学指导思想,设计好教案,安排好教学,这样才能使学生在学习中认识现代文学对于古代文学优良传统的继承、扬弃和超越,获得对现代文学在中国文学史享有崇高地位的知识掌握,以及获得中国文学发展历史认识的整体观。

无独有偶,高玉在《论清末民初期刊白话文的传承与新变》、周保欣在《"天下"与"列国"——中国文学古今演进的空间逻辑》《"中国文学"观念自明与现代文学起点》等文中也论及白话文的产生、现代文学时空定位等问题。高玉说,清末民初期刊在语言上主要是文言文,但也有白话作品,白话程度最高的期刊是小说杂志。清末民初期刊白话文主要是古白话和近代白话,古白话主要是古代口语,近代白话则受西方语言影响的白话。清末民初是白话和文言并用的时代,期刊的语言也是复杂的,既有文言,也有白话,二者又都分为很多层次。这个白话文和后来形成的现代白话有质的区别,它具有文言化、书面化和依附性等特点,一方面充分继承古白话,另一方面又发展出新的白话即近代白话。清末白话文之所以没有取代文言文而成为汉语主体语言,一是不可能，二是没有必要。及至后来，在社会现实和外来思潮的催生下，白话文开始登堂入室，成为文学表达的重要手段。

中华人民共和国成立后，文学史长河迎来了一个新概念——当代文学。从1949年算起，至今已有近70年，为了书写这段文学史，史料与史论问题又一次提上日程。如何把史实经验与价值判断很好地结合起来，实在是一个仁者见仁智者见智的问题。吴秀明在《批评与史料如何互动》中，阐述了自己的治史观。他说，当代文学批评尽管相当复杂，但从宽泛的意义上讲，它与文献、史料支撑着理论思维，并由之组成一个"正三角"关系；而从批评与史料的角度来考察，这里存在着看似矛盾，实则难以切割的互动关系。这一互动不仅具有内在逻辑与学理依据，而且也有经验教训。中国当代文学批评虽然不尽如人意，但在历史化的背景下也呈现出新状态和新面向。对今天的文学研究者来说，最重要的是返回当代文学的历史现场进行历史、具体的考察，思考批评与史料进行互动的可能性与可行性，寻求历史逻辑与艺术逻辑之间的协调与沟通。

姚晓雷也关注到史料与史论关系这一问题，他从偏重史料的弊端谈起，认为文学史写作更要寻找"诗"。《重视"史"，但更要寻找"诗"——也谈当下文学研究中过度强调史料建设作用的迷津》中，姚晓雷指出，近年来的当代文学研究中，以作品营造的艺术图景、折射出的人生哲理以及所要表达的价值理想等审美内容为核心的"诗性"研究和批评，遇到了新的瓶颈。这类研究和批评所倚重的现代性、后现代性的各种"思想""主义"和"方法"在新时期以来的文坛上被演练一遍后，大都失去了初始的光芒，而日渐陷入功利、肤浅和僵化的怪圈，难以继续行之有效地解释正在急剧演变的文学现实。

胡友峰的论文回应的是"当代文学史写作的困境与出路"问

题,他认为,从当代文学能否写史、当代文学分期的上下限问题,到对已有当代文学史的疑虑和不满乃至要求重写等,都是当代文学史写作过程中必须慎重对待的问题。此外,"人修史"的不同程度的偏颇和当代文学不断发展演变的动态性又加深了当代文学史写作的难度。而与文学发展关系甚密的出版媒介视角的发掘,以文学出版体制的转轨作为文学发展分期的参照,一定程度上确保了文学研究的客观性和可靠性,也可以这样说,一部当代文学出版史也是一部当代文学发展史。

三

当代文学还在延续,有关话题不断生长,当然,评价也会因对象、角度、方法、标准不同而人言人殊。

胡友峰关注的是当下文学的审美取向及网络时代的文学镜像,在《电子媒介时代审美范式转型与文学镜像》《论中国当代自主性文学场的裂变》中,他认为,当前是电子媒介时代,是事物微化的"微时代",更是城乡互动的审美时代。审美活动随着物质生产的日益丰富而普遍化了,艺术的机械复制与现代电子——数字传播技术的发达,使得人们可以随时审美,人类进入了一个泛审美化的时代。19世纪建构的审美乌托邦被颠覆了,关于审美救赎的一切许诺,要么被感性快感所湮灭,要么被审美的资本化冲淡。电子媒介时代审美范式发生了从"形象"向"拟像"的转型,导致了文学的异变。这种异变主要表现在文学形态从"读"转向了"看",文学功能从"文学性"转向"娱乐性",文学趣味从"精神性"转向"世俗性",文学理想从"审美救世"转向"娱乐消费"。这种异变引发了文学审美空间的变化。电子媒介时代文学走出异变的途径在于:摆脱媒介的形式偏好,面向文学的实践召唤；恢复文学的想象和形而上学功能；呼唤一种"尊灵魂"的文学创作原则。电子媒介时代的出现，堪称喜忧参半，忧的是审美的泛化和世俗化，喜的是电子媒介的兴起为文学的发展开拓了新的生存空间，为文学的传播提供了多样化的渠道。中国当代以精英文学为主导的文学场在包括媒介变革等多种力量的角逐中通过内部结构的重组与分配，使占据中心地带的精英文学在文学场的各种角力中逐渐衰退。出现了精英文学场、大众文学场、网络文学场和青春文学场这四大次生的文学场域。

王姝关注的是"转型社会与高校知识分子题材创作"，在她看来，20世纪90年代以来，知识分子题材创作越来越明显地向高校知识分子题材集中。随着高等教育改革的深入，知识分子紧密地整合到转型社会市场经济的庞大体制中，以专业化、职业化的形式"消逝"在大学里。当下高校知识分子题材创作被知识分子的现实境遇牵着走，停留于新闻化、纪实化的表层写作，缺乏对生活的深入开掘与提炼；沉溺于知识领域的权力叙事套路，人物标签化、符号化、情节奇观化、荒诞化，导致趋于模式化的隐喻写作；历史维度的欠缺，显示了它们共同的问题，即精神文化资源的匮乏与现代理性人格的缺失。如何直面消费文化，在文化退守的时代重拾前行的勇气，变革文学的生产方式与书写模式，成为高校知识分子题材突破的关键。

黄擎的文章《20世纪90年代以来西方"关键词批评"发展检视》，解读了当前义学批评中的"关键词"方法，梳理其历程，指出存在价值。她认为，源自雷蒙·威廉斯的"关键词批评"问世后颇受西方学术界关注，数据库Scopus及书籍词频统计器（Google Books Ngram Viewer）提供的数据显示，"关键词批评"自20世纪90年代以来激发了为数不少的"关键词写作"和"关键词研究"。"关键词批评"也在文学研究和文化研究领域得以传承与发展,既延续了雷蒙·威廉斯紧密联系特定社会历史文化语境解析"关键词"生成演变的理路,又在文学批评实践层面出现了新变与推进。"关键词批评"相关著述多注重运用历史语义学方法解析"关键词"的生成演变,彰显词语之间的关联性,具有鲜明的跨学科特点;在文学批评实践层面,显示出不再仅以追溯"关键词"语义源起为重心,而代之以"关键词"在批评历史和实践中的衍生为考察重点,以增益于文学批评理论与相关学科之建构和发展的特点。"关键词批评"在编撰体例上有所突破,表现出了重视并紧密联系文学文本进行批评实践及进一步彰显文论性的趋向。

四

浙江是文学大省,现代文学群星璀璨,当代文学繁茂多姿。今天,浙江在小说、诗歌、散文、影视编剧等方面都走在全国前列,引起众多评论家注意,甚至被称之为浙江小说现象、浙江诗歌现象、浙江儿童文学现象。

洪治纲致力当代小说研究多年,研究文学评奖机制、新生代作家、非虚构文学等的同时,对浙籍小说家给予了热忱关注,提出许多有见地的看法。《余华论》中,洪治纲说,纵观余华30多年的创作,我们发现他一直深受现实的折磨。从无视现实的反经验写作,到对现实记忆进行经验性的重组,再到对混乱现实进行无奈的解构,他之所以不断地调整自己的叙事策略,并非仅仅为了维护内心的真实,而是试图找到最有效的方式,揭示现实和历史中的某些本质。他努力地呈现中国社会的巨变所带来的诸多尖锐问题,在疼痛而又无奈的书写中,展示了一个当代作家特殊的使命意识和伦理关怀。

如果说洪治纲的《余华论》呈现了余华小说与作者的精神同构，高玉的《世界文学视野下的余华评价》则试图通过比较研究来归纳余华小说价值所在。高玉认为，中国文学批评一直是站在中国当代文学的视域上来评价余华的，这种评价和余华的创造以及对世界文学的贡献有时是一致的，但有时则是错位的。中国文学批评和研究并没有把西方现代主义文学对余华的"影响"充分表达出来。以世界文学眼光来看，余华小说最突出的贡献主要有：第一，把西方20世纪最有影响的现代主义小说技巧和艺术精神与中国传统文学的表达方式和艺术形式结合起来。第二，余华所书写的中国人和中国社会现实，都具有世界品性。第三，余华对文学有独特的理解，并且很好地把理解实施到小说创作中。第四，语言精练，把现代汉语的诗性品质提高到一个新的高度。

斯炎伟把他阅读祁媛小说的印象归结为"未知的诱惑与质询"，称赞作者不仅具备感知生活的特别视角与能力，还有这个年龄段作家鲜有的语言上的老道与自如。祁媛的文本征候，已完全逸出了通常所说的"80后创作"，诡异地透射出中年作家常见的成熟与睿智。有一种特殊的氛围笼罩着祁媛小说的整个过程，不是现代都市青年所热衷的那种文艺小资，而是对未来的理性探寻。孙良好解读旅居北美的温州籍作家陈河的小说《甲骨时光》，认为陈河着眼20世纪二三十年代的安阳考古和古老的殷墟文明，在时间的回溯和空间的流转中，通过非凡的想象演绎了精彩又意味深长的"甲骨时光"。小说通过充满隐喻的互文结构、古今呼应的"有情历史"和天人感应的现代映射，以杨鸣条和贞人大犬这两个文化守夜人为中心，生动地呈现了乱世时空中那段曲折的考古经历和古老神秘的殷商文化，表达了作者对那个特殊年代中国考古学者和作为中华文明源头之一的殷商文化的深厚敬意。

王学海解读海飞长篇小说《惊蛰》，撰文《人性与狼性的深度描写》,认为从小说中可以窥见海飞对反面角色的人性与狼性的描写,痴迷到极致的状态。一般人总是会走到自然中,才看到浩瀚的壮景,而我恰恰是在阅读海飞的文学词语间,看到了人性深处的壮阔、夹在战争与和平中的种种挣扎。

郑翔以"灵气与厚度"为题,在《文艺报》发表长文,巡礼浙江省作协"新荷计划"首辑文丛,推介多位实力派和潜力派作家,认为他们的作品氤氲着灵气的同时,也不乏厚度之思;介入社会问题的同时,也不忘身边浩渺琐事。文章采用印象点评方式,寥寥数语即抓住作品主旨,指出作品的优缺点。

在2016年和2017年,朱晓军、陈富强分别出版了报告文学作品《快递中国》和《源动力》。一部是关于高速发展的快递业,一部是关于关乎国计民生的电力业,热度高,故事多,很容易激发"厉害了,我的国"的情感。赵思运在《崭新的时代现场 深厚的文化根脉》一文中,说《快递中国》敏锐而精准地捕捉到两个发展时段的背景:一个是1993年中国民营经济起步阶段,一个是21世纪新媒介语境下电子商务的迅猛发展期。中国当代史上这两个划时代的时间点决定了中国民间快递业的运命:前者催生了中国民间快递业的破土;后者则借助新媒介让快递业做大做强,进而产生深远影响。涂国文在《"电力史诗"的创新书写与作家的时代使命——陈富强〈源动力〉读评》一文中,高度评价《源动力》的时代意义与社会担当。《源动力》以一种充满时代精神和艺术感染力的创新性书写,全景式地呈现了中国电力百年的沧桑巨变,充分展示了中国特色社会主义建设的伟大成就,体现了一名具有强烈使命感和责任感的当代作家的社会担当与艺术担当。

时光荏苒,一年又一年,文学的脚步并不会因为年历的改变而停歇。文学评论的言说一样,阐释与追问永远没有终点,也不会有定于一尊的结论与答案。文学创作与评论如此，文学评论之述评更当纷繁复杂，挂一漏万、误读歧解、归纳删减也在所难免，这里，特向那些因材料搜集不全而疏漏或者因述评主题需要而没有重点介绍的学者致歉，同时，希望浙江文学评论不断前行，与创作一道成为中国文坛的亮丽风景。

2017年度浙江文学评论要目

一、书

徐　敢　《天歌雅意》（主编）　文汇出版社2017年版
尤　佑　《归于书》　上海书店出版社2017年版
吴龙宝　《临平文学史（现代部分）》　杭州出版社2017年版
龙彼德　《曾心闪小说精选三十篇点睛》　泰国：留中大学出版社2017年版
子　张　《历史·生命·诗——子张诗歌论稿》　浙江大学出版社2017年版

二、文

王元骧　《读张江〈理论中心论〉所想到的》　《文学评论》2017年第6期
　　　　《反映论文艺观：我的选择和反思》　《中国文学批评》2017年第2期
　　　　《关于推进"人生论美学"研究的思考》　《学术月刊》2017年第11期
徐　岱　《微型伊利亚特：一部当代史诗——法拉奇小说〈印沙安拉〉对〈伊利亚特〉的借鉴及生发》　《河北学刊》2017年第3期
　　　　《作为一种方法的文学叙事——论莫洛亚传记作品中的批评意识》　《浙江社会科学》2017年第8期

马大康	《理论转向:从"活动"到"行为"》	《文学争鸣》2017年第9期
	《多模态符号·具身性·审美活动》	《当代文坛》2017年第6期
李咏吟	《公民社会与城乡互动的审美时代》	《浙江社会科学》2017年第1期
	《美善同源与生命存在的实践指向》	《湖南师范大学社会科学学报》2017年第1期
	《为诗辩护:锡得尼与雪莱基于希腊的诗学理想》	《浙江学刊》2017年第3期
李杭春	《从〈竺可桢日记〉看国立浙江大学西征始末——西征第一阶段:出浙江记(三)》	《浙江大学学报(人文社会科学版)》2017年第2期
	《从〈竺可桢日记〉看国立浙江大学西征始末——西征第一阶段:出浙江记(四)》	《浙江大学学报》2017年第5期
吴秀明	《批评与史料如何互动》,《文艺研究》2017年第12期	
	《论当代文学研究的知识学养问题——基于文学史料的一种考察》	《中国现代文学研究丛刊》2017年第6期
	《探寻立体呈现当代文学史料的体系与方式》	《南方文坛》2017年第3期
黄　健	《民国文论与民国文学三大思潮》	《宁波大学学报(人文科学版)》2017年第4期
	《充分认识现代文学的"现代"品格——谈现代文学教学讲授"现代"涵义的重要性》	《中国大学教学》2017年第4期
	《论鲁迅与列·托尔斯泰的人道主义思想》	《长江学术》2017年第1期
姚晓雷	《当下汉语写作中的少数民族文化资源与中国形象建构考察》	《临沂大学学报》2017年第4期
	《重视"史",但更要寻找"诗"——也谈当下文学研究中过度强调史料建设作用的迷津》	《学术月刊》2017年第10期
黄　擎	《20世纪90年代以来西方"关键词批评"发展检视》	《浙江社

会科学》2017年第11期
洪治纲 《余华论》 《中国现代文学研究丛刊》2017年第2期
《伦理关系与短篇小说的意味——2016年短篇小说创作巡礼》《小说评论》2017年第1期
《论文学的不可通约性》 《文艺争鸣》2017年第8期
高 玉 《文学史作为中国文学教育基本模式之检讨》 《文学评论》2017年第4期
《世界文学视野下的余华评价》 《中国现代文学研究从刊》2017年第7期
《中国现当代文学研究的困境与出路》 《浙江学刊》2017年第5期
《论清末民初期刊白话文的传承与新变》 《学术月刊》2017年第9期
王 侃 《最后的作家，最后的文学》 《文艺争鸣》2017年第10期
周保欣 《"天下"与"列国"——中国文学古今演进的空间逻辑》 《文艺研究》2017年第1期
《"中国文学"观念自明与现代文学起点》 《文艺争鸣》2017年第6期
《当代文学研究：从"历史的科学"到"科学的历史"——由吴秀明〈中国当代文学史料问题研究〉谈起》 《宁波大学学报》2017年第4期
《中国现代文学空间起源问题若干思考》 《中国现代文学研究丛刊》2017年第10期
《重建史料与理论研究的新平衡》 《学术月刊》2017年第10期
斯炎伟 《"未知"的诱惑与质询——祁媛小说印象》 《南方文坛》2017年第1期
《全国第四次文代会的大会选举》 《扬子江评论》2017年第5期
《当代文学史料研究中的理论思维问题》 《学术月刊》2017年第10期
孙良好 《"杨生"晓梦迷"甲骨"——论陈河的〈甲骨时光〉》 《中国文

学批评》2017年第4期

郭　梅　《以艺术细节折射时代质感——评电视剧〈鸡毛飞上天〉》　《中国文艺评论》2017年第7期

《当代文艺的网络英雄叙事》　《中国社会科学报》2017年11月20日

徐秀明　《象牙塔内的尴尬守望——晓风高校题材系列小说综论》　《南方文坛》2017年第4期

《文化冲突与叙事错位——由〈长恨歌〉谈王安忆的小说美学及其创作转向》　《学术月刊》2017第7期

刘家思　《魏金枝乡土小说的创作历程、审美特征及艺术渊源》　《浙江工业大学学报》2017年第2期

《新发现的应修人五篇诗文考论》　《现代中文学刊》2017年第6期

《论中国现代抗战广播剧文学的审美价值》　《中国现代文学研究丛刊》2017年第9期

刘克敌　《"文学家鲁迅"与"学者鲁迅"》　《中国文学批评》2017年第2期

《顾颉刚与周氏兄弟——从顾氏书信、日记有关记录说起》　《书屋》2017年第4期

《"宁国府门口的石狮子"——同时代人眼里的陈寅恪》　《中华读书报》2017年7月19日

方爱武　《中国形象自塑研究论》　《浙江工业大学学报（社会科学版）》2017年第3期

张晓玥　《转型期的乡土惶惑：论〈秦腔〉》　《浙江工业大学学报（社会科学版）》2017年第2期

《历史景深与地域广角融会中的人文探询——评纪录片〈中国文房四宝〉》　《中国广播电视学刊》2017年第5期

《少数民族电影叙事的"原生态"与"新生态"——基于发生学视角的讨论》　《当代电影》2017年第11期

翟业军　《"无为而无不为"的自然与"无不为而无为"的人——论〈边

城〉》　《中南民族大学学报（人文社会科学版）》2017年第1期

《"更有一般堪笑处，六平方米做郇厨"——"美食家"汪曾祺论》　《文艺争鸣》2017年第12期

《论贾平凹改革小说中的男女关系》　《文艺争鸣》2017年第6期

《文学，动起来！》　《文艺争鸣》2017年第11期

胡友峰　《电子媒介时代审美范式转型与文学镜像》　《浙江社会科学》2017年第1期

《当代文学史写作的困境与出路》　《内蒙古社会科学（汉文版）》2017年第3期

《论中国当代自主性文学的裂变》　《小说评论》2017年第4期

《媒介生态与百年中国文学史的书写问题》　《中州学刊》2017年第11期

周　静　《文学史也是心灵史——读〈西方启蒙思潮与文学经典传承〉》　《文汇报》2017年7月3日

王　姝　《问题意识引领下的学理批评范式——论刘起林文学批评的学术理念与研究实践》　《创作与评论》2017年第10期

《转型社会与高校知识分子题材创作》　《文学评论》2017年第4期

朱首献　《实证精神、进化观念与历史眼光——论胡适白话文学史观的科学主义向度》　《浙江社会科学》2017年第3期

《大作之能起人心》　《文艺报》2017年5月17日

《浙东人的精神图像与中国历史的生死场——评浦子"王庄三部曲"〈龙窑〉〈独山〉〈大中〉》　《文学报》2017年4月6日

郑　翔　《灵气与厚度》　《文艺报》2017年1月23日

赵思运　《崭新的时代现场　深厚的文化根脉》　《文艺报》2017年5月17日

《从"白话"到"口语"：百年新诗反思的一个路径》　《文艺理论研究》2017年第6期

涂国文　《〈外婆史诗〉的叙事诗学》　《百家评论》2017年第3期

《"电力史诗"的创新书写与作家的时代使命——陈富强〈源动

	力〉读评》　《当代电力文化》2017年第6期
龙彼德	《当代诗学研究的重要收获——评李元洛〈诗美学〉修订本》《中华诗词》2017年第3期
	《闪小说的弄潮儿——曾心论》　泰国《新中原报》2017年10月16日
	《散文诗艺术技巧》专栏文章　2017年第1—12期
王学海	《离学术最近的生命之路——记王国维故居》　《中国艺术报》2017年11月13日
	《正在追逐的途中——评臧新民的艺术》　《中国艺术报》2017年10月30日
	《高楼谁听一声桩——陆原长篇报告文学〈谁为翘楚〉述评》《文艺报》2017年6月2日
	《人性与狼性的深度描写》　《文学报》2017年7月6日
	《文学为良知的报告》　《文学报》2017年10月19日
项目清	《诗词应避叠砌病》　《中华诗词》2017年第3期
刘　忠	《中国新文学图志上"北上广"》　《贵州社会科学》2017年第11期
	《现当代小说中的都市话语及其现代性走向》　《文学评论》2017年第5期

新军突起与主流转化
——2017年浙江网络类型文学综述

|陆正韵|夏　烈|

每年对于浙江网络类型文学的总结总是让人心潮澎湃——一方面是感慨于网络文学作为媒介变革的产物，它所表现出的特点和互联网本身一样，是灵敏而实时的，作品的共同关切也是极为当下的；另一方面，作为全国网络文学的主阵地之一，浙江"网军"每年的成绩是斐然且富有代表性的，可以称得上是网络文学业态的风向标。后者在2017年展示得更为彻底，用欧阳友权教授的话来说：网络文学进入"浙江时间"。

这样的称赞并不是空穴来风。浙江作为国内网络文学的重镇，"大神"和佳作是支撑起浙江网军前进的旗帜。随着网络文学不断迈向成熟，其高峰更为恢宏，成名的作者（大神）的作品更加成熟，IP（知识财产）的开发愈加全面化和专业化；同时，高峰背后的高原的势力也在不断壮大，各地网络作协的青年网络作家代表人物涌现，成为中国各大文学网站新一批中坚力量。不管高峰还是高原，年轻的新鲜血液源源不断涌入，"90后"成为浙江网军的重要新势力。

浙江网络类型文学工作在全国范围内的领先不仅依靠网文作者们的更新不倦、笔耕不辍，更有赖于浙江文坛对于网络文学这一当代文学大家庭中的稚子的包容和支持。作为全国首个省级网络作家协会，浙江省网络作家协会在2017年依然带了个好头，组织力的提升得到了进一步体现。中国作协网络文学研究院、中国网络作家村在这一年内陆续落户杭州，让 2017 年成了浙江省网络文学组织工作具有里程碑意义的一年。

现实性和主流化是近几年网络文学所呈现的重要特征，多元生态背景下主流化特点在 2017 年的浙江网络文学中表现得十分明显。具有代表性的事件是，杭州网络文学作家的党史题材小说被中共杭州市委党史研究室认证的微信公众号"杭州党史"推送，震惊了朋友圈一把。网络文学在此前最为人诟病的一点是低幼化，虽然在近几年出现了多部富有现实关怀的佳作，但外界对网络文学能否承担文学的社会属性仍持怀疑和观望的态度。网络作家写党史的尝试表明了严肃题材并不会削弱网络类型小说的网络属性，反而使前者传播的方式和效率得到了提升和优化。

一、多样化与小众化的一年

网络文学的作者们聚在一起爱自称"码字工"，这和互联网从业者们"码农"的自指是一个道理，虽然有自嘲和戏谑之意，但相当数量的网文作者们写作时拼手速多过对文学性的雕琢是行业的常态。这种状况的出现并不能一味责怪作者的"不思进取"，在网络文学网站 VIP（贵宾）收费制度下，只有更新、刷字数才能保障作者有稳定的粉丝和点击率，以此获取稳定的收入。大量的网络码字工们并非没有精雕细琢的主观意愿，但在单一的网站收费模式下，即使成名已久的大神也无法仅依靠质量保障点击率。近几年来，有赖于网络文学媒介平台的多元化，单一的网站榜单推动、付费阅读的传统模式被打破，微信公众号、微博、小众文化社区作为网络文学的新兴阵地崛起。作者们找到了在大平台网站外的赢利模式，网络小说整体的文学性得到了进一步的提升。这是媒介的胜利,也是网络文学在迈向第 20 个年头时的自我成熟、顺势而为。老白(一般指对套路化、模式化的小白文①有一定阅读量之后的资深读者,即从"小白"升级为"老白")读者群的进一步扩大及读者的成熟、作者在成名后自我要求的提高、IP 运营模式的不断成熟均是其中不可或缺的要素。

网络文学在 2017 年的多样化发展还包括作品类型的多样化,其中,小众作品的快速发展表现得最为抢眼。这里的小众并非指作品在传播意义上的小众,而是其写作内容的亚文化。考虑到国内网络文学庞大的受众范围,这个相对意义上的小众在绝对数量上依然是相当可观的。此外,在网络文学领域内相对小众的主流严肃类型,在这一年里也得到了发展。

作为网络文学"古早派","新武侠"代表人物沧月在 2017 年重回媒体的视野中心。6 月,沧月将全系作品电子版授权给"四月天"网络重新发布,并于 10 月在自己的微博和微信公众平台上低调地开始了《星·永夜之海》的连载。小说原名《星沉永夜》,由于篇幅原因改为"星"系列,《永夜之海》为系列第一部。小说讲述了一个未来时空背景下的爱情故事,行文继承了沧月流畅、优美的文字风格,虽然不是其最有代表性的武侠类型,但小说的成熟和大气依然让人眼前一亮。对于沧月的读者来说,类型、篇幅、网站、每日更新已经不再重要,只要看到喜欢的作者依然在坚持,就已经很好。

> 追文也许是我永夜旅行里的唯一慰藉吧。生活的羁绊让人疲乏,奔波忙碌没有个尽头,偶尔抬头看看你竟然还在更新。十几年

---

① 指情节简单、套路化,缺乏思想性、内容浅白的小说,一般用于形容网络小说。

了,你还在写,我还在看,仿佛那些青葱岁月从未老去。如此,甚好。

——欣姐 s(微博用户)

2017年9月,浙江文艺出版社推出了《芈月传》作者蒋胜男的作品《燕云台》(卷二)。这是一部以契丹萧家三姐妹为主角展开的游牧部落建立王朝推行汉制的史诗巨著。卷二的主角是辽景宗耶律贤的皇后萧燕燕。《燕云台》继承了蒋胜男一贯以来大历史、大女主①的写作主题,运用大叙事的写作手法诉说了一段可歌可泣的历史和爱情故事。小说史料扎实、故事紧凑,受到了读者和评论者们的好评。

我从来是不大爱看历史小说的。一是正史无趣,絮絮叨叨的伦理纲常总也提不起人的兴致;二是野史虚妄,为博眼球杜撰的多了,好像人人都是油滑的泥鳅。可这次拿到蒋胜男老师的《燕云台》一读才知道,什么叫有趣——七分真实三分想象,虚的实的水乳交融仿佛就该是这样。

——雪凝的小树苗《哀莫大于心死》

作为历史小说,《燕云台》第一部埋下的各种历史铺垫、感情铺垫,在第二部中完美填坑②,人物形象更加丰富:萧燕燕巾帼不让须眉,聪明大胆,其过人之处不用多说;胡辇对于太平王的情感变化也十分细腻到位;乌骨里和喜隐共同患难时的心理活动,冲动—害怕—付诸一掷—欲望,并不仅仅是第一部的延续;还有穆宗,这个辽国历史上著名的昏庸皇帝,小说也进一步延伸到对其小时候

---

① 一般指整部作品的剧情发展都以女主角为核心,实现女主角的人物成长。
② 指更新作品,交代之前设下的悬念,延续剧情。

的叙写,正是小时候经历的种种导致其如今性格标签"残暴""滥杀"的形成……第二部将整个气氛推向高潮。

——哈哈 BIGBANG《山雨欲来,何去何从》

天蚕土豆的玄幻小说《元尊》于 2017 年 9 月正式上线。小说采用了全网连载的模式,在纵横中文网、17K 中文网、掌阅等多个网文站点同步首发。《元尊》延续了天蚕土豆一贯的热血风格,讲述了主角大周王朝太子周元荆棘丛生的历练故事。在小说连载的同时,作品漫画版也在《知音漫客》中连载。

从《斗破苍穹》而来,到《武动乾坤》《大主宰》,再到《元尊》。土豆的笔法越来越稳健。同样的热血之外,《元尊》更多了一份少年青春,朝气勃发。不为博眼球而刻意求新,不为刺激而搞狗血奇葩。《元尊》有的是难得的成熟。细细读来,自然天成。

——贺兰山之萧然(纵横中文网用户)

烽火戏诸侯在前一年依靠《雪中悍刀行》赢得了粉丝的高点击率和文学评论家的赞誉,堪称 2016 年最受关注的网络作家之一,与猫腻一起扛起了"文青"(文艺青年)网文作者的大旗。《雪中悍刀行》也获得了华语网络文学双年奖银奖,并被新丽传媒抢下了影视版权。在 2017 年,站上了高峰的烽火戏诸侯除了继续更新《雪中悍刀行》的番外,还翻出了早在 2011 年就断更[①]的《桃花》重新"填坑",并在纵横中文网发布了新书《剑来》。《剑来》讲述了生长在北方的贫寒少年陈平安搬山、倒海、降妖、镇魔、敕神、摘星、断江、摧城、开天的故事。《雪中悍刀行》

---

① 指停止更新。

的书迷均会对李淳罡的那句"剑来"印象深刻,烽火戏诸侯的新书以此二字为题,读者难免会以前者作为参照审视此文。从目前已有的章节来看,《剑来》相较于《雪中悍刀行》更侧重书写江湖百态,虽格局和架构来得不如后者铺张、开阔,却成就了一番别样的大气、洒脱。不过对于烽火戏诸侯的书迷们而言,这位知名"文青"作者笔下小说的质量并非他们的顾虑所在,能否完本而不中途断更才是最令人担心的。

> 《剑来》真好看啊!也是没想到写出《雪中悍刀行》之后竟然还能这么快进步。第一卷其实看得很憋屈,主角的"烂好人"设定,极其慢热的铺垫……但是到小镇跌落,到第二卷行万里路,比《雪中悍刀行》更为宏大的世界观架构和人物画卷徐徐展开。总管真是爱写读书人的风骨,对儒学的推崇,文笔之下俱是风流。第一卷写过那些存于山巅之人,但第二卷写世俗小国竟也丝毫不落下风,更感人的是日更质量也不错。
>
> ——颜即正义 prprpr(微博用户)

管平潮在 2017 年也迈出了作品全媒体开发的关键一步,新作《燃魂传》的 IP 开发在网络版、纸质书、影视化上全方位启动。《燃魂传》从一个小人物的命运入手,构建了一个宏大的背景世界,讲述了一段热血的英雄史诗。小说的类型依然是管平潮一直坚持创作的仙侠类,用他自己的话来说:"一个人一辈子能做好一件事就够了,我会专注于仙侠这个题材,在多元化的社会里,能被别人打个标签,说是一个'仙侠名家'已经很不容易了。此外,仙侠能继承中华文脉,体现传统文化,也是一个原因。"

梦入神机的作品《龙符》在 2016 年初开启后,于 2017 年继续更新,并迎来收尾。小说在纵横中文网发布,讲述了古尘沙将神州和四荒改造为永界,领导众生走向全新文明的故事。这部小说曾入选由中国作协网络文学委员会主办、中国作家网承办的2016年中国网络小说排行榜年榜未完结作品榜,组委会的评语是:"梦入神机深谙读者心理,以《龙符》这样一篇能准确搔到读者痒处的商业类型文,承载了极端宏伟的世界架构、步步升级的核心故事模式,在几百万字的情节中展示了一段截然不同的壮阔人生,恰似二维的极端眼花缭乱的好莱坞大片。小说创意宏大,主人公虽是天命之子,但升级却不仅仅依赖天降异宝,而是强调个人奋斗,鼓励自立、自强、自信,使得这部作品有了值得期待的创新和突破。"

苍天白鹤的《通天仙路》在2016年底于起点中文网首发,在2017年继续连载,受到了读者的极大关注。小说讲述了一个可以任意锻造和修补装备属性、技能的小人物的升级故事。作为一名老牌作者,苍天白鹤在这些年可谓笔耕不辍,并且试图在玄幻的类型中开辟出新的题材和模式,以相对稳定的速度创作了《棋祖》《无敌唤灵》等高点击量的作品,吸引了一批老白读者的关注。在这群读者看来,《通天仙路》代表了苍天白鹤近几年内创作的高峰。

> 作者想象力丰富,很多情节设置得都出人意料,而且彼此响应。不错的一本书,一直在追读。
>
> ——秋林15(优书网用户)

言情作家梅子黄时雨在2017年出版了小说《亲爱的路人》(湖南文艺出版社出版)。小说继承了作者一贯的纯爱风格,讲述了主角苏薇尘和楚安城兜兜转转终成正果的爱情故事。以下引自编辑推荐语：

> 光阴荏苒后的重逢，沧海桑田中的坚守。你会不会知道，世界上还有一个人，那么喜欢你，拿了命去珍惜你？"唯爱"言情天后梅子黄时雨时光倾情之作，感动读者心扉的虐心之爱。
>
> 那时候年轻得不甘寂寞，但尘埃落定之后，对的人终究会来。
>
> 周遭一片黑暗静谧。她却在这一片夜色里头，看到了楚安城。一对在时光错落中走失，在月光倾泻中重逢的恋人，深爱至此，因爱分离。
>
> 苏微尘，要有多坚强，才能放弃对你的念念不忘……

《狼毫小笔》是莲青漪以家乡绍兴为背景书写的一部奇幻小说。作者用大量名人诗词佳句做点缀依托，以一名现代年轻女性的视野和情怀，生动地介绍了绍兴的人文地理、历史故事及风土人情。小说也获得了第二届华语网络双年奖的优秀奖。

同样来自绍兴的作家少封在 2017 年出版了小说《疯不语》（中国华侨出版社出版）。小说由 12 个真实案例改编，讲述了 12 个精神病人眼中的世界。

> 烧脑又惊险，超脱于生活又回归生活，正印证了人生的精彩与平庸。
>
> ——西艾（豆瓣网友）

杭州作家疯丢子和七英俊代表了女频小说近几年来发展出的重要一支，清奇的脑洞和主角的个人成长被放在了爱情之前，成为展开故事的重要因素。这种不"女频"的写法在网文整体成熟化的当下备受好评，在 IP 开发上有很大的余地。

疯丢子在2017年发表连载小说《刺客之怒》。小说延续了其一贯的大脑洞风格，讲述了一位出身于现代的女刺客穿越于各个朝代，维持历史正轨的故事。虽然脑洞清奇，但作为一本以真实历史为背景的小说，《刺客之怒》在细节和史实的运用上经得起考据党的反复推敲。这种"反差萌"获得了读者的一致好评。

> 疯丢子的书，历史类，考据党也能看的书。逻辑比较完善，有脑洞有剧情有文笔有情怀！关于时空的设定还是很有科学道理的。特别是时空扭曲，需要把扭曲部分扳回来的情节，很高能。尊重历史，不随意改变，疯子做疯事。
>
> ——十s十s（优书网用户）

> （疯丢子的）文笔没得说，文风很有特色，对我来说很有辨识度。她写的言情我都看了，就算是好久之前看的，一回想起来也会坐下来回味好久当时读那些书的乐趣。她笔下的女主角，就是我心目中的完美女主角。写出这种女主角的，我看过的文里，疯丢子绝对是第一人。总之，我觉得她写的那系列小说，以后会成为主流。
>
> ——知乎匿名用户

与大多数女频作者不同，七英俊作品的发表阵地主要在微博，这个新战场的开辟使她的作品能够不受网站的束缚，最大程度地保存了独立性。七英俊作品的篇幅灵活，文字与内容都带有强烈的二次元和小众风格。然而在破亿的微博日活跃用户面前，这种小众依然不可小觑。2017年，七英俊除了出版《记忆倒卖商》（世界知识出版社出版）外，还与《小说馆》的一众作家出版了合集《脑洞W》（长江出版社出版）。这些小说均展现了碎片化、二次元的特点，可以被视作一种新的写作方式的崛起。主

流评论家这样形容七英俊的小说:

> 七英俊的短篇小说集《有药》集中了她的网生代叙事,11篇小说都是古装的,但通通架空(没有具体朝代),更夸张的是这些拿江湖、武林、公门做环境的小说中充满了穿越、重生、耽美、脑洞、鬼畜的元素和趣味,语言则是半文半白的拟古和网络段子式的白话交织,文本充满游戏感、破碎感、刺激感、无厘头感——这些毫无疑问都是所谓"网感"的鲜活体现。在这种网络短篇(你都不好意思说它是网络武侠,但它又实实在在在借用了前代经典的武侠设定)中,作者并没有生造的焦虑与捉襟见肘,相反显得徐徐道来,随时甩个包袱逗个乐,有种游刃有余的从容。焦虑感和捉襟见肘的往往是非网生代的读者们,如走错了楼堂馆所,又怕跟不上小说的节奏笑点。
>
> ——夏烈《网络武侠小说十八年》

此外,华表、随侯珠、发飙的蜗牛、紫金陈、善水、半鱼磬、南方的毛豆、蒋离子、紫伊、王巧琳、古兰月、苏小暖、芙子、满城烟火、牛凳等浙江网络小说的代表作者,各自在男女频创作中繁花锦绣,获得读者口碑以及文学机构、商业网站评选的各类奖项、排行榜上榜等荣誉。

二、网络文学的"浙江时间"

浙江省网络作家协会自2014年成立至今,作为全国首家省级网络作家协会,对网络作家的服务及协会的系列活动一直是全国瞩目的焦点。随着浙江省网络作家队伍和网络作协的不断强大,特色活动影响力的不断扩大,浙江"网军"真正意义上站上了中国网络文学的潮头,网络文学进入了"浙江时间"。

作为国内影响力最大的网络文学评选活动之一,华语网络文学双年奖于2016年底正式启动第二届评选,来自影视、出版、网站、作家、评论家等多个界别的19位推荐评委通过半年的紧张工作,从2015—2016两年间海量的作品中精选出83部推荐作品。通过初评和终评,25部优秀作品脱颖而出。以下摘录第二届网络文学双年奖的获奖名单和授奖词,存此备查。

金奖作品:

《男儿行》(酒徒)

他是中国网络文学20年的参与者和见证者,他的历史小说创作始终保持着旺盛的创造力。一直以来,他秉持唯物历史观和严谨的创作态度,以明朗的笔调钩沉民族荣辱与家国情怀。该小说讲述了华夏百姓为了不受奴役而进行抗争的故事。酒徒以大时代的全景描绘与英雄群像的塑造,再度向我们呈现了一个真实而波澜壮阔的世界。

银奖作品:

《赘婿》(愤怒的香蕉)

作品集商战、军事、架空历史等网络文学元素于一身,以家国天下的宏观视野,从容细腻的文学笔调,娓娓道出宏阔时代里的生活细节和感情悸动。作者充分吸收了中国古典小说元素,也调动了西方现代文学资源,表现了对历史、对自身所处时代命运的深刻体察与思考,使这部作品的意义超越了网文本身,具有"经典潜质"。

《百年家书》(疯丢子)

作品描绘了抗日战争过程中的国共合作与民族奋起,以及不同阶层的人们身上流淌着的民族大义与抗争精神,并向那些从古至今承载民族精神的脊梁致以崇高的敬意。作品的叙事有主有次，文笔寓庄于谐。作者用积极进取的心态去感知和认识那段厚重的历史，使严正的历史题材具有很强的可读性。

《网络英雄传Ⅰ：艾尔斯巨岩之约》（郭羽、刘波）

作品将真实的创业历程、商业逻辑、商业生态及背后决策细节等实战内容融为一体，故事波谲云诡，情节跌宕起伏，在题材把握上紧跟时代潮流，让人们看到了一个富于激情的创业时代、一批充满智慧与奋斗精神的"当代英雄"，可读性和感染力强，具有较高的文学价值和社会价值。

铜奖作品：

《材料帝国》（齐橙）

《材料帝国》是一部描写国企兼并重组，进入改革大时代的现实主义小说。作品以"材料"为主题，写出了艺术的新意和思想的高度，很好地凸显了主角在时代大潮中的个人奋斗精神和爱国情怀，是一部知识性、艺术性和思想性相得益彰的作品。

《有匪》（priest）

这部作品充分发挥了作品驾驭宏大历史题材的能力，纵向上延续武侠小说类型的经典脉络，横向上与女性向网文相互连接，在旧的类型传统中，开辟了新的可能性。小说格局宏大、节奏沉稳、语言凝练，人物细腻可感、情感微妙动人，是当代网络武侠小说难得的佳作。

《木兰无长兄》（祈祷君）

作品依傍木兰从军的传统故事，以女性的成长为着力点，将现代女性独立、进取的精神寄于主角形象。对女性社会身份的指认，准确犀利而又不乏勇气。故事中的历史考据逻辑严谨，呈现了对于战争和命运的思考。

《大宋的智慧》（孑与2）

这部作品在网络小说中别具一格、独树一帜，作者长于在故事里勾勒人间情话，在生存智慧背后积淀中华传统美德。读来荡气回肠、动人心魄。与其说是情节推动着故事，毋宁说是情意牵动着心灵。深切的人文情怀成就了不一样的暖意。

《夜天子》（月关）

该作是月关走出"历史穿越小说"、探索历史类小说新出路的又一尝试。作者以他独特的艺术想象架构了一个妙不可言的历史传奇，成功刻画了立体丰富的男主人公形象，以及形形色色小人物的怨憎别离和情爱。跌宕起伏的情节与环环编织的结构交相映照，充满智慧地用网文节奏钩沉历史。

《长夜难明》（紫金陈）

作品突破了线性叙事的单一和重复，以案中案镶嵌式的结构展开多线叙事，使得情节发展呈现出纠缠与交错，案件扑朔迷离，引人入胜，人物鲜活真切，是一本具有辨析度的独特小说。

2017年4月14日，在杭州举办的第三届中国数字阅读大会开幕式上，时任中国作协网络文学委员会主任陈崎嵘将"中国作协网络文学研究院"院牌授予浙江省作协和杭州市文联，这标志着网络文学的组织和研究开始向纵深发展。媒体纷纷打出了"引领网络文学发展"的标题，表达了对于浙江网络文学继续引领全国的期待。

2017年12月9日，筹备已久的首个"中国网络作家村"在杭州正式授牌，杭州高新区（滨江）文创办与趣阅科技、华数传媒、咪咕数媒、网易文学、华云网络签订了共建"中国网络作家村"战略合作框架协议，合力推动网络文学繁荣发展，唐家三少成为首任"村长"，猫腻、蝴蝶蓝、月关等多位大神正式入驻。"中国网络作家村"分为"神仙居"和"天马苑"两个区块，分别承担了居住、创作和孵化器的功能,是中国网络文学事业和网络文学产业发展的试验田、核心区和示范区。"中国网络作家村"的成立吸引了国内几乎所有主流媒体和网络平台的关注,成为该年度网络文学的一大盛事。

此外,中共杭州市委党史研究室、中共杭州历史馆联合杭州市网络作家协会、杭州师范大学文化创意产业研究院和《山海经》杂志社共同举办"杭州党史经典故事"撰写活动。由党史办的专家从杭州党史中确认选题,邀请网络作家进行小说创作,首批创作的党史题材故事有35个,每个短篇创作字数为5000—10000字。主办方表示,会在文稿创作完成后启动影视动漫全产业链开发,打造红色经典IP,献礼建党100周年。2017年12月19日起,这批红色故事陆续在"杭州党史"微信公众号首发,沈荣(笔名"夜摩")、褚玉柱(笔名"华表")、陈效平、陈礼龙(笔名"尘浮")、杨卫华等人积极参与该题材创作,在社会上引起了广泛的回应,被认为是网络作家主流化引导的优秀创意。

三、网络文学评论的在场与走强

随着网络文学自身的不断成熟、影响力的提高不断,学界对于网络文学评论的专业性与网络性也有了更高的要求。在这方面,浙江省再次走在了前列。

《华语网络文学》杂志在2017年出版了第三期,刊载了《网络文学域外研究与传播》《浙江网络作家评论专辑》《西湖论剑》三大专题的十篇论文,以及郭羽、刘波《网络英雄传Ⅰ:艾尔斯巨岩之约》研讨会纪要、夏烈《大神们:我和网络作家这十年》节选、七英俊《有药》及其评论。

邵燕君和吉云飞在论文《网络性是中国网络文学"走出去"的核动力》中介绍了中国网络文学作品在海外的传播情况,指出网络性是这种流行产生的主要原因,点明"网络性让中国网络文学成了网络人的文学",因而能够如此快速地突破国籍和文化的藩篱。论文阐释了"越是网络的,越是世界的"这一论断的产生,并指出制约中国网络文学进一步提升国际影响力的瓶颈是翻译队伍的缺失和版权的确认。

庄庸、安迪斯晨风的《中国网络文学海外传播:全球圈粉亦可成文化战略》认为,中国网络文学的海外传播可以作为"中华文化全球传播"的重要组成部分,成为国家对外传播战略的重点和亮点,在流行文化方面完成一次对西方的"逆袭"。

法国学者徐爽《从网络穿越小说〈扶摇皇后〉看乌托邦身体书写》用福柯的乌托邦身体、异托邦的理论,看到了中国网络穿越小说的先进性。论文指出,每个时代的文学发生都对应着所处时代的精神需求。网络穿越小说的乌托邦身体的想象,表达了质疑现实和日常生活的愿望和焦虑,女性写作的立场构建起新世纪新女性对自我实现的思考。

法国学者Liyimei(李亦梅)的《网络文学翻译难点与点滴策略》从翻译的角度,指出中国网络文学翻译主要涉及两大类问题:一是和网络语言的特殊性有关,二是和中国文化本身的特性有关。由于海外对此方面问题的研究远远不够,网络文学的翻译工作还有很漫长的路要走。

《浙江网络文学作家评论专辑》由夏烈和庄庸主持,收录了三篇文章。陈歆耕的《野蛮生长的"挑战者"》从《芈月传》谈起,认为一批优秀的网络文学作家正对当下文坛构成有力的冲击。

身骑白马的《年度"混搭系"小说〈雪中悍刀行〉》对烽

火戏诸侯的《雪中悍刀行》进行了评论,认为其展露出了武侠小说独有的精神和味道,读者在小说里仿若看到了世界。

菜籽的《现代爱情"类型榜"之〈百年家书〉》指出,《百年家书》是一部前所未有的穿越故事,女主角并没有在乱世中发展出一段凄美的爱情,也没有在战场上建功立业,更别提改变历史,然而小说本身却感动了无数读者。

在《西湖论剑》板块中,赵宜的《从"文本盗猎"到"媒介雪球"——青年文化承诺下的IP进化论》从媒介角度探讨了IP影视改编的"升级"。丁燕的《网络文学影视改编的产业链要素研究——以言情题材为例》则从产业的角度,探讨了网络文学影视改编的各大要素。胡笛的《通俗文学视域下的网络小说与晚清小说》从文学生产、文学传播以及消费、文学接受等诸多环节来考察网络小说与晚清小说的异同,由此窥探两者的历史渊源。

作为浙江省网络作家协会常务副主席、杭州市网络作家协会主席,夏烈见证了中国网络文学的诞生与发展,他也是国内最早对网络类型文学做专门研究的学者之一。2017年,夏烈对网络文学的研究愈加深入,论文的影响力不断增强。

《2016年网络文学:在路上,心有远方》刊登于《文艺报》,是夏烈对2016年中国网络文学的整体研究与梳理。他在文中总结道:"2016年是网络文学精品化和经典化在路上的一年,是主流化和国际化在路上的一年,是创作接力和评论接力的一年,是夯实网络文学文化自觉和文化自信的一年。"

发表于《人民日报》(海外版)的《网络文学IP呼唤"工匠精神"》,探讨如何保持网络文学IP的生命力和可持续性。夏烈认为,在审美、道德、思想、情感上,能打动人、引发人的共鸣和提升人性的作品(产品),才是超越一般"粉丝"经济、使经济效益自甘拥护艺术品格及其大众影响的最佳范式。

《网络文学创作的"借鉴"必须有边界》发表于《光明日报》,文章提出在裁定网络文学作品抄袭时应该结合网络文学发展史,考虑其当时创作语境和抄袭的种类特点,对真正抄袭的行为绝不姑息。在文章的结尾,夏烈对网络文学的规范化发展提出了愿景:网络文学已经走入其发展的第20个年头,网络文学的共同体理应珍惜时代赋予的这个重要窗口期,摒弃野蛮生长、树立规则意识、充实文化自信、参与国际传播。

刊登于《光明日报》的《是时候提出网络文学的"中华性"了》指出:网络文学的"中华性"既是它自然而然形成的精神质地,也是当下以及未来需要阐释和研究的文化根性。这项工作将汇入传统文化与现代精神相接榫的世纪性使命之中。

《网络武侠小说十八年》刊登于《浙江学刊》,论文对"网络"和"武侠"这对词组重加诠释,尝试找到"网络武侠"概念的准确定义和文学坐标。《网络武侠小说十八年》集中梳理了网络武侠与民国武侠、港台新武侠、大陆新武侠的关系,从媒介转型和类型小说文学性的双管,探讨网络武侠18年发展的几个阶段:"今古"时期、"玄武合流"时期,以及正在发生的纯武创作新分流,并从中华武侠视野,提出重塑武侠哲学和时代关系的命题,认为应以"中华性"为内涵,建构武侠叙事的新价值观。

刊登于《群言》的《为什么要提网络文学创作的"中华性"》提出,当下这个时机提出网络文学的"中华性"命题,是基于事实,也是基于期许。当一种大众文艺载体成为时代的强势,引发各阶层的广泛关注之后,势必带来"文脉与国脉相连,文运与国运相牵"的社会性、政治性、历史性赋格。虽然商业的规律依然牵制着平台、作者和作品的诸多方面,但这种制约也不全是创作的敌人,某种意义上它们同样是刺激和启发作者认识全球化本质以及中国历史潮流的近因,只要作者能够平衡其中的重心并逐渐上升到创造性转化,剩下的关键就是如何通过大众的文学叙事机制完成合理合法的"中华性"网络文学经典。

杭州师范大学人文学院单小曦教授在这一年里也有多篇关于网络文学的研究发表,引起了广泛关注。

《合作式网络文艺批评范式的建构》发表于《中州学刊》,文章指出:"中国批评界现有的各类按主体划分的文艺批评形态——学者批评、读者批评、作家批评、编者(编辑)批评等,在网络文艺批评领域发挥各自优势,取得了一定成绩,其杂语纷争的局面也自有其积极意义。但它们在批评实践中遭遇的问题更为突出,每一种批评主体的个体行为都很难达到有效阐释网络文艺现象的目的。也许,建构读者、作者、编者、学者'四方主体合作式批评',是一条值得探索的道路。这一新的文艺批评范式具有'金字塔形合作式话语生产'和'环形合作式话语生产'两种具体操作形式。"

刊登于《文学评论》的《网络文学评价标准问题反思及新探》指出,现有的文学评价理论难以正确评价网络文学作品的优劣与价值,应该探讨、建立一套网络文学本身的评价标准。

回望2017年的浙江网络文学,大神的星光依然璀璨,年轻的作者走向成熟,奖项的影响力不断提升,组织的凝聚力进一步增加,"浙江时间"是这一系列成果最高也是最贴切的赞誉。网络的力量来自不断前行、不断创新,多元化的写作类型和方式、更年轻的写作梯队完善将成为浙江网络文学,乃至世界网络文学界未来发展的主题词。

2017年浙江文坛大事记

文学组织活动

1月12日,第五届"浙江省宣传思想文化工作创新奖"揭晓,浙江省作家协会"青年作家素质提升'三营工程'"获奖。

1月23日,政协第十一届浙江省委员会副主席张泽熙率领调研组,来浙江省作协专题调研浙江网络文学工作。

1月24日,浙江省之江文化中心单体建筑方案设计任务书研讨会在省文化厅召开,省作协在会上介绍浙江文学馆的功能布局及面积配置情况,提交浙江文学馆任务书。

2月,根据《浙江省作协2017年度优秀文学作品创作计划申报工作的通知》,各单位积极申报,省作协共收到申报项目61个,涵盖了小说、诗歌、散文、报告文学、儿童文学、文学评论等创作门类,评审工作有序展开。该项工作衔接中国作协重点作品扶持、省文化精品工程项目评选活动。

2月4日,中共浙江省委宣传部副部长唐中祥率省委宣传部事业发展处处长钱志富、党员教育处处长顾承甫、文艺处处长刘如文一行,到省作协调研,指导新年工作。

2月9日,《人民日报》报道浙江省作协《当代浙江作家影像志》拍摄工作,认为该项工作通过影像拍摄和数字化手段,反映和记录浙江作家的创作经历,是一项富有长远意义的"抢救性"工作。

2月14日,省作协党组书记、副主席臧军,省作协党组副书记、省网络作协主席曹启文赴北京,向中国作协党组成员、副主席李敬泽专题汇报"浙江网络文学重镇"建设方案。该方案向中国作协提出在浙江创建全国性的网络文学研究院、网络作家村,举办网络文学周,深化网络文学双年奖等举措,把浙江打造为全国网络文学重镇与高地。方案获得中国作协领导的高度肯定与大力支持。

2月13日至15日,"我们与你在一起"大型诗歌公益活动在浦江举行。中国作协党组成员、副主席阎晶明,北京大学中国诗歌研究院院长谢冕等出席。

2月19日,省作协八届五次全委会在杭州召开。会议学习传达了习近平总书记在全国文代会、作代会开幕式上的重要讲话和全省宣传思想工作会议精神。臧军主持会议,并作2016年工作总结及2017年工作思路的报告。省委宣传部副部长唐中祥出席并讲话。

3月1日至4月30日,臧军参加省委党校2017年第一期领导干部进修一班学习。其间的3月26日至30日,组织进修班来自省财政厅、省发展改革委员会等单位的五组学员赴桐乡乌镇、东阳横店、杭州滨江和咪咕、华数集团等地调研网络文学重镇建设。

3月6日,省委第三巡视组组长徐定安向省作协党组书记反馈专项巡视情况,省委巡视工作领导小组办公室副主任邱志明传达了省委书记夏宝龙关于巡视工作的重要讲话精神;之后,徐定安代表巡视组向省作协党组领导班子进行了反馈,邱志明对巡视整改工作提出要求,臧军主持会议并做表态发言。

3月31日,省委宣传部、省教育工委、省文化厅、省文联、省作协在省展览馆广场举行"剿灭劣V类水——千名文艺工作者赴基层"采风巡演行动启动仪式,省委常委、宣传部部长葛慧君做重要讲话。文学采风团50名作家代表参加仪式。

3月29日至31日,"浙江作家服务营"走进淳安开展文学创作辅导及采风交流活动。马炜等作家、编辑对淳安作家进行文学辅导。

4月5日,省委常委、宣传部部长葛慧君与中国作协副主席、著名报告文学作家何建明沟通交流《那山,那水》重大主题创作项目的采风调研情况,省委宣传部副部长唐中祥和省作协党组书记、副主席臧军,党组成员、秘书长晋杜娟参加。本创作项目由省作协牵头组织策划,旨在以文学样式,阐释浙江安吉余村人对习近平总书记"绿水青山就是金山银山"重要思想的生动践行。随后的四个月,何建明多次在安吉和淳安县下姜村采风,臧军、晋杜娟陪同。

4月6日,省作协启动"浙水千秋·水之梦"主题文学采风创作活动,69位省内外作家赴金华市金东区、温州市洞头区、瑞安市三地10余个剿灭劣V类水现场,进行为期一周的实地采风创作。该活动旨在贯彻落实全省剿灭劣V类水誓师大会精神,贯彻省委宣传部"千名文艺工作者下基层"工作部署,用文学作品展示浙江省剿灭劣V类水的治水成效。

4月14日上午,在杭州举办的第三届中国数字阅读大会开幕式上,中国作协原副主席、网络文学委员会主任陈崎嵘将"中国作协网络文学研究院"院牌授予臧军,标志着全国最具权威性的网络文学研究院正式落户杭州(该研究院由中国作协、浙江省作协、杭州市文联等三家联合创建)。省委常委、宣传部部长葛慧君出席授牌仪式,中国作协党组成员、副主席李敬泽在会上致辞。下午,"中国作协网络文学研究院"挂牌仪式在西子湖畔的"江南文学会馆"举行,中国作协李敬泽、陈崎嵘,省委宣传部常务副部长来颖杰,省作协臧军、曹启文、晋杜娟出席,部分网络作家参加活动。

5月4日至16日,由中国作协鲁迅文学院主办、浙江文学院承办的第二期"鲁迅文学院浙江青年作家高级研修班"在杭州举办。本期学员共有72名,其中,来自浙江省"新荷人才库"的青年作家

44名，网络作家8名，来自青海、广东、山东、河南的作家共20名。

5月17日至20日，省网络作协在龙泉举办第七期"瓷心剑胆"网络作家体验营，臧军、曹启文带队。央视《文化十分》栏目组派出4名记者组成采访组，全程跟踪采访，并于7月18日在央视三套播出采访专题。

5月8日至12日，臧军、曹启文带队赴台州天台、椒江、玉环等地进行考查、调研，并出席在椒江和玉环两地举行的《叶文玲文集》首发式，《人民文学》杂志主编施战军等出席首发式。

5月17日，中国作协"文学照亮生活"全民公益大讲堂暨优秀文学作品诵读会在桐乡举行，中国当代著名作家、文化部原部长王蒙主讲，曹启文陪同。

5月20日至23日，由浙江省作协、广东省作协、乐清市委宣传部联合主办的"书香乐清·经典阅读"高端文化论坛在温州乐清举行。

5月24日，成岳冲副省长一行来省作协调研，臧军汇报文学工作情况。

5月24日至26日，"浙江作家服务营"赴长兴开展文学辅导和采风交流活动。嵇亦工等知名作家为当地40余位作家、文学爱好者进行文学讲座。其间，开展文化礼堂建设、美丽乡村建设和剿灭劣V类水等主题文学采风。

5月26日至28日，中国作协党组成员、副主席李敬泽率队来浙江调研。此次调研围绕深入学习贯彻习近平总书记在文艺工作座谈会和在中国文联十大、中国作协九大开幕式上重要讲话精神，就作家如何深入生活、潜心创作，推出更多更好文学作品等议题，召开中青年作家座谈会和网络作家座谈会。

6月，赵柏田散文《巨商与革命》、朱晓军报告文学《妈妈，我要跟你在一起——中国乡村"没妈孩子"调查》列入2017年中国作协重点扶持项目。

6月13日，浙江省"新荷计划人才库"青年作家人才评选工作结束，36人入选第五批"新荷计划人才库"。

6月16日下午，省作协召开党组扩大会议和理论中心组学习会，传达学习省第十四次党代会精神以及省委宣传部关于全省学习宣传贯彻省第十四次党代会精神工作的部署要求，并就"文化浙江"建设开展专题研究。

4月22日至6月22日，为纪念运河申遗成功三周年，由省作协、杭州市委宣传部、市运河集团等单位，联合举办"诗意运河·风雅杭州"首届京杭大运河国际诗歌大会。活动历时两个月，推出了系列创意诗歌活动，中国作协党组成员、副主席吉狄马加先后参加了启动与闭幕仪式。

6月24日至25日，"浙江IP（知识产权）+宁波智造"——浙江儿童文学名家与宁波文创产业高峰论坛在宁波举行。来自全国各地的近百名儿童文学名家和宁波新锐作家以及文创企业负责人汇聚宁波，通过高峰论坛、IP路演、考察采风等活动，合力推进浙江省和宁波市儿童文学精品佳作和文创产业的深度融合。

6月26日，在中国共产党成立96周年之际，省作协全体党员、干部赴嘉兴南湖开展迎"七一"主题党日活动，接受革命精神教育，强化党员意识，认清使命与责任。全体在嘉兴市委党校聆听了一堂阐释"红船精神"的主题党课，参观了嘉兴南湖革命纪念馆，瞻仰了红船；面对鲜红的党旗，举行了新党员宣誓、老党员重温入党誓词活动等。

6月28日至30日，"浙江作家服务营"赴仙居开展文学辅导和采风活动。作家朱晓军等结合自身创作实践，对30位仙居作家的小说、散文、诗歌等作品进行点评。

7月,《浙江文坛2016卷》由浙江文艺出版社出版。

7月12日上午,省委宣传部常务副部长来颖杰一行来省作协调研,省作协党组做专题工作汇报。

8月,为展示浙江当代中青年小说家创作成就,省作协组织策划"浙江小说10家"丛书出版工作,收集10位作家的稿件,与作家出版社进行沟通协调,正式签订了丛书出版、研讨合作协议。

8月7日至10日,省网络作协在台州举办第八期"传垦荒精神,扬和合文化"网络作家体验营,并在路桥设立省网络作协创作基地,曹启文带队。

9月5日,中国作协网络文学研究院院务委员会第一次会议在杭州(江南文学会馆)召开,院务委员会主任陈崎嵘主持会议。会议研究讨论了院务委员会职责、研究院组织框架、制度建设和管理,并商议了年内工作重点。臧军、曹启文、晋杜娟和杭州市文联党组书记、主席应雪林等参加。

9月25日,省网络作协组织专家评审2017年度原创作品扶持项目,《朱颜》《山海经·瀛图纪之昆仑之战》等10部作品入选扶持计划。

10月9日,2017年度优秀文学作品创作扶持项目名单公布,重点扶持19个创作项目,其中,散文集《那些年,你乘慢船去了哪里》、报告文学《浙商三部曲》等4部作品入选省文化精品扶持工程第十二批项目,长篇小说《天下苍生》《风生水起》等15部作品列入省作协优秀文学作品扶持项目。

10月16日至18日,"浙江作家服务营"走进海盐,柯平等作家、编辑为海盐20多位文学爱好者的作品做辅导点评。

10月18日,省作协组织全体党员干部收看党的十九大开幕会直播,聆听习近平总书记报告。

11月1日至3日,著名作家何建明应邀来浙江开展"新时代从这里开始"——学习贯彻落实十九大精神系列报告活动，先后在湖州、宁波举办讲座和座谈会。

11月2日，省作协八届十次主席团会议在杭召开。会议研究部署浙江省文学界学习贯彻党的十九大精神。

11月4日，中国寓言文学研究会在诸暨召开第八次全国代表大会。会议选举产生了新一届理事会，浙江籍作家孙建江当选为会长。

11月16日，2017年浙江文学内刊百家联盟编辑培训班在杭州举办，全省80位文学内刊主编、编辑参加培训。臧军专题宣讲党的十九大精神，评论家谢有顺作《写作的常道》讲座。其间还举办了内刊作品结集《雪孩》首发式。

11月19日，成岳冲副省长专程赴西湖区西溪"麦家理想谷"看望省作协主席麦家，臧军陪同。

11月，30位省作协会员获得年度重要文学期刊创作成果补贴。据不完全统计，2016年10月至2017年10月，浙江有190多位作家在《人民文学》《收获》等国内34家重要文学期刊上共发表了370多部作品。

12月4日至8日，浙江省基层作协骨干学习贯彻党的十九大精神专题培训班在杭举行。全省各市、县（市、区）作协、行业作协、网络作协负责人，以及中青年作家和网络作家代表90余人参加培训。臧军作党的十九大报告精神宣讲。

12月8日，省网络作协召开第二次代表大会，大会听取并通过了第一届省网络作协主席团的工作报告；修改并通过了《浙江省网络作家协会章程》；曹启文当选为新一届网络作协主席，夏烈当选为常务副主席；叶凯被聘任为秘书长。著名网络作家唐家三少（本名张威）被聘为"名誉会长"。

12月9日上午，浙江省网络作家学习贯彻党的十九大精神培训班在杭州滨江举办，臧军作党的十九大报告精神宣讲。

12月9日下午,"中国网络作家村"授牌活动暨首届"中国网络文学周"新闻发布会在滨江举行。中国作协党组成员、副主席李敬泽,中国作协网络文学委员会主任陈崎嵘,省委常委、杭州市委书记赵一德,省委宣传部副部长唐中祥,以及杭州市委常委、宣传部部长戚哮虎,杭州市文联党组书记、主席应雪林等领导出席活动。陈崎嵘出任"名誉村长",著名网络作家唐家三少(本名张威)出任"村长"。臧军主持会议并介绍了首届"中国网络文学周"有关情况。

12月20日至22日,中共第十九届中央委员会委员、中国作协党组书记、副主席钱小芊一行来浙江调研。其间,先后在宁波和杭州召开基层作家和网络作家座谈会,深入了解浙江文学组织工作、青年作家培养、网络文学引导等专题性工作。浙江省委书记车俊和省委常委、宣传部部长葛慧君等省领导出席相关文学交流活动。臧军做全面工作汇报。

12月,为贯彻落实习近平总书记做新时代"红色文艺轻骑兵"的重要指示精神,省作协"书香进农家"等五项文学服务送基层活动启动,省作协党组臧军、曹启文、晋杜娟分别带队赴定海、象山、开化等地的海岛、山区、乡村开展文学活动。

文学研讨活动

4月6日,赖赛飞散文创作研讨会在北京举行。中国作协党组成员、副主席李敬泽,省作协党组副书记曹启文等20余位国内著名作家、评论家出席,点评赖赛飞近期创作的散文集《被浪花终日亲吻》《生活的序列号》。

4月12日,由省作协、浙大海洋文化传播研究中心等单位主办,中国港口博物馆承办的"海上新丝路———报告文学《筑梦大海》"研讨会在杭州举行。该作品由黄立轩创作,省内10多位海洋文化学者及报告文学专家从文学创作的角度对该作品进行深入讨论。

8月9日,由中国作协机关党委和浙江省作协主办的"聆听时代强音,创作文学精品"主题论坛在京举行。30余位来自中国作协所属各部门、各单位的青年作家和另外近20位浙江青年作家参加论坛活动。中国作协党组成员、副主席吉狄马加出席并讲话。臧军带队参会。

8月16日,省作协在松阳县召开《浙江文坛2017卷》研讨会,参与撰稿的近20位特约研究员、评论家参加专题研讨。同月下旬,浙江作家网开辟专栏,实现了《浙江文坛》电子稿网上查阅。

8月24日,《德清文丛》首发式暨座谈会在德清举办,曹启文参会并讲话。本次首发作家张林华、李颖颖的散文集《走读德清》、杨振华的人物纪实《永远的游子吟》两辑作品。

9月2日,周建新长篇小说《红豆杉旁的泥屋》作品研讨会在江山召开。

9月9日,詹明欧散文诗集《备忘录》研讨会在黄岩区宁溪乌岩头村召开。

9月中旬至11月,《文学志》编辑部将志书初稿呈送全省文学界的老领导、专家学者和老作家代表,召开特邀编辑评审会、编委评审会,听取志书初稿修改意见。

9月19日,长篇报告文学《那山,那水》新书首发式暨研讨会在北京举行。中共浙江省委常委、宣传部部长葛慧君,省作协党组书记、副主席臧军等和中国作协、求是杂志社、新华社、《人民文学》等文艺界、社科界20余位领导、专家学者参加研讨会,并对作品予以高度肯定。《那山,那水》是国内首部以"绿水青山就是金山银山"重要思想诞生地安吉余村发展之路为主题的文学作品,是浙江文学界迎接党的十九大胜利召开的献礼书,由中国作协副主席、著名作家何建明创作,红旗出版社出版。

10月8日,雷默作品研讨会在北京举行,李敬泽、马原、程永新、谢有顺等30余位国内专家学者与会。本次研讨的是雷默小说集《追火车的人》及其近期创作的部分新作,曹启文参会。

10月14日,以苏沧桑、帕蒂古丽、赖赛飞、干亚群、草白为代表的浙江中青年女作家散文研讨会在杭州召开,裘山山、韩小蕙、叶兆言、邱华栋、周晓枫等国内著名散文家及评论家做了专题发言和点评,省作协党组成员、秘书长晋杜娟参加研讨会。

10月15日至16日,《2016浙江"新荷十家"作品选》研讨会暨青年作家评论家对话会在杭召开,研讨赵海虹、徐衎、悟空、西维、赵挺、哑者无言、啊呜、丙方、朱小莉、李慧慧等十位浙江新荷作家的作品,晋杜娟参加会议。

10月28日,由复旦大学中国当代文学创作研究中心、浙江省作家协会等单位联合主办的《王庄三部曲》(《龙窑》《独山》《大中》)学术研讨会在复旦大学召开,中国作家协会书记处书记吴义勤、复旦大学图书馆馆长、著名文学史家陈思和、复旦大学中文系教授张新颖等20余位评论家、学者就作家浦子的创作展开研讨。

10月12日,由省作协、舟山市作协、普陀区委宣传部联合主办的《东极之光》改稿会在普陀区东极镇举行。《东极之光》作者阎受鹏、孙和军介绍创作经过。来自北京和省内的多位评论家和作家对《东极之光》给予认可,同时提出修改意见,晋杜娟参加会议。

11月18日,"仙居诗群"作品研讨会在杭州召开,与会的省内著名诗人、评论家就《青桐方舟》和《诗仙居》等作品集,对王青木、应勇强、应美芳、应贤慧、徐静和王学斌等"仙居诗群"的创作骨干的诗歌作品进行了点评。晋杜娟参会。

12月3日,《文星雕龙——浙江青年"文学之星"评述集》新书首发式暨研讨会在杭州召开。中国作协书记处书记、中国作家出版集团管委会主任吴义勤、中国作协创联部主任彭学明、著名评论家孟繁华、贺绍俊、郭艳等，以及历届获得"浙江青年文学之星"的作家、评论家代表出席会议。该评述集由浙江文学院主编，作家出版社出版，收入了19年来浙江省荣获"浙江青年文学之星"称号的19位作家代表作品及相关评论文章。臧军、曹启文、晋杜娟等参加。

作家获奖

1月19日，由国家新闻出版广电总局组织开展的"2016年优秀网络文学原创作品推介活动"公布了作品名单。管平潮《血歌行：学府风雷》、疯丢子《百年家书》、爱潜水的乌贼《一世之尊》入选。

4月，毛芦芦儿童文学作品《亲爱的小红枣》获2016年冰心儿童图书奖，徐均生小说《麦芽糖的香味》获2016年冰心儿童文学新作奖。

5月12日，祁媛荣获2016年度浙江省青年文学之星，王洋（沧月）的长篇类型小说《朱颜》（上）、孙玉虎的童话《空空如也》、张玲玲的中篇小说《平安里》获2016年度浙江省青年文学优秀作品奖。

5月27日，方石英荣获2017年（第十五届）《诗探索》"华文青年诗人奖"。

6月6日，张国云《致青藏》、朱晓军和杨丽萍合著的《快递中国》获第六届"徐迟报告文学奖"。

6月，国家新闻出版广电总局公布第四届中国出版政府奖入选作品名单，郭羽、刘波的《网络英雄传Ⅰ：艾尔斯巨岩之约》入选网络出版物奖。中国出版政府奖是国家设立的新闻出版行业的最高奖。

7月5日,第六届"西湖·中国新锐文学奖"颁奖,池上的短篇小说《无影人》获奖。

7月10日,第十五届"中国微型小说年度奖(2016)"揭晓,谢志强、徐均生、赵淑萍获奖。

8月4日,第十届全国优秀儿童文学奖在北京揭晓。汤汤的《水妖喀喀莎》获童话奖,孙玉虎的《其实我是一条鱼》获幼儿文学奖。

9月,浙江第十三届精神文明建设"五个一工程"入选作品奖名单公布,朱晓军、杨丽萍的报告文学《快递中国》,夏真、王毅的报告文学《小巷总理》,汤汤的童话《水妖喀喀莎》,方格子的报告文学《一百年的暗与光》,袁晓君的小说《十五岁的星空》,孙红旗的长篇小说《国楮》,孙侃的报告文学《"两山"之路——美丽中国的浙江样本》入选。

9月,《江南》杂志主编钟求是被评为"首届浙江省优秀期刊社社长(主编)",该活动为省期刊协会组织开展。

10月13日,第六届华东地区优秀期刊评选活动在安徽揭晓,《江南》杂志入选,是浙江省获评杂志中唯一的文学刊物。

11月5日,由浙江省作协主办、浙江省网络作协承办的第二届网络文学双年奖颁奖典礼在宁波慈溪举行,中国作协党组成员、副主席李敬泽出席并讲话。酒徒的《男儿行》获金奖;愤怒的香蕉的《赘婿》,疯丢子的《百年家书》,郭羽、刘波的《网络英雄传Ⅰ:艾尔斯巨岩之约》获银奖;另有6部作品获铜奖,15部作品获优秀奖。

12月12日,由《江南》杂志社主办的第二届"江南诗歌奖"在玉环颁奖,中国作协诗歌创作委员会主任、著名诗人叶延滨出席。王自亮长诗《上海》获"江南诗歌奖",方石英的《父亲的大兴安岭》、胡桑的《北茶园》、伤水的《马》获提名奖。

12月18日,艾伟的《小满》、黄咏梅的《病鱼》等短篇小说获第五届汪曾祺文学奖。

文学交流

3月8日,新疆建设兵团文联副主席秦安江一行6人来浙江开展文学交流活动,省作协组织召开两省区作家创作交流座谈会。

3月至11月,《江南》杂志社6人次赴安徽、新疆、吉林、海南等地参加活动,与国内外作家和编辑进行办刊和文学交流。

4月5日,"中国历史上的传奇女性——《芈月传》新书发布暨读者交流会"在曼谷国际书展的中国展场举行,网络作家蒋胜男与泰国读者互动。《芈月传》泰文译本共11册,于2016年10月推出。该活动由《芈月传》泰文版的出版方暹罗国际多媒体有限公司和浙江文艺出版社联合举办。

4月24日至5月3日,麦家随中国代表团参加阿布扎比国际书展活动。

5月,继与企鹅文化公司达成《浙江作家小说集》英文版翻译出版协议后,经与出版社及相关作家反复沟通协调,5位作家作品审稿及推荐出版等工作完成。

5月16日,"梦想起航:两岸青年网络文学大赛"在中国作协网络文学研究院(江南文学会馆)启动,此次大赛由省台办、省作协、省出版集团等单位联合举办,在大陆和台湾两个赛区同步进行。9月28日在杭州颁奖,来自大陆的叶童耀和台湾的康庭瑀同获一等奖。

7月9日至13日,全国重大文学题材创作规划暨创研工作会在北戴河举行,浙江省作协参会代表在会上做交流发言。

7月15日至22日,浙江省作协"心连心"文学交流代表团一行9人,在臧军带领下赴青海进行"结对子"文学交流活动,深化两省文学交流合作。其间，先后与青海省及相关市（州）、县文联（作协）进行座谈交流，台州市椒江区、丽水市庆元县、温州市洞头区文联（作协）还分别与青海省黄南藏族自治州、海东市化隆回族自治县、果洛藏族自治州等地文联（作协）签约结对。

8月13日至19日，晋杜娟率浙江作家代表团赴新疆开展"文学援疆·浙江作家专题采访"活动，并向省援疆指挥部、新疆阿克苏地区文联和部分文化礼堂赠送书籍。

8月23日至30日，麦家赴英国开展文学交流。

8月27日至9月3日，浙江作家代表团出访英国、意大利，曹启文带队，团员有陆春祥、赵柏田等。

10月15日至17日，全国网络文学工作交流会在宁夏召开。曹启文参加会议，并作大会发言，介绍浙江实施"网络文学引导工程"的具体做法，汇报网络文学正确引导、科学管理、健康发展的"浙江模式"。

10月22日至29日，臧军随中国作协作家代表团出访意大利、英国进行文学交流，与两国作家、翻译家、出版商、学者、律师等，就作家知识产权保护、网络文学健康发展等议题进行了交流。

10月下旬，古巴作家和艺术家联盟副主席、著名作家、诗人阿历克斯·波塞德斯率团来浙江访问，重点了解网络文学方面的发展情况。曹启文陪同接待。访问团参观了咪咕数字传媒有限公司，听取公司负责人对数字出版发展方向、内容运营及平台建设的介绍等。

10月23日至30日，青海省作家代表团来浙江进行文学交流采风活动，分别与"结对"的桐庐县、诸暨市、海宁市、象山县文联（作协），针对文学组织工作重点项目、扶持激励创作、文学期刊建设等进行交流座谈。

10月27至29日，江苏、浙江两省的网络作家60多人在浙江进行采风和交流活动。其间，江浙网络作家采风团参观了中国作协网络文学研究院、杭州市滨江区文创产业——白马湖 SOHO 创意园、白马湖生态创意城柴家坞以及网艺众创空间，并走进网易和华数公司开展座谈、赴横店探班等，感受浙江的网络文学创作和产业氛围。

10月31日，曹启文应邀参加江苏省网络文学座谈会，并在会上介绍浙江网络文学工作情况。

11月2日至5日，全国文学院院长工作会议在安徽合肥举办，晋杜娟参加并作大会发言，介绍浙江文学工作。

11月10日至12日，由文化部和中国作协主办，省文化厅和省作协承办的"2017两岸文学对话"在杭州举行。来自海峡两岸的55位作家参加活动。中国作协港澳台办公室主任张涛，文化部港澳台办副局长、中华文化联谊会副会长兼秘书长李健钢，浙江省文化厅厅长金兴盛、浙江省作协主席麦家等出席开幕式并致辞。臧军主持开幕式。其间，两岸作家围绕"文学（汉语）传统与当下经验""新媒体时代的现实想象""网络文学的生态与题材"等话题，开展讨论与交流。

12月17日，广东省作协代表团来浙江考察，两省作协在杭州召开文学工作交流座谈会。

12月17日至19日，中国作协"深入生活、扎根人民"主题实践活动经验交流暨全国创联工作联席会议在江苏举行，浙江省作协参会代表在会上做交流发言。

图书在版编目(CIP)数据

浙江文坛. 2017卷 / 浙江省作家协会编. —杭州：浙江文艺出版社, 2018.8
ISBN 978-7-5339-5374-4

Ⅰ. ①浙… Ⅱ. ①浙… Ⅲ. ①中国文学—当代文学—文学评论—文集 Ⅳ. ①I206.7-53

中国版本图书馆CIP数据核字(2018)第179147号

责任编辑　陈　潇
装帧设计　吕翡翠
责任印制　朱毅平

浙江文坛(2017卷)
浙江省作家协会　编

出版	浙江文艺出版社
地址	杭州市体育场路347号
邮编	310006
网址	www.zjwycbs.cn
经销	浙江省新华书店集团有限公司
制版	浙江新华图文制作有限公司
印刷	杭州佳园彩色印刷有限公司
开本	880毫米×1230毫米　1/32
字数	192千字
印张	8.25
插页	2
版次	2018年8月第1版　2018年8月第1次印刷
书号	ISBN 978-7-5339-5374-4
定价	38.00元

版权所有　违者必究

(如有印、装质量问题，请寄承印单位调换)